KB148681

나폴레옹광

아토다 다카시 총서 • 2
Atoda Takashi Series

나폴레옹광

아토다 다카시 지음 | **유은경** 옮김

행복한책읽기

· · · 차 례

나폴레옹광

광인과 정상인이란 어떤 선을 그어 '오른쪽은 광인', '왼쪽은 정상인'이라는 식으로 뚜렷하게 구별할 수 있는 것은 아닐 것이다.

물론 대부분의 사람은 정상인이지만, 간혹 한눈에 광인으로 알아볼 수 있는 사람도 있다. 한편, 그 경계선에 존재하는 이들도 분명 있을 것이다. 정상인처럼 보이는 이들 중에서도 내면 깊은 곳 어디엔가 광적인 성향을 갖고 있는 이도 있고, 반대로 기이한 말과 행동을 하면서도 실제로는 결코 병적이라고 말할 수 없는 이들도 필시 우리 주변에서 살아가고 있을 것이다.

나는 지금까지 그런 류의 사람과 두 번 만난 경험이 있다. 그 두 사람 모두 나폴레옹 보나파르트와 관계가 있다는 것은 묘한 우연이었다. 한 사람은 미나미사와 긴페이 씨, 다른 한 사람은…… 그래,

분명 무라세인가 뭔가 하는 50대 가량의 남자였다.

미나미사와 긴페이 씨를 광인이라고 부르는 데에 적절한 의학 지식에 따른 판단이 있었던 것은 아니다. 미나미사와 씨는 어디까지나 평범한 사회인이며, 기술자로서는 분명 보통 사람들보다 뛰어난 능력을 가지고 있을 것이다.

단지 밥보다 야구를 좋아하는 사람을 야구광이라고 하고, 여색을 지나치게 밝히는 남자를 색광이라고 부르는 것처럼 미나미사와 씨도 '광(狂)' 적인 부분을 가지고 있을 뿐이다. 그것은 분명한 사실이다. 그런 면에서 그를 나폴레옹광이라고 불러도 전혀 손색이 없을 것이다.

내가 아는 바로 미나미사와 긴페이는 메이지* 말년, 후쿠이현의 한 가난한 농가의 셋째 아들로 태어났다. 어렸을 때부터 공부를 좋아하는 소년이었던 듯하다. 고등소학교를 나온 후 동사무소, 인쇄소, 약방 등 여러 곳을 전전하며 일했다. 열여섯 살이 되었을 때 그는 우연히 나가세 호스케(長瀨鳳輔)의 『나폴레옹전』을 읽고 강렬한 계시를 받았다. 나중에 그 자신이 직접 언급한 바에 따르면 다음과 같다. "그 책을 읽고 난 후 피가 들끓어 한숨도 잘 수 없었다. 이것이야말로 인류가 낳은 최고의 인격이라고 생각했다. 어떻게 하면 나폴레옹과 만날 수 있을까…… 아니, 웃을 일이 아닙니다. 정말로 심각하게 그런 생각을 했습니다. 아무리 생각해도 있을 수 없는 일

* 일본 메이지 천황 시대의 연호. 1867년~1912년.

이죠. 백 년도 더 전에 죽었으니까요. 그래서 아무리 사소한 지식이라도 전부 모아 보겠다는 결심을 하게 된 것입니다."

나폴레옹 보나파르트가 그 정도로 고귀한 인격을 지니고 있었는지 하는 점은 크게 문제가 되지 않는다. 나가세 호스케의 『나폴레옹전』은 필시 역사적인 인물을 과도하게 미화시켜 그린 것이 틀림없다. 하지만 여기 한 소년이 그 인물상에 강렬한 동경을 품게 되었다는 것은 진실이다. 그렇게 미나미사와 긴페이의 나폴레옹에 관한 컬렉션이 시작되었다.

처음에는 시골의 작은 서점에서 눈에 띄는 대로 나폴레옹전이나 서양사 관련 책들을 사 모으는 것이 다였을 것이다. 책장을 채워 가는 책이 하나 둘 늘어갈수록 소년의 꿈은 한층 부풀었고 그 열정은 성인이 된 후에도 식을 줄 몰랐다.

한편으로 미나미사와 긴페이는 약방에서 일하면서 약 포장기기에 대한 연구에 몰두했고, 그것이 특허를 받아 실용화되었다. 그와 함께 경제적 여유를 가질 수 있는 기회도 얻었다. 들은 바로는 미나미사와 씨가 가진 포장기기 관련 특허는 실용화되어 유통되고 있는 것만으로도 십수 종, 그 외에도 과자 제조기 부분에서 몇 가지 특허를 가지고 있으며 이것들이 지난 수십 년에 걸쳐 그에게 상당한 재력을 가져다주었을 것임을 상상하기는 어렵지 않다.

미나미사와 긴페이는 나폴레옹을 제외하고는 거의 아무런 취미도 없었다. 담배는 피우지 않고 술은 약간, 그것도 술자리에서 어쩔 수 없이 마셔야 하는 경우, 겨우 입에 대는 정도였다. 결혼은 했지만 아이 복은 없었다.

즉 미나미사와 씨의 인생은 한편으로는 포장기기류의 특허를 따서 그것을 실용화시키는 극히 현실적인 측면, 그리고 다른 한편으로는 오로지 나폴레옹 관련 자료를 모으는 것, 그 두 가지뿐이었다. 덧붙여 말하면, 그가 하는 경제활동 역시도 나폴레옹 황제에게 봉사하는 보조적인 역할에 지나지 않았을지도 모른다. 그는 수입의 거의 대부분을——아내와 함께 살아가는 데 필요한 최소한의 부분을 뺀 모든 것을 나폴레옹을 위해 썼다.

그 결실이 도쿄 세타가야 교외에 위치한 나폴레옹 기념관이라고 불리는 4층 건물이다. 재단법인의 형태를 취하고 있지만 그곳에 있는 전부가 미나미사와 씨의 개인 컬렉션이라는 것은 두말할 필요도 없다. 노부부의 거처는 4층 한쪽에 마련해 놓고, 그 외 건물의 대부분은 모두 미나미사와 긴페이가 평생에 걸쳐 모아 온 나폴레옹 관련 컬렉션으로 장식해 놓았다.

나폴레옹 기념관은 의뢰가 있으면 일반인에게도 그 컬렉션의 일부를 잠시 공개하기도 했지만, 설립 과정에서도 볼 수 있듯이 본래가 한 개인의 광적인 컬렉션의 집적일 뿐이었다. 미나미사와 씨 자신을 위해서 모으고, 자신의 즐거움을 위해서 진열한 것이다. 남에게 보여 주는 것이 목적이 아닌 것이다. 기념관에는 잡무를 담당하는 여직원과 청소부가 한 명씩 있었지만 그들은 컬렉션의 내용에 대해서 알고 있는 바가 전혀 없었다. 수집도 정리도 미나미사와 씨가 직접 혼자서 해오고 있었다.

그는 여전히 수집하는 데에만 한달에 백만 엔 이상의 비용을 쓰고 있다고 한다.

수집의 범위는——미나미사와 씨 스스로 이렇게 말했다.

"아아, 그건 뭐 나폴레옹에 관한 것이라면 무엇이든 모읍니다. 현관에 있는 개선문, 그건 나폴레옹 사후 백년제(百年祭) 때 프랑스에서 만들어진 것입니다. 실제 크기의 30분의 1 정도로 정확하게 축소한 미니어처죠. 유품이라면 더 말할 것도 없지만, 나폴레옹의 작품, 나폴레옹에 대해 쓴 것은 전부……. 톨스토이의 『전쟁과 평화』만 해도 몇 종류는 있으니까요. 얼마 전에도 어떤 극단에서 버나드 쇼의 『운명적인 사람』을 상연했는데 말이죠, 누가 뭐래도 그건 나폴레옹 황제가 주인공으로 나오니까 그 무대 사진을 그대로 현상해서 받았습니다. 우선은 나폴레옹이라는 글자가 나오기만 하면 그것이 잡지든 신문이든 잘라서 모두 스크랩을 해놓고 있습니다."

"브랜디도요?"

"아니요, 그건 황제와 직접적인 관계가 없는 것이라……. 예를 들면 주간지의 어딘가에 나폴레옹에 대해 단 한 줄이라도 씌어 있다고 합시다. 위암이었다든가, 폐병원*의 유골은 가짜라든가. 그러면 그 잡지를 사서 컬렉션에 추가합니다."

"그거 참 힘든 일이군요."

---

* 廢兵院. 나폴레옹의 유골이 안치되어 있다고 하는 프랑스 파리의 앵발리드 돔 성당.

"뭐, 경험이 꽤 쌓였으니까요. 여러 책방에 부탁을 해 놓았고, 신문 잡지를 분철하는 회사와도 세 곳 정도 계약을 한 상태니까요. 그리고 저 자신도 시간만 나면 책방으로 달려가서…… 예, 그렇답니다. 잡지를 넘기다 보면 어딘가 나폴레옹이 숨어 있을 것만 같은, 그런 기분이 드는 겁니다. 신기한 일이죠. 그래서 찾아보면 역시나 나폴레옹을 발견하고는 한답니다."

미나미사와 씨는 벌겋게 부풀어 오른 얼굴로 한층 천진난만한 표정을 지으며 이렇게 말했다.

최근에는 기념관의 컬렉션 덕분에 프랑스 정부로부터 훈장을 받기도 했다.

이야기 순서가 바뀌기는 했지만 내가 미나미사와 씨와 만난 것은 대학 은사의 소개로 짧은 기간 동안 프랑스어 개인 교습을 했었기 때문이다.

나폴레옹에 관한 것들을 모으려면 프랑스어를 어느 정도 읽는 능력을 갖추는 게 도움이 될 것이다. 미나미사와 씨는 오래 전 젊었을 때 독학으로 프랑스어를 배우고 그 뒤에도 아테네 프랑세*에 다니며 어느 정도 공부를 하기는 한 것 같지만 그때는 생업이 바빠서 어학까지는 좀처럼 신경을 쓰기 힘들었다.

예순 고개를 넘어, "더 이상 나아지지도 않겠지만 그래도 인생은 육십부터라는 말도 있지 않습니까? 허허허."

---

* 1913년 도쿄 간다에 설립된 다국어(多國語)학원으로 소설가와 정치인들이 수강을 하기도 한 유서 깊은 외국어 학원이다.

나는 탈레랑의 『회고록』을 텍스트로 골라, 일주일에 두 번 정도 미나미사와 씨의 시간에 맞춰 가정교사를 하게 되었다. 그의 프랑스어 실력은 솔직히 말해서 내세울 만한 것은 못 되었지만 열의만큼은 머리가 숙여질 정도였다.

책의 여백에는 수업 전에 사전을 펼쳐 단어의 뜻을 세심하게 찾아본 흔적이 빽빽이 들어차 있었다. 텍스트의 내용 중에 나폴레옹과 관련된 내용이 나오면 미나미사와 씨의 눈은 강렬하게 빛을 냈고 숨소리까지 거칠어졌다.

탈레랑은 나폴레옹 밑에서 외무대신을 지냈으면서도 나중에는 매정하게 배신을 한 남자였다. 원래 권모술수에 뛰어난 정략가이기도 했지만 나폴레옹이 러시아 황제와 접촉하게 되자 검은 야심을 펼치던 그의 행보는 한층 더 은밀해졌다. 러시아 황제 알렉산더는 나폴레옹과 외교적 절충을 하기 전에 탈레랑으로부터 프랑스 쪽의 정보를 비밀리에 듣고 있었으므로 나폴레옹이 외교 게임에서 좋은 결과를 얻을 수가 없었다. 예를 들면 미국의 대통령이 일본의 수상과 회견하기에 앞서 일본의 외무대신으로부터 일본의 전략을 미리 듣는 것과 마찬가지였다.

물론 탈레랑은 자기 나름의 명분을 가지고 있었다. 누구도 믿지 않는 이 노회한 외교가는 나폴레옹의 어디로 튈지 모르는 행보에 위험을 느끼고 있었고, 러시아 황제의 약점도 간파하고 있었다. 그는 나폴레옹을 넘어 프랑스의 장래를 생각하고 있었을 것이다.

그 부분의 책략과 심리가 『회고록』의 곳곳에 날실과 씨실이 조화롭게 엮여지듯 담겨 있어 내게는 대단히 흥미진진하게 느껴졌고 때로는 통쾌한 감정까지도 생겼지만 미나미사와 씨는 그런 나와는 다른 느낌을 받았던 듯하다.

텍스트의 내용이 탈레랑이 배신을 하는 부분에 이르자 얼굴이 경직되면서 신음하듯 내뱉었다.

"이 따위 남자를 믿지 않았더라면 황제 폐하는 러시아로 원정을 갈 필요도 없었을 것이고 참담하게 패배하는 일 따위도 없었을 겁니다."

어줍지 않게 탈레랑을 변호라도 할 성싶으면 한순간에 화가 폭발하여 앞으로의 왕래조차도 끊어버릴 것 같은 분위기가 되어 버렸다.

온후한 미나미사와 씨의 평소 모습에서는 찾아볼 수 없는 일면이라고 할 수 있다. 미나미사와 씨의 나폴레옹에 대한 경애가 상상을 넘어선다는 점— '광(狂)' 에 가까운 경지에 다다라 있다는 사실을 새삼 깨닫게 되는 것이 바로 그런 때였다.

가정교사로서 그를 가르친 것은 약 2년 정도였다.

그동안 나는 몇 번인가 자연스럽게 컬렉션을 접할 기회를 얻게 되었다. 나폴레옹 자신의 저술이나 서간류를 비롯해 각국어로 된 평전, 연구서, 관련 사료, 나폴레옹이 등장하는 소설, 희곡, 유품과 더불어 기념우표나 동전에 이르기까지 그 종류와 수가 엄청났다.

앞에서도 말한 것처럼 기념관의 컬렉션은 원칙적으로 신뢰할 수 있는 소개장만 있다면 일반인에게도 공개가 가능하도록 했지만 그

것은 극히 대표적인 소장품에 한정되었다. 1층 진열실은 그러한 일반인을 위한 것이라고 봐도 좋을 것이다. 수집가의 일반적 성향 중 하나라고 할 수 있는 '공개하기 아까운 컬렉션' 이 미나미사와 씨에게도 있었다.

만약 상대가 자신과 같은 길을 걷고 있고, 어느 정도 알고 있는 사람이라면 2층으로 안내해 조금 특별한 컬렉션을 보여준다. 속도 내보일 수 있을 정도로 허물없이 지내는 사이라면 3층의 자물쇠를 열어 비장의 물건을 슬쩍, 보여주기도 한다. 건물 내에는 여기저기에 자물쇠가 걸린 작은 방들이 있어서 흡사 유폐된 17, 8세기의 고궁과 같은 정취를 풍겼다.

도대체 나에게는 컬렉션을 어느 정도까지 보여준 것일까?

"나폴레옹은 아내인 조세핀에게 몇 백 통이나 되는 편지를 보냈죠. 하지만 조세핀은 박정하게도 거의 답장을 쓰지 않았답니다."

"그런 것 같더군요."

"현재 남아 있는 조세핀의 편지는 단 두 통뿐입니다. 하지만 나는 그것 이외에도 한 통을 더 손에 넣었습니다. 대단한 진품이지요."

그렇게 말하며 연구자들도 모르는 비밀스러운 보물을 열람시켜주었을 정도이니 컬렉션의 상당한 부분까지 보여준 것은 확실하다. 어쩌면 미나미사와 씨 자신을 제외하면 그것을 가장 많이 본 사람이 내가 아닐까 싶을 정도로.

그렇다고 해도 — 막연하게 그렇다고 생각하는 것뿐이지만 —

그런 나에게도 보여 주지 않는 극비의 물건들이 여전히 건물 어딘가에 숨어 있을 것이라는 사실은 수집가의 일반적인 습성을 고려할 때 충분히 있을 법한 일이라고 생각하고 있었다.

하지만……. 그건 그렇다 치고, 나는 잠시 미나미사와 긴페이에게서 눈을 돌려 또 다른 한 사람의 나폴레옹광에 대해서 이야기해야겠다.

갑작스럽다고 생각할지 모르지만 복어 미림보시*는 내가 가장 좋아하는 음식이다. 조청 빛을 띠며 투명하게 비치는 것을 표면이 보기 좋게 익을 때까지 전열기로 구워 잘게 찢어 먹으면, 청주는 물론이고 양주와도 잘 맞는다.

단, 도쿄의 백화점 등에서 산 것들은 대개 몸체가 얇은데다가 아무리 씹어도 고무 같은 감촉이 남아 그다지 좋지 않다. 역시 원료가 되는 복어의 질이 좋은지 나쁜지에 따라 가공 후의 맛에도 상당한 영향을 끼치는 것 같다.

이런 이야기를 꺼낸 이유는 딴 데 있는 게 아니다. 또 다른 나폴레옹광에 대해서 떠올릴 때면 언제나 복어의 미림보시가 함께 떠오르니까…….

작년 여름, 대학의 방학을 얼마 앞두지 않았을 때라고 기억한다. 그때 나는 기묘한 남자의 방문을 받았다. 처음에 그 남자의 얼굴을

* 미림에 간장 · 설탕을 넣은 소스로 간을 해서 말린 식품.

보았을 때 난 일본인치고는 버터 냄새가 진동하는 얼굴이라고 생각했다. 눈과 눈 사이가 좁고 눈두덩이 꽤 깊이 푹 파여 있었다. 콧날은 가늘고 길게 뻗어 있었다. 의심할 여지없이 서양인의 피가 섞인 풍모로 보였다. 하지만 키는 보통 일본인들과 다를 바 없어서 다부진 어깨 품이 전체적으로 불균형을 이루는 느낌이었다.

넓은 이마, 거기에 짝 달라붙듯 늘어져 부드럽게 말린 머리카락을 보는 동안 나는 이 얼굴이 누군가와 닮았다는 생각이 들었다.

"무라세……라고 합니다."

성과 이름을 다 말했던 것일까? 성 이외의 부분은 기억이 나질 않는다. 말투에는 지방 사람들이 사투리를 애써 감추려 할 때 나타나는 어색함이 묻어났다*.

그가 나를 방문한 이유는, 언젠가 내가 어떤 대중잡지에 나폴레옹이 태어난 곳을 여행했을 때 인상적이었다는 내용의 수필을 썼는데, 우연히 그것을 읽은 그는 내가 나폴레옹 연구의 전문가라고 생각한 때문이었다.

인사 비슷한 대화를 나눈 뒤 그가 갑자기 주뼛거리면서, 그러나 엄숙하게 선언했다.

"저는……, 실은 나폴레옹이 환생한 사람입니다."

"네?"

처음에는 그 말이 무슨 뜻인지 전혀 알 수 없었다. 그리고 무슨

---

* 무라세라는 남자는 규슈 지방의 사투리를 쓰면서 어눌한 높임말을 쓰고 있으나 번역에서는 사투리로 표현하지 않았다.

뜻인지 알고 나서는 이 사람이 농담을 하는 거라고 생각했다.

남자는 무언가 굳게 결심을 한 듯한 시골 노인네의 고집스러운 분위기를 풍기기는 했지만 어디까지나 정상, 정신을 놓은 듯한 부분은 전혀 없어 보였다.

"왜 그렇게 생각하시죠?"

나는 농으로 돌리려는 투로 그렇게 되물었다.

"저, 제 얼굴이 일본인치고는 꽤 특이하지 않습니까? 어렸을 때부터 그랬습니다. 동네 아이들이며 마을 사람들 모두한테서 '아메공*, 아메공' 이라고 불리며 놀림을 받았습니다. 엄마가 서양인과 잤다고 뒤에서 손가락질을 당하기도 했습니다."

"예에……."

"중학교에 가서는 선생님한테 '너는 나폴레옹을 닮았구나' 라는 얘기를 듣고 별명도 나폴레옹이 되었습니다."

"아, 그랬군요."

누군가를 닮았다고 생각한 것은 바로 그 얼굴이었다. 일본인 중에 코카서스 태생의 영웅과 꼭 빼닮은 얼굴이 있을 줄이야. 기이하다고밖에 생각할 수 없었다.

"저는, 흠, 그때까지만 해도 나폴레옹이라는 사람의 사진이나 그림을 전혀 본 적이 없었기 때문에 '그런 사람이 있나 보군' 하고 말았습니다만, 나중에 이렇게 책에 실린 사진을 보니 이거야말로 판박이가 따로 없었습니다. 뭔지 잘은 몰라도 기분은 묘했습니다. 혹

* '아메' 는 '아메리카' 의 준말. '아메' 에 '공(公)' 을 붙인 말로 미국인을 멸시하는 표현이다.

시 전생에 내가 나폴레옹이었던 것은 아닐까라는 생각이 들기 시작했습니다."

"그렇습니까?"

이상한 이야기이기는 했지만 수긍이 가는 부분이 아주 없지는 않았다. 어느 날 갑자기 자신의 외모가 역사적인 인물과 똑 닮았다는 사실을 알게 된다. 그리고 자신이 그 인물이 환생한 것이라고 믿기 시작한다. 어느 수준으로 믿든 그건 별개의 문제이다. 그런 심리를 별스럽고 이상한 것으로 여길 필요는 없을 것이다.

"그 뒤로 나폴레옹이라는 사람이 계속 마음에 걸렸습니다. 그렇다고 해도 저같이 촌구석에 사는 사람에게 특별히 읽을 만한 것도 없었습니다. 그래도 잘 생각해 보면 어렸을 때부터 종종 적막한 섬의 풍경을 꿈속에서 보곤 했습니다. 가 본 적도 없는데 말입니다. 바다 위로 무언가 이런 검은 구름이 무겁게 내려앉은…… 그게 그러니까, 뭐라고 하더라……."

"세인트헬레나 섬 말씀입니까? 나폴레옹이 마지막에 유배된."

"아, 그겁니다. 마구간 같은 허름한 집도, 예, 기억하고 있습니다. 아, 조세핀인가 하는 사람은 나중에 몇 번인가 사진을 봤어도 기억이 나질 않았습니다. 근데, 다른 한 사람, 이름이……."

머뭇거리던 남자는 주머니에서 손때 묻은 수첩을 꺼내 페이지를 뒤적이고는 말을 이었다.

"와레스카……. 와레스카, 그래, 그 사람은 확실히 본 적이 있습니다. 꿈속에서요."

"와레스카라는 사람은 폴란드 연인이었죠. 마지막까지 나폴레옹에게 사랑을 바친 귀족 부인입니다."

'영웅에겐 늘 여자가 따른다'는 말이 있기도 하지만, 나폴레옹의 여자관계는 그야말로 현란하고 화려했다. 왕비인 조세핀이나 마리 루이즈 외에 오페라 가수인 그라치아니, 국립극장의 꽃 조르지나, 절세미인으로 불렸던 배우 마드모아젤 마루스……. 세인트헬레나로 유배된 후에도 나폴레옹은 동행했던 몽토론 백작의 부인 알비느와 관계를 가져 나폴레오네라는 딸까지 낳았다.

하지만 그 수많은 꽃들 중에서도 나폴레옹에게 진실로 사랑과 성실을 바친 이를 꼽으라면 마리 와레스카 외에 또 누가 있겠는가? 그녀는 폴란드의 안녕을 위해 인신 공양하듯 황제에게 바쳐진 여자였지만, 일단 사랑을 나눈 뒤에는 평생을 변함없이 비운의 영웅에게 연모를 품었다. 만일 나폴레옹이 천국의 높고 높은 곳에서 자신의 생애를 바라볼 수 있다면 와레스카야말로 그의 눈을 진실로 사로잡을 만한 최고의 연인이었다는 것을 새삼 깨닫게 될 것이다.

남자는 이야기를 이어갔다.

"꿈은 그 외에도, 그러니까, 음, 여러 가지를 꾸었습니다. 알지 못하는 나라의 낯선 마을이 화염에 싸여 불탄다거나……."

"모스크바를 말하는 군요?"

"그런 것 같습니다."

"어렸을 때 누군가에게서 나폴레옹에 대한 이야기를 들었던 것은 아닙니까?"

남자는 크게 고개를 흔들었다.

"우리는 촌사람입니다. 나폴레옹이 누군지 아는 이가 없습니다."

"그래서, 흠……. 자신이 나폴레옹의 환생이 아닌가 싶은?"

"그렇습니다. 젊었을 때는 그다지 믿지 않았습니다만 나이가 들고 보니 전생이라든가 죽은 다음의 세계라든가에 대해 생각하게 되었습니다."

"실례지만 연세가 어떻게 되시죠?"

"쉰다섯입니다. 최근 들어 더더욱 전생에 나폴레옹이었던 것이 아닐까 싶은 생각이 자꾸 듭니다. 그렇게 대단한 사람이 어째서 저 같은 것으로 다시 태어나 버렸는지, 책임이 크다고 해야 할지, 죄송스럽다고 해야 할지……."

"얼굴이 닮았다, 자주 꿈을 꾼다, 단지 그것뿐인가요?"

"아니요, 더 있습니다. 후쿠오카대학의 히메노 선생님이라고 아십니까?"

"아니요, 모릅니다."

"그게 말입니다. 도서관 선생님입니다만, 사촌동생의 중매를 해주신 분입니다."

"네에……."

"그런 인연으로 만나 뵌 적이 있는데 외국에는 사람의 환상에 대해 연구하는 사람도 꽤 많고, 훌륭한 책도 있다고 들었습니다."

"그런가요?"

남자는 또다시 낡은 수첩을 펼쳤다.

"음, 그러니까, F……M……윌리스. 이 사람은 유명한 사람입니까?"

"잘 모릅니다만."

"이 사람의 연구에 의하면 인간은 죽은 뒤, 다음에 다시 태어날 때까지 오랜 시간이 걸리면 걸릴수록 위대한 인물이 된다고 합니다."

"오, 그렇군요."

"죽은 뒤 50년 안에 다시 태어나면 주정뱅이나 실업자자 되고, 백 년까지는 평범한 노동자, 이백 년까진 기술자, 삼백 년은 지주, 천 년에 이르면 지도자가 된다고 합니다. 이천 년이 지나 다시 태어나면, 음, 예술가가 된다고 하고요."

"예술가로 환생하는 게 가장 오랜 시간이 걸린다는 거군요."

나는 쓴웃음을 지었다. F. M. 윌리스라는 남자는 예술가든가, 아니면 예술가가 되기를 희망했던 사람이었을 것이다.

무라세 씨는 나의 조소 따위는 아랑곳하지 않고, 무릎에 손을 모은 채 진지한 얼굴로 말을 이었다.

"나폴레옹이 죽은 해가 1821년이고, 제가 태어난 해가 대지진이 있었던 다이쇼 12년이니까 1923년입니다. 백 년 하고 조금 더 되는 셈이니 평범한 노동자나 기술자, 그쯤에 해당하는 겁니다. 마찬가지로 저도 고기를 잡거나 생선공장에서 일하며 살아왔고요."

"죄송합니다만……, 그런 삶을 사는 사람이라면 일본에서만 몇

백만 명은 될 겁니다. 그렇지 않습니까?"

"맞습니다, 그렇지요. 하지만 다른 설이 하나 더 있습니다."

"설?"

"예. 음, 그러니까, 혹시 사령재생설(死齡再生說)이라고 알고 계십니까?"

"아니요, 모르겠습니다."

"예순 살에 죽은 사람은 죽은 뒤 60년 후, 120년 후, 180년 후라는 식으로 배수의 해에 환생한다는 겁니다. 쉰 살에 죽으면 백 년, 백오십 년, 이백 년, 이렇게 말이지요."

"그것도 윌리스라는 사람의 설입니까?"

"그렇습니다. 히메노 선생님이 그렇다고 이야기를 해 주셨습니다."

"그런 것을 연구하는 사람들도 있었군요."

"예. 나폴레옹은 1821년, 쉰한 살에 죽었습니다. 제가 태어난 것이 1923년이니까, 딱 백이 년이 됩니다. 쉰한 살의 두 배가 되는 기간이지요."

"우연의 일치가 아닐까요?"

"비소 검사도 했습니다."

"비소 검사?"

"예. 그건 중학교 과학 선생님께 부탁을 했습니다. 비소라는 게 매우 무서운 것이어서 죽은 후 한참 뒤에라도 머리카락 하나만 있으면 검사가 가능하다고……. 그렇지 않습니까?"

"그런 애기는 저도 들은 적이 있습니다."

"나폴레옹은 비소 때문에 죽었다고 하던데, 그 애기가 맞습니까?"

"그런 소문도 있지요."

"제가 정말로 환생한 것이라면 머리카락 안에 비소가 들어 있을 수도 있겠지요?"

"결과는 어땠나요?"

"조금 있었습니다. 그런데, 정말입니까? 나폴레옹이 비소 때문에 죽은 것이."

"글쎄요. 그렇다고 그게 증거가 될 수 있을진……."

무라세 씨는 아마도 비소가 섞인 농약을 머리에 뒤집어썼던 게 틀림없다.

"저는 나폴레옹이 환생한 것일까요?"

"……글쎄요."

나는 서재의 어두운 조명에 비친 남자의 얼굴을 다시 한번 관찰했다.

나폴레옹 보나파르트의 풍모에 대해서 내가 가진 지식은 그리 깊지 않다. 유럽 근세사를 공부하는 사람으로서 몇 장의 초상화를 통해 알고 있는 게 전부였다.

나폴레옹이 죽은 것은 19세기 초반이고 사진술이 보급된 것은 그보다 반세기 정도 뒤의 일이다. 그러니까 나폴레옹을 실사한 사진은 존재하지 않는다. 하지만 당시의 초상화가 모델이 되는 인물

의 모습을—어느 정도 미화했다고 치더라도—충실히 그림 속에 재현시키고 있음은 분명했다. 각기 다른 나폴레옹의 초상화들에서 공통적인 특징이 나타나는 것을 보면, 황제의 풍모를 거의 정확하게 전하고 있다고 생각해도 무리가 없을 것이다.

눈앞에 있는 남자는 그런 추상화된 나폴레옹의 이미지—그러니까 몇 점인가의 초상화를 보면서 막연하게 내 머릿속에 그려진 나폴레옹의 이미지와 정확히 일치했다. 나폴레옹은 분명 이런 얼굴 모양, 이런 체형을 하고 있었을 것이다. 남자의 낡은 쥐색 양복이 진군하는 영웅의 모습과는 어울리지 않았지만, 지난날의 화려한 군복을 입히고 나폴레옹 하면 떠오르는 삼각 모자를 씌우면 금방이라도 만년의 프랑스 황제가 눈앞에 나타날 것 같았다. 행동거지는 시골 출신이던 나폴레옹의 태생을 생각하면 오히려 더 자연스럽게까지 생각될 정도였다.

그렇다고는 해도 나의 이성은 인간의 환생을 그렇게 쉽고 가볍게 받아들일 정도는 아니었다. 결론부터 말하자면 모든 것이 우연이 만들어 놓은 장난에 불과하다. 무라세 씨의 어머니가 서양인과 부정을 저질렀는지 제쳐 두고라도, 그의 피 속에 조금이나마 유럽인의 것이 섞여 있을지 모른다. 그렇게 멀지 않은 조상 가운데 한 명이 이탈리아의 마도로스와 불륜의 사랑에 빠졌을 수도……. 그리고 그 피가 돌발적으로 한 남자에게 선명한 핏빛을 내면서 발현된 것은 아닌지…….

어쨌든…… 무언가의 우연으로 나폴레옹과 꼭 닮은 풍모가 나타나게 된 것이다. 그것이 암시처럼 작용하여 세인트헬레나 섬이나 모스크바의 화염에 대한 꿈을 꾸었다고 믿게 된 것이다. 절해의 고도나 낯선 마을의 화재 정도는 누구라도 한두 번 정도 꿈에서 볼 수 있는 것 아닌가. 윌리스인지 뭔지 하는 미신가의 견해 따위는 도저히 믿기 힘든 것이었다. 원래 신뢰성이 없는 이야기였으므로 무라세 씨의 생년월일과 부합한다고 해도 전혀 놀랄 것이 없었다.

"그래서 저한테 바라시는 게 무엇인가요?"

이야기가 일단락되자 나는 원점으로 돌아가 처음부터 마음에 두었던 질문을 꺼냈다.

"아, 예, 선생님은 나폴레옹 선생님이시지 않습니까. 귀찮게 해드려 죄송하지만 이런저런 옛날 일들을 가르쳐 주셨으면 해서요. 제 머릿속에 무언가 다른 것들이 남아 있을지도 모른다는 생각이 들어서 이렇게 찾아뵙게 되었습니다."

무라세 씨는 마치 기억상실증에 걸린 환자가 기억을 되찾으려고 하는 것처럼 나에게 나폴레옹의 역사를 읊조리게 하고, 그것을 근거로 자신을 식별해 보겠다는 의도인 것 같았다.

하지만 안타깝게도 나는 '나폴레옹 선생'이 아니다. 나폴레옹의 전기문에 실린 정도의 지식 외에 딱히 전해줄 만한 깊은 지식은 없었다.

"그렇다면 저보다는, 적당한 사람을 소개해 드리겠습니다. 도움이 될지 어떨지는 잘 모르겠습니다만……."

그때 떠오른 사람이 미나미사와 씨였다. 나폴레옹에 대한 모든 것을 눈앞에 펼쳐 내듯 그려 낼 수 있는 이가 그 외에 또 누가 있겠는가.

한편으로는 정상이 아닌 듯해 보이는 남자를 미나미사와 씨에게 떠맡기는 것 같아서 어딘지 모르게 망설여지기도 했다.

—귀찮게 만드는 건 아닐까?—

하지만 무라세라는 이 사람은 무언가 기묘한 생각에 사로잡혀 있기는 해도 일단은 정상인이라고 판단해도 될 것 같았다. 나폴레옹에 대한 화제를 빼면 일본 어디에나 있을 법한 건실한 시골 사람이었다. 미나미사와 씨에게 소개해도 그다지 폐를 끼칠 것이라는 생각은 들지 않았다.

운명적인 영웅과 관련 있는 온갖 유품을 눈앞에 대하게 되면 이 남자는 어떤 마음이 들까?—아무것도 기억해 낼 수 없는 것이 당연하지 않을까? 그럼 그런 대로 괜찮지 않을까? 그것을 계기로 자신이 갖고 있던 나폴레옹에 대한 망상을 깰 수 있다면……. 규슈에서 상경해 일부러 나를 찾아온 그 정성에 어떤 식으로든 보상을 해 주고 싶은 마음도 약간 들었다.

"그럼 잘 부탁합니다."

남자는 미나미사와 씨에 대한 이야기를 듣더니 이내 안도의 빛을 띠며 말했다.

나는 명함에 그의 용건을 간단히 적어서 소개장을 만들었다.

"상당히 바쁘신 분이니까 찾아가기 전에 먼저 연락을 해서, 부디 실례를 끼치는 일이 없도록 부탁드립니다."

"아, 예, 물론입니다."

무라세 씨는 내 명함을 받아들고 정말 미안하다는 듯 두 번, 세 번 고개를 숙이며 예를 표했다. 그러고는 들고 왔던 보자기 꾸러미를 우물쭈물 풀어내어 투박한 포장 속에 담긴 말린 생선을 꺼냈다.

"별 거 아니지만, 이건 제가 일하는 데에서 직접 만든 겁니다."

"아니 이건, 복어 아닙니까. 미림으로 말린."

"예, 맞습니다. 혹시 좋아하시지 않을까 싶어서……."

"네, 그럼요. 정말 좋아합니다. 하지만, 도쿄에서는 좀처럼 맛있는 것을 찾을 수가 없어요."

무라세 씨의 굳었던 얼굴 표정이 갑자기 환하게 풀렸다.

"그러시다면 매달이라도 보내드리겠습니다. 저희 공장에서는 정말 싼 값에 나가는 물건입니다."

"아니요, 그런 말씀 하지 않으셔도 됩니다. 제 말에 너무 신경 쓰지 마세요."

"아니요, 이 정도는 아무것도 아닙니다. 선생님께 이렇게 신세를 졌는데요."

그는 너무 오랜 시간을 빼앗아 죄송하다는 말과 함께 정중히 진심 어린 인사를 하고는 자리에서 일어섰다.

남자가 돌아간 뒤에 나는 조청 빛을 띤 말린 생선의 두툼한 두께를 살펴보면서 세상에는 참 별의별 사람이 다 있구나라는 생각을 했다. 그의 진지하고 정중한 태도를 보면 정말로 매달 '나폴레옹'

특제 미림보시를 보내고도 남았다.

그건 그렇다 치고, 시골에서 여비는 넉넉하게 챙겨 나온 것일까 등등 이런저런 생각을 멍하니 하는 한편, 나폴레옹의 흔적을 수집하는 작업에 모든 에너지를 쏟아 붓는 남자와 자신이 나폴레옹의 환생이라고 믿고 있는 남자, 이 두 사람이 서로 얼굴을 마주 대하는 광경은 어떨까 하는 상상을 하고는 혼자 쿡쿡거리며 웃었다.

그 후로 나는 무라세라는 남자에게 그리 많은 신경을 쓰지 않았다. 묘한 방문을 받았다는 사실을 잊을 리야 없었지만 그렇다고 새삼스럽게 떠올릴 만한 일도 아니었다.

남자는 진심에서 우러나온 듯 약속했던 것과 달리 미림보시를 보내지 않았다. 그것 때문에 언짢거나 하지는 않았지만, 진정성이 가득했던 그의 태도 때문에—약속을 완고하게 지킬 것 같은 인상도 그렇고—약간은 속았다는 느낌이 들지 않는 것도 아니었다. 그러자 그 남자가 내 소개로 미나미사와 씨를 만나서 행여나 좋지 않은 인상을 남긴 것은 아닐까 싶은 염려도 마음 한 구석에 자리를 잡았다.

소개장을 쓴 뒤 미나미사와 씨에게 곧바로 전화를 걸어 알릴 생각이었지만 깜빡하고 말았다. 그렇게 하루 이틀 지나다 보니 전화 거는 것 자체가 귀찮아졌다.

그러던 어느 날, 나폴레옹 기념관에 볼일이 생겼다. 나폴레옹의 엘바 섬 탈출과 논조를 바꾸는 신문의 행태—탈출한 날에는 '코르시카의 귀신' 이라고 업신여기더니 국민의 관심과 애정, 존경을 한 몸에 받으며 파리로 접근하자 '충성하는 황제 폐하, 내일 파리에 귀환 예정' 이라고 변하는 ── 그런 여론의 무분별한 모습을 당시의 신문에서 확인하기 위해 미나미사와 씨의 자료를 찾아 복사해야 했다.

"오랜만이네요. 남편하고는 가끔 선생님 얘기를 나누곤 한답니다."

나폴레옹광과 평생 함께할 운명을 진 노부인은 사람의 흔적이 느껴지지 않는 4층 응접실로 나를 안내하며 반갑다는 듯이 말했다.

나폴레옹 기념관은 오래된 성처럼 깊은 숲 속에 자리 잡고 있어서 가을바람만이 창을 두드릴 뿐이었다. 미나미사와 씨는 이 적막한 집에 부인과 단둘이 칩거하고 있었다. 어디를 봐도 나폴레옹의 물건으로 가득했다.

"건강들 하시지요?"

"예……, 저는 신경통이 좀 있지만 남편은 워낙 건강한 사람이니까요."

"여전히 나폴레옹에 대해서도?"

"전 일찌감치 포기했어요. 남편은 어차피 죽을 때까지 변하지 않을 거예요. 요새 들어서는 더 심해진 것 같아요. 피해망상에 사로잡힌 것처럼, 누군가 보물을 노리고 있기라도 하듯이 말이에요."

"부인께서는 전혀 관심이 없으시죠?"

"전혀요. 예전에는 이것저것 보여 주기도 했는데 제가 재미없어

하니까……. 요즘에는 저 혼자 이것저것 마음대로 하며 지내고 있어요.”

“요즘의 젊은 여성이라면 참지 못할 겁니다.”

“그렇겠죠. 뭐, 우리 때는 남편에게 봉사하는 게 여자라고 배웠으니까요. 아무리 미치광이라고 해도 남에게 피해를 끼치는 것도 아니고……. 오히려 좋은 건지도 모르죠.”

미나미사와 씨는 나폴레옹에 미쳐 있는 부분을 제외하면 어디 하나 결점이 없는 가장일 것이다. 그의 인생은 그를 입지전적인 인물이라고 평해도 모자랄 바 없을 정도였다. 경제력을 비롯한 생활력도 충분했고 여자 문제 때문에 부인을 힘들게 한 적도 없으니까 말이다.

멀리 무거운 문이 삐걱거리며 열리는 소리가 들리고 곧이어 열쇠 꾸러미의 찰랑거리는 소리가 울렸다.

“곧 올 거예요.”

부인은 소리가 나는 쪽에 귀를 기울이며 말했다.

나는 그때까지 미나미사와 씨가 어딘가 다른 곳—조금 먼 곳으로 외출하고 없다고 생각했는데 그렇지 않았다.

“4층에도 자료실이 있습니까?”

“예, 가장 소중하게 여기는 것은 4층에 감춰 놓아요. 누군가에게 도둑맞지 않을까 노심초사하면서 나한테도 보여 주려 하지 않아요. 특별히 보고 싶은 마음도 없지만요.”

부인은 더 이상 어떻게 해 볼 도리가 없다는 듯 고개를 저어 보였다. 근래에 미나미사와 씨는 사업에서도 완전히 손을 떼고 하루 종일 나폴레옹의 유품을 바라보며 열을 올리고 있는 듯했다.

응접실의 문이 열리고 미나미사와 씨가 모습을 드러냈다.

"아, 와 계셨군요."

오랜만에 보는 미나미사와 씨는 예전과 조금 달라 보였다. 꿈에서 막 깬 사람이 여전히 어딘가에서 헤어나지 못하고 있는 듯한, 그런 불안한 모습이었다.

"오랜만에 찾아뵙습니다."

"아아……아니요…… 저야말로."

"수집은 여전하신가요?"

"예……… 뭐…… 그렇지요."

그는 이상스럽다는 얼굴로 나를 바라보았다.

나는 문득 '미나미사와 씨도 노년에 들어섰구나' 하는 느낌이 들었다.

남자는 원하든 원하지 않든 대부분의 생애를 세상에 영합하며 살아간다. 그 관계는 건전한 의미의 공존을 뜻하는 대신, 자신을 바로 세우거나 혹은 비트는 와중에 무의식적으로 사회에 예속되는 것을 말한다. 그것이 노년에 접어들어 현장에서 한발 물러서게 되면, 갑자기 세상의 속박에서 해방되어 처음에는 자신의 욕망이 시키는 대로 살게 된다. 내가 잘 알고 있는 미나미사와 씨는 대단히 붙임성 있고 세상살이에 익숙한 실업가였지만, 오늘 밤에는 무언가 평정을 잃은 듯 다소 흐트러져 보였다.

꿈처럼 열중해 있던 어떤 일을 나 때문에 중단한 듯한, 그래서 탐탁지 않은 듯한 느낌마저 받았다.

하지만 그런 생각도 그리 오래 가진 않았다. 두세 마디 이야기를 나누는 사이 미나미사와 씨는 예전과 같은 모습으로 돌아와 나폴레옹에 대한 이야기를 활기차게 늘어놓기 시작했다.

"얼마 전에 황제의 모자가 나왔어요."

"오, 어디서요?"

"벨기에의 수집가가 보관하다 세상을 떠나자 미망인이 팔려고 내놓은 것이죠."

"상상할 수 없을 만큼 고가겠지요?"

"예, 뭐, 그렇지요."

"어느 정도나……?"

미나미사와 씨는 말없이 미소만 띠었다. 자기 입으로 가격을 말하는 것 자체가 자신의 광기를 증명하는 듯해서 껄끄러운 것일까.

"300만 엔?"

"좀 더 비쌉니다."

"500만 엔?"

"조금 더."

"700만 엔?"

이제는 대답 대신 가볍게 고개를 저을 뿐이었다. 부인이 한마디 껴들었다.

"갖고 싶은 것이 눈앞에 보이면 참지 못하는 성격이니까요. 아이같이……."

"아, 그렇다면, 손에 넣으신 거군요."

"예, 뭐……. 다른 사람 손에 들어가게 할 수는 없었어요. 황제 폐하가 쓰셨던 물건이 틀림없으니까……. 정말 굉장한 물건이에요. 체취 같은 것이 조금 남아 있는 듯도 하고……. 직접 보시겠어요?"

미나미사와 씨는 서둘러 열쇠 꾸러미를 움켜쥐며 자리에서 일어섰다. 그리고 4, 5분쯤 지나서야 나폴레옹의 그 특별한 삼각모를 눈높이 정도로 받쳐 들고 돌아왔다.

"언제쯤 거지요?"

"러시아 원정 때 정도."

귀하게 보존된 물건이라는 사실은 한눈에 알 수 있었지만 군데군데 얼룩이 져 있었다. 그 얼룩 하나하나가 러시아에서 후퇴해야 했던 당시의 고통스러운 흔적이라도 되는 것일까. 10만 병사는 5천으로 줄고, 베레지나 해변을 건널 때에는 군기마저 타버렸다는 역사적 사건의 기록은 지금까지 충실하게 전해 오고 있다. 그때 황제의 모자 중에 유실되지 않고 지금까지 남아 있는 것이 이 모자란 말인가. 수많은 유품으로 가득한 기념관의 어두컴컴한 방에서, 미나미사와 씨는 모자에 물든 얼룩의 흔적을 더듬으며 시간을 잊고 괴로운 몽상에 빠져 있는 것일까. 그러한 광경이 그림처럼 선명하게 떠올랐다.

"어떻습니까?"

"역사가 바로 옆에 와 있는 것 같군요."

"그렇습니다, 바로!"

주인은 활짝 웃으며 맞장구를 쳤다.

나는 그 모자를 머리에 써 보고 싶다는 충동에 사로잡혔지만 미나미사와 씨가 내 손끝이 닿는 것마저도 경계하듯 두근거리며 바라보는 것 같아서 포기했다.

신문 자료 복사는 전화로 미리 부탁해 놓았으므로 책상 위에 이미 정리되어 놓여 있었다.

기념관에 찾아온 볼일이 일단락되자 문득, 예전에 나를 찾아온 무라세라는 남자가 떠올라 미나미사와 씨에게 물었다.

"아, 그러고 보니 그런 사람이 찾아왔던 적이 있군요."

미나미사와 씨는 눈을 깜빡였다.

"약간 기이한 사람이었는데, 혹시 실례라도 끼치지 않았는지……."

나폴레옹의 유품을 눈앞에서 보고 그 남자가 갑자기 발작이라도 일으켰으면…… 그런 생각이 머릿속을 스쳤다.

"아니요, 별로. 세상에는 자신이 나폴레옹의 환생이라고 믿는 사람이 의외로 많이 있습니다."

"그렇습니까?"

"신문이나 잡지 기사를 모으다 보면 그런 이야기를 자주 접할 수 있습니다. 스크랩한 것이 있는데, 그런 자료만 한 권 정도나 모았지요."

"그렇게나 많습니까?"

"브라질의 로드리게스라는 남자는 열병을 앓은 직후 아우스터리츠 전쟁의 꽤 자세한 부분까지 이야기했습니다. 그래서 한때 화제를 모은 일이 있었지요. 이야기의 내용은 나폴레옹이 겪었던 사실(史實)과 정확히 일치했습니다."

"어떻게 그런 일이 있는 거죠?"

"글쎄요, 그건 잘 모르겠습니다. 저 역시도 이렇게 매일 같이 황제 폐하의 유품들을 접하면서 살다 보니 이 건물 어디선가 황제 폐하가 나타나시지는 않을까 싶은, 그런 분위기를 느낄 때가 종종 있으니까 말이지요."

"그 무라세라는 사람도……."

"잘 모르겠습니다."

그다지 내키지 않는 듯한 말투였다.

결과적으로 미나미사와 씨와 무라세 씨의 만남이 내가 예상했던 것만큼 드라마틱한 것은 아니었던 듯했다.

"하지만 풍채나 얼굴은 상당히 닮지 않았던가요?"

"그렇군요."

미나미사와 씨는 애매하게 대답하면서 난처한 표정을 띠었다. 조금 전 모자에 대해 이야기를 나눌 때와도 전혀 다른 모습이었다. 마치, 이런 화제를 꺼낸 진의가 무엇인지 따져 보려는 듯, 조금 당황한 기색마저도 보이고 있었다.

제법 깊은 밤이었다. 그때서야 나는 미나미사와 씨가 한시라도

빨리 내게서 벗어나 나폴레옹의 망상 속에 빠지고 싶어 하는 것이라는 생각이 들었다.

그런데 미나미사와 씨의 집을 나서자마자 어떤 기묘한 생각이 고개를 쳐들기 시작했다. 그 생각은 기념관에서 점점 멀어질수록 꼬리에 꼬리를 물고 연결되어 갔다. 순간, 몸이 부르르 떨린 것은 차가운 밤공기 때문만은 아니었다.

눈 깊숙한 곳에서 어떤 영상을 감지했으면서도 잠시 동안 내가 본 것이 무엇이었는지 의식하지 못하는 경우가 있다. 그리고 어느 정도의 시간이 지나서야 그것이 무엇이었는지 비로소 깨닫고는 한다.

아까 서재를 겸한 응접실에서 내 눈을 잡아당겼던 것—그때는 전혀 신경을 쓰지 않았던 것—그 존재가 차갑게 식은 밤의 어둠 속에서 명확하게 떠올랐다.

미나미사와 씨의 책상 위에는 나폴레옹과 관련된 새로운 자료들이 쌓여 있었다. 그런데 서가의 한 구석에 나폴레옹과 어울리지 않는 책이 한 권 있었다.

그 제목이 또렷이 내 눈 앞에 되살아났다. 무라세 뭐라는 그 남자의 이미지와 삼각모에 밴 옅은 방부제 냄새와 함께……. 책등에 새겨진 글자는…… 그래, 분명 '동물 박제 만드는 방법' ……이라고 읽는다.

불현듯, 지금 걸어 나온 길을 뒤돌아보았다.

암울한 어둠에 잠겨 있는 나폴레옹 기념관은 4층 한 구석만 희미한 불빛이 밝혀 있었다. 머나먼 역사의 등불처럼.

미림보시는 여전히 나에게 배달되지 않고 있다. 무라세 씨가 내 앞에서 사라진 이후 단 한 번도…….

뻔뻔한 방문자

뒷문 벨이 울렸을 때 우키타 마키코는 오래된 바로크 풍의 음악을 들으면서 테이블에 조간신문을 펼쳐 놓고 있었다. 엔고(円高), 태풍의 접근, 경찰이 일으킨 불미스러운 사건 등 이런저런 사건의 표제들이 눈에 들어왔지만, 그 중에서도 그녀의 관심을 가장 끌었던 것은 오오타구에서 일어난 유괴 사건에 관련된 기사였다.

시간은 아직 10시 전이다. 흰색과 보라색이 잘 조화된 거실. 그 세련된 분위기 속에서 조젯[*]으로 만든 옅은 갈색의 원피스가 장식 없는 소박미를 뿜어내고 있었다.

자리에서 일어서면서 몸을 약간 비틀어 옆방 침대를 들여다보니

---

* 날줄은 왼쪽으로, 씨줄은 오른쪽으로 번갈아 꼬아서 짠 견포나 면포.

유키에는 엄지손가락을 빨면서 새근새근 가벼운 숨소리를 내면서 자고 있었다. 그 머리맡에는 연한 복숭아 빛 커튼이 바람에 실려 부풀었다 꺼졌다를 반복하고 있었다. 마키코는 발소리를 죽여 조심스럽게 다가가 살짝 창문을 닫았다.

그리고 벽에 걸린 거울에 얼굴을 비춰 보고는 흐트러진 머리를 가볍게 매만진 후,

"예."

라고 대답하며 문을 살짝 열었다.

아침의 방문자는 중년의 여자였다.

"부인, 안녕하세요."

붙임성 있는 인사말에, 마키코는 이내 그 여자가 누구인지 알 수 있었다.

"아아."

여자는 집안을 훔쳐보려는 듯 고개를 안으로 내밀면서,

"바깥어른은?"

하고 물었다.

"벌써 출근했어요."

"아무도 없나요?"

"예."

마키코는 누군가가 찾아와서 용건을 들어야 할 때면 뒷문을 내다보며 띠는 그 가식적인 미소를 보내며, 천연덕스럽게 상대방의 모습을 관찰했다. 어디까지나 아무 일 없었던 듯…… 그것이 야마

노테[*] 양가집에서 자란 딸들의 행동거지 중 하나였다.

문 앞에 서 있는 여자는…… 헝클어진 머리, 허리가 없는 원피스, 원피스 밑으로 보이는 안짱다리, 편평한 구두가 안쪽 살에 밀려 '八' 자를 그리고 있었다.

"근처에 일이 있어서 온 김에."

여자는 변명이라도 하는 듯이 말하며 안쪽으로 반 정도 발을 들이밀어 놓고는 등 뒤로 문을 끌어당겼다.

—아직 이른 아침인데 도대체 뭘 하러 온 거야? 보험 판매원이라도 시작한 건가.

여자의 이름은 간자키 하츠에라고 한다.

그녀를 알게 된 것은 유키에를 출산했을 때였다. 간자키 하츠에는 병원을 출입하며 잔일을 하는 잡역부였고, 입원한 환자의 옆에서 시중을 든다거나, 한 장에 얼마 정도를 정해서 속옷을 세탁해 준다거나 했다. 마키코는 산후 몸 상태가 생각보다 좋지 않아서 얼마간 그녀의 도움을 받았었다.

그때의 인상이라고 한다면, 일을 잘 돌봐 주고 소탈한 성격의 소유자라는 것이었다. 팁을 아끼지 않고 주었기 때문인지 모르지만 마키코는 각별히 더 잘 해주었다는 기분이 들었다. 그때까지도 꽤 여러 번 임산부를 돌봐 주었던 듯 이것저것 의학적인 충고까지도 해 주었다. 그것이 어느 정도 근거를 갖고 있는지는 알 수 없지만,

* 도쿄 중에서도 중심부에 속하는 지역을 말한다.

공립병원의 성의 없는 간호사들에 비하면 이 잡역부는 어쨌든 가까이에서 부르면 바로 대답해 주고, 잡담의 상대가 되어주는 것만으로도 심정적으로 의지가 되었다. 갓 태어난 유키에도 얼마간 이 여자의 신세를 져야 했다.

그때의 일들에 대해서는 마키코도 고맙다고 생각하고 있었다. 단지 뭐라고 해야 하나, 딱 집어 말할 수는 없지만 어딘가 기분 나쁜 면이 있었다. 왠지 기분 나쁘다는 표현은 좀 지나칠지도 모르지만, 마키코가 보기에 어딘가 이해할 수 없는 부분이 없지 않았다. 지나치게 친절하다고 해야 할까, 친절하다 못해 억지로 밀어붙이는 면까지 간혹 보였다. 표면적으로는 사람 좋은 중년 부인으로 보였지만 그런 식으로 가다가는 자칫 도를 넘어서 마키코의 성 안으로 흙 묻은 발을 들이밀고 들어설 것만 같은 기분까지 들었다. 하층 계급의 여자들이 마키코와 같은 위치의 부인들에 대해 어깨를 나란히 하고 대등하다는 듯한 의식을 드러낼 때면 그저 피식 웃을 때도 있지만, 그것이 쌓이다 보면 신경이 쓰이게 되는 것이다.

병원에서 퇴원한 후에도 간자키 하츠에는 몇 번인가 마키코의 집을 찾아왔다. 잡역부에게 사후 관리 서비스가 있다는 말은 들어본 적도 없었다.

아, 생각해 보면. 아마도 퇴원하고 얼마 안 되었을 즈음일 것이다.

"댁에서 가정부로 써 주신다면."

이라는 말을 내비친 적도 있었던 것을 보면, 어쩌면 그것이 그녀

의 목적인지도 모른다.

마키코는 거절했다.

마키코의 남편은 이름 있는 기업의 중견 사원이었고, 양가 모두 경제적으로 충분한 여유가 있었다. 신혼 초기부터 도심의 주택지에 이만큼 번듯한 집을 부모님들로부터 받는다는 것은 요즘 세상에서 보기 힘든 일일 것이다. 일 봐 주는 사람을 한 명 정도 둘 여유가 없는 것은 아니었지만, 세 식구의 오붓한 생활에서 그럴 필요성을 느끼지 못한 것이다. 만일 그럴 필요가 있었다 하더라도 마키코는 하츠에를 쓰는 것은 분명 거절했을 것이다.

마키코의 그런 기분을 아는지 모르는지, 하츠에는 질리지도 않고 몇 달에 한 번은 반드시 얼굴을 내밀었다.

"어머, 들어오세요."

상대가 사람 좋은 웃음을 띤 채 그 자리를 떠날 생각을 하지 않고 서 있자 마키코는 어쩔 수 없다는 듯이 안으로 들어오기를 청했다.

"그럼, 잠시만."

하츠에는 기다렸다는 듯이 그 말이 떨어지자마자 부랴부랴 구두를 벗고는,

"여차."

라며 허리를 굽혀 구두를 현관 구석에 가지런히 놓았다.

"유키에는 자나요?"

"예에. 벌써 우유 먹을 시간이 됐네요."

"그래요. 어머! 손가락을 쪽쪽 빨고 있네. 벌써 잠에서 깼어요."

하츠에는 거실에서 유키에의 침실 쪽으로 고개를 들이밀고 눈을 가늘게 뜨고는 침대 곁으로 다가갔다.

"그대로 두세요."

"네네, 알고 있어요. 귀여워요. 벌써 말하기 시작하죠?"

"조금은요."

마키코는 오디오의 스위치를 끄면서 말했다. 바로크 음악은 아무리 생각해도 하츠에와 같은 세계에 속한 이들에게는 어울리지 않는다.

"그래요. 아직 돌도 지나지 않았는데."

"여자 아이들이 빠르다니까요."

"똘똘한 아가네요. 태어날 때부터."

하츠에는 '태어날 때부터' 라는 말을 유난히 강조했다. 그것은 마키코의 기분 탓일 수도 있지만 아무리 해도 그런 생각을 떨쳐 낼 수가 없었다.

마키코는 출산 후 얼마간 원인불명의 고열에 시달려 신생아를 돌볼 수가 없었다. 만일 악성 질환이 아기에게 감염이라도 된다면 목숨까지 위험해질 수도 있다. 친엄마보다 먼저 아이를 돌봤다는 우월감이 아무래도 이 여자 안에 뿌리 깊게 박혀 있는 듯한 기분이 들어서 견딜 수가 없었다. 본인은 의식하고 있을지도 모르지만 그런 기운이 감도는 것 자체가 마키코에게는 썩 마음에 들지 않았다. 일당으로 고용된 잡역부에 지나지 않는 주제에.

마키코는 도도하게 허리를 펴고 거실로 돌아가 커피포트에서 뜨거운 물을 따라 홍차를 끓였다.

"자, 이쪽으로 와서 차 드세요."

"네네."

"식기 전에……."

침대 위로 몸을 숙인 채 자고 있는 아기의 얼굴을 뚫어져라 쳐다보고 있는 하츠에를 보며 마키코가 신경을 곤두세운 채 말했다.

어디에서 어떤 생활을 하고 있는 여자인지 알 수 없다. 거기가 어디든 어차피 이곳과는 비교할 수도 없이 비위생적인 곳일 것이다. 그렇게 얼굴을 가까이 대고…… 병균이라도 옮기면 큰일이다.

"자, 이쪽으로."

"부인, 그렇게 신경 안 쓰셔도 되는데."

하츠에는 그렇게 말하면서도 마키코의 재촉에 끌려 거실 쪽으로 자리를 옮겼다. 결이 아름다운 나무 테이블 위에는 장미 무늬의 찻잔이 단아한 향기를 뿜어내고 있었다.

"귀여워요."

"일어나면 장난이 심해서 말도 못 해요."

"그냥 제멋대로 하게 놔두세요. 그게 최고예요. 잘 마시겠습니다."

하츠에는 의자에 반 정도만 엉덩이를 댄 채로, 안절부절못하며 홍차를 입으로 가져갔다.

나뭇잎 모양이 두드러지게 나온 베이지 색의 벽에 레이스 커튼을 통해 따사로운 아침 햇빛이 비쳐 들고 있었다. 창 너머 정원에는 잔디가 노란 빛을 내고 있었고 그 한복판에 새빨간 삽 하나가 떨어져 있었다. 희미하게 풍겨 오는 냄새는 금목서의 향기일 것이다.

하츠에는 눈부신 듯 주변을 살피고 자신의 무릎에 시선을 떨구었다. 우슬* 같은 거친 손가락이 기분 나쁘게 쪼그라들어 있었다. 그 손의 표정이 그녀의 생활을 대변해 준다. 여자의 손가락은 개의 꼬리처럼 정직하다.

마키코는 그 순간 하츠에가 무엇을 생각하고 있는지 거울에 비친 듯 잘 알 수 있었다. 그녀는 자신의 가난한 생활과 마키코의 복받은 환경을 싫어도 비교하지 않을 수 없을 것이라고.

도대체 이 여자는 어떤 인생을 살아온 것일까. 한 번 결혼해서 남편과 사별했다고 들은 적이 있다. 아이도 분명히 있다고 했는데……. 벌써 마키코의 어머니 정도 나이인 것 같지만 여전히 하루 벌어서 하루 사는 생활을 이어가고 있을 것이 분명하다. 그런 여자의 눈에 마키코 같은 이들의 생활은 어떻게 비칠 것인가. 아무리 사람 좋은 표정을 짓고 있어도 어디에 어떤 악심을 품고 있을지 알 수 없는 일이다. 오늘도 뭔가 목적이 있어서 온 것은 아닐까.

마키코는 겉으로는 양가집의 젊은 부인과 같은 품격 있는 웃음을 띠고 있었지만 마음은 고슴도치처럼 경계의 가시를 바짝 세우고 있었다.

---

* 비름과의 다년초. 초원 등에서 자라며 높이 약 90센티미터. 열매에는 가시가 있어 옷이나 동물의 몸에 붙어 퍼진다.

"무슨 용건이라도 있어요?"

상대가 아무 말도 꺼내지 않자 마키코가 먼저 물었다.

하츠에는 무릎 위의 손수건을 접었다가 폈다가 하면서 얼굴을 들고는,

"아니요, 특별히는요. 단지 근처까지 왔던 김에. 유키에가 분명 더 예뻐졌을 거라는 생각이 들어서. 정말 알아보지 못할 정도로 컸어요. 제가 돌볼 때는 우유를 잘 빨지 못해서 꽤 고생을 시키더니."

또 아이를 낳았을 때의 이야기다.

마키코는 눈썹 끝을 추켜올리며 불쾌한 기색을 보였다. 어차피 이런 여자들에게는 나의 섬세함 같은 걸 이해시킬 수도 없는 것이고, 라고 생각하면서.

분명 한때는 육친처럼 신세를 진 적도 있다. 그것은 부인할 수 없는 사실이다. 하지만 지금 다시 그때의 일을 생각해 보면 뭔가 다른 꿍꿍이속이 있었던 것이 아닌가 하는 생각이 든다. 아이가 태어났을 때의 일을 언제까지나 되씹으며 은혜를 갚기를 원한다면 그것이야말로 참을 수 없는 일이다. 서비스를 해 준 것에 대한 대가는—아마도 정해진 것보다 훨씬 더 많이—퇴원할 때 지불했을 것이다.

아아, 그렇군. 과분한 마음 씀씀이가 오히려 이런 결과를 만들었군. 생각도 못한 대가를 받고 다시 한번 그런 기회를 얻을 수 있을까 하는 생각으로 이렇게 가끔씩 얼굴을 비추는 것이 아닌가.

"앞으로 부인 혼자서는 힘들지 않으시겠어요?"

"누군가 도와 줄 적당한 사람이 있으면 말이죠."

마키코는 스스로도 자각할 수 있을 정도로 입 안 가득 악의를 품고 가볍게 미소까지 띠고 마음에도 없는 말을 뱉어 보았다. 상대의 속셈을 알아차리고 조금 놀려 보고 싶은 생각이 들었기 때문이다.

하츠에는 마키코의 얼굴색을 살피는 듯 눈을 치켜뜨고 살피다가는,

"이 정도의 집이라면……."

라고 말했다.

"지금 도와 줄 만한 사람이 쉽게 찾아지질 않아요."

"어머, 그렇군요. 지금 하고 있는 일이 정리되는 대로…… 한 달 정도만 기다려주시면……."

상대는 생각했던 대로 미끼를 던지니 금방 달려든다. 이 정도 알았으면 이야기는 됐다.

마키코는 갑자기 돌변해서는 딱 잘라 말했다.

"하지만 됐어요. 유키코는 그다지 손이 가지 않는 아이니까. 집에 남을 들이는 것도 싫고."

하츠에는 어깨를 잔뜩 움츠리고는 바닥을 향해 몸을 굽혔다. 그러고는 무릎 위의 손수건을 다시 접었다 폈다를 반복하기 시작했다.

계급의식이라고 하면 좀 거창하다 싶지만 마키코는 그런 감정이 자신 안에 숨어 있다는 것을 부정하지 않았다. 세상에는 태어나면서부터 모든 것이 약속된 혜택 받은 사람이 있는가 하면, 그 반대로

아무리 위로 가려고 노력해도 다람쥐 쳇바퀴 돌 듯 아무것도 없는 제자리에서 맴돌기만 하는 사람, 이렇게 두 그룹이 있다는 것은 어쩔 수 없는 현실이다.

간단히 이야기하면 백 평 정도 되는 이 집의 부지만도 시가로 환산하면 일억 엔 가까운 금액이 될 것이다. 마키코와 같은 이들은 아무런 고생도 없이 마치 하늘에서부터 쥐고 내려온 듯 그것을 부모에게 물려 받으면 되지만 하츠에와 같은 여자는 일생 동안 아무리 발버둥쳐서 노력한다고 해도 그 10분의 1도 손에 넣을 수 있을지 말지일 것이다. 불공평하다고 한다면 불공평한 일이지만 어쩔 수 없다. 태어날 때부터 그렇게 약속된 것이므로.

마키코는 어떤 신의 변덕 때문이었는지 양갓집에서 태어났고, 양갓집의 딸로 자랐다. 하고 싶은 것은 마음대로 할 수 있는, 아무런 불평도 할 수 없는 반평생이었다. 앞으로도 분명 그럴 것이고 지금 옆방에서 잠들어 있는 유키코도 분명히 그런 삶을 살아갈 것이다.

하지만 그 바깥쪽에 혜택 받지 못한 부류의 사람들이 있다. 그 사람들이 무슨 생각을 하면서 살아 가는지 마키코에게는 불투명 유리창의 건너편을 보는 것처럼 어느 것 하나 확실히 알 수가 없다.

단지 상상할 수 있는 것은 그 사람들이 자신들을 부러워하고 있다는 것—어쩌면 증오에 가까운 선망을 품고 있을 것이라는 것, 그러지 않고는 견딜 수 없을 것이라는 것 정도였다. 하츠에에 대한 불쾌한 감정도 분명 그런 데서 온 걸 거라고 마키코는 생각했다.

이렇게 마주 앉아 있지만 두 사람은 함께 이야기를 나눌 수 있는 공통의 화제가 없었다. 하츠에는 단지 홍차를 마시면서 옆방으로 얼굴을 향하고 있었다.

"저…… 여전히 병원에서 일하고 있나요?"

갑갑한 상황을 좀 풀어 보려는 듯 마키코가 물었다.

"아니요. 이제 그 병원에는 가지 않습니다. 병원 일은 몸이 고되어서요."

"그렇군요. 그럼……?"

"가정부협회에 등록을 해서……. 이쪽은 일을 선택할 수도 있고, 몸이 안 좋으면 쉴 수도 있으니까요."

"그거 좋네요."

마키코는 쌀쌀맞게 말했다. 눈을 돌리니 벌써 11시다.

갑자기 옆방 침대에서, "으애, 으애." 하는 심기 불편한 소리가 들려왔다.

유키에는 자다가 일어나면 언제나 알 수 없는 소리를 내 엄마를 부른다.

"아, 깼네요. 기저귀가 젖었나 봐요."

하츠에는 거실의 불편한 분위기를 피하려는 듯 말과 동시에 일어서서는 한 발 두 발 침대 쪽으로 걸어가기 시작했다.

보고만 있다가는 마치 자기가 엄마라도 되는 듯 자연스럽게 가서는 기저귀를 갈려고 할 것이 틀림없었다.

마키코는 그것을 저지하려는 듯한 자세로 바로 자리에서 일어섰

다. 그 바람에 의자가 넘어지고 쨍그랑 하는 소리를 내며 입구 쪽 유리문에 부딪쳤다. 그러나 거기에는 아랑곳 않고 종종걸음으로 침대 옆으로 다가가 하츠에를 짐짓 무시하는 듯 침대 안 아이에게 얼굴을 파묻으며,

"응? 벌써 깼네. 맘마가 먹고 싶은 거야? 그래서 '으애, 으애' 하면서 엄마를 부른 거지. 자 맘마 줄게. 벌써 시간이 이렇게 됐네."

라고 유키에에게 말을 걸었다.

아기는 엄마의 얼굴을 확인하고는 침대를 흔들면서,

"으애, 으애!"

하고 다시 소리를 높였다.

"귀여워요."

하츠에는 마키코의 등 뒤에서 목을 빼고 쳐다보며 말했다.

"입술을 오물거리고 있네요. 배가 고픈가 봐요. 부인, 우유를 준비하세요. 그 동안 제가 기저귀를 갈아 줄게요."

"아니요, 됐어요."

마키코는 스스로도 놀랄 만큼 퉁명스럽게 말하며 하츠에의 손을 막았다.

—그대로 지켜보고 있을까.—

육아가 언제나 즐겁다고 말할 수는 없지만 적어도 그것은 아이 엄마의 특권이다. 생판 모르는 남에게 이러쿵저러쿵하는 이야기를 들을 이유가 어디에 있는가.

"부인, 파는 기저귀인가요?"

"그래요."

"이런, 기저귀에 닿는 아이 피부에 안 좋아요. 낡은 유카다로 새로 만드는 게……."

"요즘 세상에 그렇게 하는 사람이 어디 있어요!"

"그렇군요."

역시 이 여자는 이 집에서 자기를 써 주길 바라는 것이다. 병원의 잡역부나 가정부 같은 일이 힘들어져서 어떻게든 유복한 가정에 숨어들어 유유자적하게 집안일이나 도우면서 살아 보려고 하고 있어. 혜택 받지 못한 쪽의 인간이 혜택 받은 이들의 분위기라도 조금 맛보고 싶다면 그 방법밖에는 없다. 이 집이라면 일도 힘들지 않고 주인도 그다지 잔소리가 심하지 않을 것이다. 식모라고 해도 분명 그다지 나쁘지 않을 것이다. 좋은 음식도 질리지 않을 정도로 충분히 먹을 수 있다. 식모 쪽으로 일을 바꾸려고 한다면 이런 집이 가장 좋다. 마키코 역시 그렇게 생각한다. 그래서 이 기회에 어떻게 해서라도 이 집에 채용되길 바라는 것이다. 어디 이런 여자를 쓸 줄 알고? 언제든 유키코가 태어났을 때의 일을 들먹이며 대단한 일이라도 한 듯한 얼굴을 하는 것을 봐줄 수 없다. 어디 출신의 누구인지 뼈대도 모르는 무례한 여자에게 유키코를 맡길 생각은 전혀 없었다.

하츠에는 운동 부족인 개가 주인이 산보 가자는 신호를 기다리는 것처럼 뭔가 명령이 떨어지면 지금이라도 바로 움직일 것같이 준비태세를 하고 있었지만, 마키코는 그런 걸 전혀 모른다는 태도

로 냉정하게 무시하고 능숙하게 기저귀를 갈고 거실로 돌아가 우유를 준비했다.

"부인, 모유 쪽은 결국 안 나오나요?"

"발열이 심했잖아요. 그래서 열을 내리게 하는 약을 맞은 거 알잖아요!"

"그랬었지요. 사실은 모유 쪽이 아이에게 좋은데 말이죠."

"그렇지도 않아요. 요즘에는 우유도 상당히 좋아졌으니까."

"그래요? 요즘은 무엇이나 다 편리해졌으니까요."

하츠에는 마키코의 차가운 태도에 압도되어 인정하겠다는 미소 비슷한 것을 떠올리며 작은 소리로 말했다.

그럼에도 다시 질리지도 않고 마키코가 우유를 만드는 사이에 종종거리며 옆방으로 가서는 제멋대로 유키에를 안아 올리고는,

"유키에, 아줌마 알지? 오오, 그래, 그래, 맘마가 먹고 싶은 거야?"

하고 어르면서 테이블 쪽으로 다가왔다.

마키코의 관자놀이가 핏발이 서면서 떨렸다. 거친 동작으로 우유를 다 만들어 놓고 하츠에의 손에서 억지로 빼앗듯이 아이를 받아 안았다. 마키코로서는 상당히 노골적으로 불쾌함을 표시한 것이었는데 상대는 그보다 더한 무신경의 소유자인지, 아니면 그 정도의 태도는 나쁘게 생각하지 않는 주의인지, 캥거루처럼 팔을 가슴 쪽으로 끌어당겨 눈을 가늘게 뜨고 아이의 행동을 바라보기만 했다.

아이를 좋아하는 것만은 분명했다. 그것만은 인정해 줄 수 있다. 아니, 그것도 무른 생각인지도 모른다. 이런 사람들은 인생을 단순한 공식에 대입해서 아이를 좋아하는 모습을 보여주면 그것으로 부모의 마음도 풀어질 것이라고 생각하고 있는 것이다. 그런 어리석은 방법으로 마키코의 비위를 맞추려 하고 있는 것이다. 혜택 받지 못한 사람들은 어디까지가 본심이고 어디까지가 그저 생각 없이 따르는 것인가. 도대체 명확히 알 수가 없다.

따르르릉.

그때 현관 쪽 전화벨이 울렸다.

하츠에가 손을 뻗어 유키에와 우유병을 맡겠다는 자세를 취했다.

"됐어요!"

마키코는 기분 나쁘다기보다는 오히려 공포에 가까운 감정으로 고개를 저었다. 이유는 알 수 없었지만 거실에 하츠에와 유키에를 남겨 두고 어디든 가는 것이 무서웠다. 뭔가 좋지 않은 일이 일어날 것 같은 기분이 들었기 때문에…….

마키코는 유키에를 안은 채로 전화 쪽으로 갔다. 놀랍게도 하츠에는 종종거리며 그 뒤를 쫓아와서는 마키코가 전화를 받으면서 부자유스러운 동작으로 아이에게 우유를 먹이고 있는 것을 복도에서 바라보고 있었다.

—넉살도 좋아 . 여기까지 따라 오다니……. 여기가 도대체 누구 집이라고 생각하고 있는 거야.—

손님에게는 손님의 절도라는 것이 있다. 그녀가 사는 곳의 룰은

어떤지 모르지만 집집마다 당연히 지켜야 할 예의라는 것이 있다. 그 정도로 분별이 없다니 ― 아니, 분별은 있지만 어설프게나마 아이를 돌본 적이 있다는 것만으로 마치 집안일을 돕는 사람이라도 된 듯 집안을 제멋대로 돌아다니는 것인지…….

전화는 은행에서 온 입금 통지였다.

"알겠습니다. 백이십육만 엔 입금이지요?"

마키코는 수화기에 대고 그렇게 대답하면서 싸늘하게 차가운 무엇인가를 느꼈다. 하츠에는 전화 대화 ― 백 수십만 엔이라는 금액에도 귀를 세우고 있을 것 같은 생각이 들었다.

― 도대체 이 여자의 꿍꿍이는 뭘까. ―

전화를 끝냈을 때 이미 우유병은 비어 있었다. 식사를 마치면 유키에는 언제나 양탄자가 깔린 아기 방에서 장난감을 가지고 놀지만 여기서 마키코가 아이에게 손을 떼면 하츠에가 어떻게 나올지 모른다. 마키코는 유키에의 등을 슬슬 문지르면서 트림을 다 시키고도 보물이라도 지키려는 듯이 자기 무릎 위에 아이를 올려놓고 건드리지 못하게 했다.

하츠에는 그 옆에 딱 들러붙어 겨드랑이 냄새를 풍기면서 아기의 눈이 이쁘다는 둥, 볼을 깨물어주고 싶다는 둥 하며 바라보고 있었다.

마키코는 이대로 몇 분만 더 있으면 신경이 폭발할 것 같은 느낌이었다. 아무리 불쾌한 표정을 지어도 상대방은 전혀 눈치 채지 못한다. 아무런 볼일도 없으면서 껌처럼 들러붙어 있는 것이 기분 나빴다.

드디어 마키코는 결심한 듯 말했다.

"저기, 지금부터 볼일이 있는데, 혹시 아무 용무가 없으시면……."

이렇게 딱 잘라 말한 순간 상대방이 갑자기 정체를 드러내 악마로 변하는 것은 아닐까 하고 근거 없는 불안에 떨었다.

처음부터 당연히 그런 일이 일어날 리가 없다는 듯 하츠에는 시계를 올려다보고는,

"아아, 죄송합니다. 유키에가 너무 예뻐서, 시간이 이렇게 됐는지 몰랐네요."

"시간이 좀 있을 때 오셨으면 좋았을걸."

이렇게 말하면서도 마키코는 어째서 이런 여자에게 이렇게 거짓말까지 하면서 죄송하다는 말을 해야 하는 것인지 그것마저도 부아가 치밀어 견딜 수가 없었다.

"그럼."

"차 잘 마셨습니다."

하츠에는 꾸벅 고개를 숙이고 다시 한번 유키에에게 손을 흔들고는 문을 닫았다. 방금까지 집 안에 넘쳐 흐르던 땀에 전 냄새가 사라졌다.

하츠에가 나간 후 마키코는 아기 방에 유키코를 놓아두고 거실 소파에 푹 몸을 맡겼다.

왠지 모르게 가슴이 떨려 견딜 수가 없었다.

—저 여자, 도대체 뭐하러 온 거지—

그런 의문이 풀리지 않은 채 머릿속을 가득 채웠다. '근처에 일이 있어서 온 김에' 라고 말했지만 아침 10시는 근처에 일이 있어서 온 김에 남의 집을 어슬렁거리며 방문할 수 있는 시간이 아니다. 역시 식모로 써 주길 바라고 온 것일까. 하지만 그것만으로는 납득할 수 없는 그 무엇인가가 마키코의 마음을 뒤죽박죽으로 만들었다.

아무 생각 없이 테이블 위에 놓인 신문을 펼쳤다. 그때 좀 전에 읽었던 유괴사건에 대한 기사가 눈에 들어왔다.

마키코의 얼굴이 갑자기 어두워졌다.

"설마 그 여자……."

그런 사람들은 막다른 골목에 다다르면 무슨 일을 저지를지 알 수 없다. 유키에를 자기 손에 길들이려 한 것도 그 준비 중의 하나였을지도 모른다. 그러고 보면 은행에서 온 전화에도 묘하게 관심을 기울이는 모습이었고…….

간자키 하츠에와 만날 때마다 느껴지는 그 억눌린 듯한 공포감은 마키코가 직감적으로 그녀의 꺼림칙해하는 마음을 꿰뚫고 있기 때문에—그렇게 생각하면 생각할수록 그 직감이 적중한 듯한 느낌이 확실해졌다.

짙은 쥐색 하늘 아래 새까만 강이 흐르고 있다.

이쪽 강변에는 아는 얼굴이 많다. 왜 그런지 여자들은 웅가로나 지방시 같은 화려한 의상을 입고 있다. 모두 건너편을 향해서 누군가를 부르고 있다.

검은 물은 높고 낮은 물결을 만들며 흘러가고 그 물결 건너편 강변에 사람들 무리가 보였다.

유키에의 모습도 있다.

간자키 하츠에가 아이를 안고 종이 같은 무표정으로 서 있었다. 그 주위에 건너편 사람들이 술렁거리고 있었다. 언제나 역 앞의 광장에서 개를 데리고 있는 여자 거지의 얼굴도 있었다. 부모님의 집에서 도둑질을 했다가 쫓겨난 식모의 얼굴도 있었다.

마키코는 건너편 강변을 향해 필사적으로 지폐 다발을 던졌다. 지폐는 팔랑팔랑 공중에서 춤을 추며 검은 물에 떨어져 흘러가고…….

꿈을 꾸고 있다는 건 그녀도 알 수 있었다. 여차 하는 순간이 와도 눈을 뜨면 그것으로 모든 것이 끝난다.

하지만 좀더 꿈을 꾸고 싶은 마음이 뇌의 어느 부분인가에 숨어 있었다. 그러면 흐릿한 의식 중에도 하츠에가 계획했던 것이 무엇인지 알 수 있지 않을까 하는 생각이 들었다.

갑자기 뒷문의 벨이 울렸다.

마키코는 잠에서 번쩍 깼다.

유키에를 재운 후 마키코도 소파 위에서 잠시 졸았던 것 같다.

"네에!"

큰 소리로 대답하면서 침대를 들여다보니 유키에는 손가락을 빨면서 고요히 잠들어 있었다.

문 쪽으로 가면서 마키코는 하츠에가 다시 돌아온 것은 아닐까 하는 생각이 들어 심장 박동이 빨라졌다. 맥락 없는 꿈의 인상이 아직도 머릿속에 그대로 남아 있었다.

벨이 다시 한 번 울렸다.

마키코는 체인을 건 채로 살짝 문을 열었다.

하츠에가 아니었다.

잿빛 양복을 입은 키가 작고 통통한 남자가 서 있었다.

"○○경찰서에서 나왔습니다."

남자는 안주머니에서 검은 수첩을 꺼내 보이며 말했다.

"경찰……이십니까?"

"예!"

간자키 하츠에가 돌아간 뒤에 계속 불길한 생각에 사로잡혀 있다가 뒤숭숭한 꿈까지 꾸었는데, 경찰이라는 소리를 들으니 다시 가슴이 쿵하고 내려앉으며 요동치기 시작했다.

"무슨 일이시죠?"

걸어 두었던 체인을 풀고 남자를 안으로 들어오게 했다.

"주인 아주머니 되십니까?"

"예."

"우키타 마키코 씨죠?"

"예."

마키코는 긴장한 얼굴로 사복의 형사를 바라보았다.

"간자키 하츠에를 알고 계십니까?"

"예."

막연하게 느끼던 불안감이 역시 적중했다.

형사는 하츠에에 대해서 물으려고 온 것이다. 그렇지 않다면 이 집이 형사의 방문을 받을 만한 무슨 일이 있겠는가. 하츠에가 뭔가 해서는 안 될 짓을 한 것일까?

"어떤 관계입니까?"

형사는 건축 잡지의 권두 사진을 오려낸 것 같은 아름다운 주방으로 거침없이 들어오면서 물었다.

"저…… 일 년 정도 전에 제가 S병원에서 아기를 낳았습니다. 그 때 그분이…… 그 간자키 씨가 병원에서 잡역부로 일하고 있었던 것 같습니다. 그때 제가 신세를 졌습니다."

마키코는 빠른 어조로 대답했다.

"그것뿐입니까?"

"……네?"

"퇴원한 뒤에는?"

"퇴원한 뒤에도 몇 번인가 여기를 찾아온 적이 있습니다만."

"오, 무슨 일 때문에 왔었죠?"

"글쎄요. 그게……."

"도쿄에는 아는 사람도 없어서 친하게 지내는 것은 이 댁뿐이라고 하던데."

"간자키 씨가 그렇게 말하던가요?"

그랬다면 정말 어쩔 수 없는 사람이다.

"아니요. 본인이 그런 것은 아닙니다만."

"그렇게 친한 관계는 아닙니다. 정말이에요. 병원에서 단 열흘 정도 신세 진 것이 다니까요. 간자키 씨는 어떻게든 저희 집에서 일을 했으면 하는 것 같았지만……."

"그렇군요. 하지만 고용하지 않으신 건가요?"

"예, 쓰지 않았어요. 저희 집은 식구도 별로 없으니까요. 확실하게 거절했습니다."

"그것뿐입니까?"

"예, 간자키 씨가 무슨?"

형사는 거기에는 대답하지 않고 바로 이어서는,

"최근에 이 집에 얼굴을 내민 것은 언제죠?"

"오늘 오전에요."

"예? 정말입니까?"

형사의 얼굴이 갑자기 무섭게 바뀌었다.

"몇 시 정도였죠?"

"열 시 정도였던 것 같은데요."

"그래서 언제 돌아갔습니까?"

"한 시간 정도 있었던 것 같아요."

"열한 시쯤이군요. 그 뒤에 어디로 갔습니까?"

"모르겠습니다."

"어디에 간다든가 하는 말은 하지 않았습니까?"

"특별히는요."

"뭔가 이상한 낌새는 없었나요?"

"특별히는 없었던 것 같은데요."

"잘 생각해 보세요, 부인. 이 집을 나가서 어디로 간다든가 뭐 그 비슷한 말을 했다거나 하는 게 없었습니까?"

마키코는 열심히 생각해 보았지만 딱히 떠오르는 게 없었다.

"없어요. 하지만 유키에를…… 아기를 무척 예뻐해 줬어요."

"아이는 무사하죠?"

형사에게 그 말을 듣자 마키코는 심장이 내려앉을 정도로 놀랐다.

"네에……."

그렇게 대답하면서도 허둥지둥 침대로 돌아가 확인해 보았다.

유키에는 아까 보았던 그대로 편안하게 잠들어 있었다. 볼의 감촉도 여전히 따스하다. 마키코는 형사가 있는 곳으로 돌아왔다.

"괜찮아요. 아까 그대로 자고 있어요."

형사는 놀라게 한 것에 대해 사과라도 하는 듯이 말했다.

"그런 사람들은 같은 일을 반복하니까요. 간자키 하츠에가 돈을 빌려 달라거나 하는 말은 하지 않았습니까?"

"아니오."

"어떤 옷차림이었습니까?"

"나팔꽃 덩굴 같은 가는 무늬가 그려진 원피스에 갈색 구두, 검정 계열의 손가방을 들고 있었어요. 저기, 간자키 씨가 무슨……."

"전화 좀 빌려도 되겠습니까?"

"그럼 번거롭지만, 안쪽 현관 쪽으로 함께 가시지요."

"실례합니다."

형사는 현관 복도에 앉아서 다이얼을 돌렸다. 관할 경찰서에 걸고 있는 듯했다.

"여보세요, 응, 그래서 간자키 하츠에는 우키타 가즈히코 씨의 집에 들렀어. 그게 오늘 오전 열 시. 한 시간 정도 여기서 부인과 얘기를 나누고 돌아갔어. 부인은 그다지 집히는 데가 없는 것 같아. 아니, 어디로 갔는지는 모르지만 왜 간자키가 여기에 왔을까? 멀리 도망가려고 돈을 융통하러 온 것은 아닐까 생각했지만 말할 기회를 놓쳤는지 그대로 돌아간 것 같아. 옷차림은 나팔꽃 덩굴 같은 가는 무늬가 그려진 원피스, 갈색 구두, 검은 손가방. 용의자가 이틀 전에 집에서 나왔을 때와 같은 차림이야. 자살 가능성은 물론 남아 있어……."

마키코는 석상처럼 몸이 굳은 채로 형사가 전화하는 것을 옆에서 듣고 있었다. 도망, 용의자, 자살, 모두 신문이나 잡지에서만 듣던, 마키코의 생활과는 전혀 인연이 없는 단어들뿐이었다. 마키코는 형사가 전화를 내려놓기를 기다렸다가 물었다.

"간자키 씨가 무슨 일을 했나요? 혹시 문제가 되지 않는다면."

"살인 용의자입니다."

"누구를, 왜 그런 거죠?"

"간자키 나츠에의 가족에 대해서 알고 계십니까?"

"아니요, 전혀. 남편과 사별한 후 미망인으로 있었다고 들었습니다만."

"그래요. 딸이 하나 있지요. 근데 좀 문제가 있는 여자에요. 여기저기 남자를 만들었다 버림을 받고, 질리지도 않고 그런 행동을 반복하는 여자인 거죠."

"예."

"그런데 그 딸의 아이를 죽였답니다, 나츠에가. 딸이 다른 사건으로 체포되었을 때 자백했습니다. 어머니가 아기를 죽인 것 같다고. 간자키 나츠에의 아파트 마당을 파 보니 비닐봉지에 든 아이의 뼈가 나왔습니다. 나츠에는 딸이 그제 오사카에서 잡힌 것을 알고 어디론가 행방을 감추었습니다."

알 수 없는 공포가 다시 마키코의 몸속에 스멀스멀 퍼져 나갔다.

아이를 죽인 적이 있는 여자가 방금 전까지 유키에를 안고 있었다. 그런 여자는 세상의 모든 아이가 미워져서 어쩌면 마키코가 잠시라도 한눈을 팔았다면 유키에도……. 그렇게 빙글빙글 웃으면서도 그런 기회를 노리고 있었는지도 모른다.

형사는 이야기를 이어갔다.

"그 딸은 커다랗게 부른 배를 하고 어머니의 아파트로 가서 아버지 없는 아이를 낳고는 다음 날 다시 집을 나와 버렸다고 하더군요. 나츠에로서는 아이를 키울 능력도 없었고 키운다 해도 자기에게 특별히 좋을 일도 없다고 생각했을 겁니다. 그래서…… 죽였다. 작년 가을의 일입니다."

"앗!"

마키코가 작게 탄식의 소리를 냈다.

"무슨 일이 있었나요?"

"아아니, 아무 일도."

"무슨 집히는 일이라도 있습니까?"

"아니요, 없습니다. 저……."

"뭐죠?"

마키코는 그것을 형사에게 묻는 것이 무서웠다. 하지만 묻지 않고는 견딜 수가 없었다.

"그, 살해당한 아기가 남자아이였나요?"

"아니요, 여자아이였습니다."

"작년 가을이라면……?"

"예에, 그러니까 작년 10월 7일 경이었던 것 같은데요. 바로 그날 태오났으니까. 그런데 무슨?"

"아니요, 아무것도 아닙니다."

마키코는 서 있는 것이 힘들 정도로 현기증을 느꼈다.

"그럼 나중에 다시 또 찾아뵐 일이 있을지도 모르겠습니다만, 이만 실례하겠습니다. 협조 감사합니다. 만에 하나 간자키 나츠에가 또 들른다면 연락해 주세요."

마키코는 형사가 나가기를 기다리는 사이에도 초조감에 휩싸여 있다가 그가 나가자마자 바로 아기 방으로 들어갔다.

온화한 오후의 빛 속에 지옥이 두둥실 입을 벌리고 있었다.

잘 살펴보니 유키에의 얼굴 어딘가 간자키 나츠에와 닮아 있었다.

그렇게 생각하고 보니 위험한 상황에서도 간자키 나츠에가 찾아온 이유도 이해가 갔다. 이해할 수 없는 그 뻔뻔스러움도 이해가 갔다.

유키에의 생일은 10월 8일. 간자키 나츠에의 아파트에서 파낸 뼈야말로 마키코와 피를 나눈 아이인 것은 아닐까. 생각하면 생각할수록 그렇게 만들 기회가 많았던 것 같다.

혜택 받지 못한 쪽의 인간이 이쪽에 숨어드는 하나의 길이 아주 좁긴 하지만 바로 거기에 열려 있었던 것은 아닐까.

침대에는 자신에게 주어진 혜택을 탐닉하듯 '방문자' 가 손가락을 빨면서 편안하게 졸고 있었다.

생 제르망 백작* 소고

병원 복도를 종종걸음으로 걸으면서 커다란 유리창 안을 들여다보았다.

신생아들이 수많은 바구니 안에 든 채 마치 오방떡을 익히는 것처럼 나란히 늘어져 있었다. 간호사가 앙금이라도 넣듯이 솜씨 좋게 순서대로 아기들의 가슴에 가제 수건을 갈아주고 있었다.

"돌아가시는 건가요?"

현관 쪽에 있던 간호부장이 내게 말을 걸어 왔다.

아내의 숙부가 이 병동을 관할하는 병동원장이었기 때문에 간호사들은 내 얼굴을 모두 잘 알고 있었다.

"예에, 도저히 취소할 수 없는 일이 있어서요."

* 1691년 또는 1707년~1784년 2월 27일. 18세기 유럽을 중심으로 활동했다고 전해지는 인물.

"그래서…… 회사로요?"

"아니요. 제국호텔 로비요. 8시부터 9시 사이에. 그럼 그동안 잘 부탁합니다."

나는 처숙부에게 전할 말을 짧게 전하고 밖으로 나왔다.

서쪽으로 지는 해가 건물 사이로 뚝 하고 떨어지자 갑자기 차가운 가을바람이 불어왔다. 하늘은 이미 겨울빛으로 물들어 있었다. 나는 코트 깃을 세우고 택시 정류소로 발길을 재촉했다.

걸으면서도, 문득문득,

—진심이야?—

스스로에게 묻곤 했다.

바보 같다는 생각이 들지 않는 것은 아니었다.

아내 레이코도,

"아무리 그래도 이 상황에……."

라며 침대에서 눈살을 찌푸렸지만, 그래도 가 보지 않을 수는 없었다. 이미 마음속으로 굳게 결심한 일이었다.

가 본다고 해서 그 남자와 정말 만날 수 있을지 그것은 알 수 없다. 완전히 헛걸음만 하고 말 수도 있다는 생각도 들었지만 그렇다고 해서 가보지 않으면 늘 후회가 남을 것 같았다. 누가 뭐라 해도 이것은 죽은 아버지의 마지막 부탁이었으므로.

아버지는 2년 전, 병마가 뇌를 침범해 긴 혼수상태 끝에 세상을 떠났다. 초기에는 가끔 의식이 돌아올 때도 있어서,

"내후년 11월…… 26일……."

"예?"

"밤 8시, 제국호텔 로비에…… 가거라."

라고 눈을 동그랗게 뜨고 허공에 시선을 향한 채 머리맡에 선 나에게 말하곤 했다.

"가서는 뭘 하죠?"

나는 아버지의 의식이 흐려져 있다는 사실을 알면서도 입가에 귀를 대고 재차 물었다.

"생 제르망 백작이 기다리고 있을 거야. 11년 전에 파리에서 약속을 했어. 반드시…… 잊어버리면 안된다. 내후년……11월 26일…… 밤 8시."

"만나서 어쩌라고요?"

"에레키시를……."

"에레키시? 에레키시라는 게 뭡니까?"

"에레……키……시."

그 후에도 뭐라고 몇 마디를 더 했지만 알아들을 수 없었다.

그리고 아버지가 말했던 그날이 바로 오늘인 것이다.

아버지가 세상을 떠난 당시, 나는 생 제르망 백작이 어떤 인물인지, 그에 대한 지식이 전혀 없었다. 아버지는 젊었을 때부터 몇 번이나 유럽에 갔었기 때문에 생 제르망 백작도 그중 어떤 시기엔가 만난 친구 중 하나이겠거니 생각하고 있었다. '백작' 이라는 호칭은 아무리 생각해도 좀 허풍스러운 느낌이 들어 익살이 느껴질 정도였지만, 그것도 어쩌면 별명의 하나일지도 모른다고 혼자 상상의 날개를 펼치곤 했다.

그렇다 해도 아버지는 어째서 그런 남자와 십수 년 후에 도쿄에서, 그것도 특정한 어떤 날을 정해서 다시 만나자는 약속을 한 것일까? 그 이유에 대해서는 전혀 짐작 가는 바가 없었다. 무엇보다 먼저 십 년도 전에 있었던 일, 그때 두 사람이 어디에서 무엇을 했는지부터 예측할 수는 없지 않은가.

이런 생각을 하면서도 나는 아버지가 임종에 가까워 망상에 빠져서 아무 근거도 없는 말을 한 것이 아닌가라는 생각도 해 보았다. 그렇다고 해도 일단은 생 제르망이라는 인물의 이름과 만날 날짜, 약속 장소만은 기억해 두었다. 그리고 하나 더, 무엇을 뜻하는지 알 수 없는 '에레키시' 라는 그 말도. 아마도 그건 그때 아버지의 너무나도 진지한 표정이 잊혀지지 않았기 때문일 게다.

그러는 사이에 생 제르망 백작에 대해서 몇 가지 지식을 얻게 되었다. 하지만 조금 알게 되었다고 해서 그것이 수수께끼를 푸는 데 도움을 주는 것은 아니었다. 아니, 도움을 주기는커녕 오히려 더 깊은 의혹에 빠지게 했다.

생 제르망 백작—이 인물에 대해 어떻게 설명하면 좋을까. 그가 아버지와 아는 사이였는지 어떤지는 둘째 치고, 사실 그는 어떤 의미로는 세계적으로 이름이 알려진 특이한 사람이었다.

여기에서 잠깐 『이와나미 서양인물사전』의 한 구절을 인용해 보겠다.

생 제르망(Saint-German) 백작. 1784년경에 사망. 프랑스의 광산 채굴업자. 독일에서 프랑스로 건너가 연금술사로 칭송받으며 상류 사회에서 신임을 얻어 프랑스의 왕 루이15세에게도 임용됐고, 페테르부르크, 런던에서도 활동했다. 많은 정치적 음모에 연루되어 만년에는 슐레스비히홀스타인 주로 물러나 밀교에 대한 연구에 종사했다. —

라고 씌어 있다.

하지만 생 제르망 백작의 이름을 세계에 널리 알린 진정한 이유는 그 몇 줄 안에 적혀 있지 않았다. 믿거나 말거나 그는 '죽음을 비웃는 남자', 즉 사신을 속여 불로불사를 손에 넣은 남자로 그 이름을 역사에 남기고 있었던 것이다.

예를 들면 그 생 제르망 백작은 언제, 어떤 방법으로인지는 모르지만 불로불사의 묘약을 얻어 그에 대한 설명이 사전에 기록된 시대, 즉 18세기 후반에 이렇게 호언하고 있다.

"나는 몇 살인가? 너무 오래 살아서 나 자신마저도 잊어버렸다. 3천 살, 4천 살, 아니 그보다 좀더 많은지도 모른다. 시바 여왕과 친하게 이야기를 나눈 적도 있고 로마의 카이사르와도 잘 아는 사이이다. 마르코 폴로와는 실크로드에서 헤어졌고 콜럼버스에게서는 직접 그의 모험담을 들은 적이 있다. 나는 앞으로도 3백 년, 5백 년, 천 년을 더 살아갈 것이다"라고.

이 귀족이 발견한 불로불사의 묘약이 에레키시다 — 이 사실을 접하고 나는 아버지가 잠꼬대처럼 중얼거린 생 제르망 백작이 바로 이 인물, 즉 전설적인 '죽음을 비웃는 남자' 로 알려진 '그 사람' 이라는 것을 반신반의하면서도 받아들이게 되었다.

아버지가 유럽에서 어떤 생활을 했는지에 대해서는 자세히 알지 못한다. 무역회사 영업사원으로 유럽에 가기는 했지만 젊었을 때부터 화가가 되고자 하는 야망을 버리지 못하고 있던 아버지였다—아니, 자신의 재능에 대해서 어느 정도 믿고 있었는지 하는 것은 둘째 치고라도, 아버지가 타락한 사이비 예술가의 생활을 동경하고 있었던 것은 사실이다. 파리 체류 당시 본업을 팽개치고 방랑자처럼 술을 마시고 여자를 안는가 하면, 정체불명의 인간들과 술집에서 한바탕 논쟁을 벌이면서 즐기는 생활을 했다고 들었다. 어쩌면 그때 어울리던 이들 중 하나가 스스로를 생 제르망 백작이라고 칭했을지도 모른다.

아버지가 그 남자가 하는 말을 믿었을 것이라고는 도저히 생각할 수 없지만, 하나의 여흥으로 어느 정도 호기심을 발휘했을지도 모른다는 것은 상상하기 어렵지 않았다.

두 사람이 그런 여흥을 즐긴 것은—이것도 상상에 불과하지만—분명 과거의 어떤 해 11월 26일의 일일 것이고, 분명 알코올도 상당히 들어간 상태였음에 틀림없다.

두서없는 논쟁 끝에 분위기를 탄 두 사람은 다음과 같이 주고받았을 것이다.

"좋았어. 그럼 13년 후 오늘, 도쿄에서 다시 만납시다. 그때는 당

신에게도 에레키시를 나눠 주도록 하지."

"왜 13년 후지?"

"이런 일에는 13이라는 숫자가 딱이라고! 잊어버리지 말라고!"

"물론이지!"

뭐 이런 식의 대화가 이루어졌고 아버지는 그때의 일을 뇌의 어느 부분인가에 간직해 두고 있었던 것은 아닐까.

사람이 임종을 맞을 때 무슨 생각을 하는지 나는 아는 바가 전혀 없다. 그러나 꿈속에서는 불합리한 일들이 전혀 아무렇지 않게 실감나게 일어날 수 있는 것처럼 죽음을 앞둔 흐릿한 의식 속에서 아버지는 불로불사라는 기억을 하나의 진실로 떠올린 것은 아닐까. 아버지의 가슴 어딘가에 '좀더 살고 싶다'는 강한 의지가, 오래된 파리에서의 기억과 결합되어 뇌의 어딘가에 간직해 두었던 '불로불사의 묘약, 에레키시'를 입 밖으로까지 끌어낸 것은 아닐까—적어도 나는 아버지가 남긴 최후의 말을 이런 식으로 해석한 후 스스로를 납득시켰다.

물론 나 자신이 불로불사를 믿는 건 아니었다. 하지만 사정이 사정인 만큼 생 제르망 백작에 대해 알아낼 수 있는 모든 지식을 끌어모았다.

생 제르망 백작이 18세기 프랑스의 궁정 사회를 중심으로 유럽 각지에 출몰해서 무엇인가 수상한 역할을 하고 있었다는 것은 역사적으로도 드러난 사실이다. 퐁파두르 부인이나 카사노바 등과도 접촉했으며 그리스어, 라틴어, 산스크리트어, 아라비아어, 독일어, 영어, 이탈리아어, 포르투갈어, 스페인어 등 가능한 모든 언어를 능숙하게 다루는 등, 그야말로 걸어 다니는 박물관, 세상의 모든 학문, 모든 지식에 능통했다. 게다가 피아노를 쳐도, 유화를 그려도 그 누구에게 뒤지지 않는 최고의 기량을 발휘했다.

하지만 이 정도라면 아직 정보의 유통이 활발하지 않던 시대에 심오한 학문을 습득한 초인이 한 사람 살고 있었다는 정도로 상상하면서 끝낼 수 있었을 것이다. 하지만 생 제르망 백작에 대한 전설은 이 다음부터 한층 더 흥미진진해진다.

18세기 무렵—이라는 것은 분명 그가 실재했던 시대지만—생 제르망 백작과 만난 사람은 모두 입을 모아 말한다. 그가 언제 나타나든 항상 젊었다는 것이다. 30년 만에, 혹은 40년 만에, 아니 50년 만에 만나도 그는 예전에 만났을 때와 변함없는 40대 전후의 모습 그대로 숱 많은 머리칼에 피부색도 전혀 윤기를 잃지 않은 채였다고, 그 신비스러움에 대해 고백하고 있다.

이름난 바람둥이 카사노바가 생 제르망 백작을 만찬에 초대한 적이 있는데 그때 백작은,

"모처럼의 초대입니다만 저는 식사라는 것을 전혀 하지 않습니다. 단지 환약 한 알을 먹으면 됩니다. 언짢게 생각지 말아 주세요."

라고 말하며 거절했다. 카사노바는 혹시 그 환약이 불로불사의 에레키시가 아닐까라고 어렴풋이 짐작했다고 한다.

루이 15세 역시 생 제르망 백작의 신비한 젊음에 대해 관심이 많았는데,

"돌멩이에 지나지 않는 것을 다이아몬드로 바꾼 것은 사실이다. 그렇지만 그가 가진 젊음의 비밀은 짐도 알 수가 없다."

라며 고개를 내저었다고 한다.

전설은 더 이어진다. 1784년에 죽었다고 알려져 있는 생 제르망 백작이 그 후에도 세계 곳곳에서 모습을 나타냈다는 기록은 발에 차일 정도로 많이 남아 있다. 1815년 파리의 혁명 광장에서 틀림없이 생 제르망 백작을 보았다고 증언한 사람은 사회적으로 충분히 믿을 수 있는 이성적인 이들만 쳐도 십수 명은 되었다. 또한 1903년 인도 폼페이에 옛날 그대로의 모습으로 나타났다는 것은 현지에 남은 다양한 기록을 통해 볼 때 의심의 여지가 없다.

그 외에도 뉴욕, 홍콩, 베이징, 시드니, 솔즈베리, 부에노스아이레스, 타슈켄트, 테헤란 등 시간을 넘고 공간을 지나 세계의 어느 곳에나 그는 출몰했다. 그리고,

"나야말로 죽음을 비웃는 남자, 생 제르망 백작이로소이다."

라고 때로는 공공연하게, 때로는 은근슬쩍 자신의 신분을 고백했다.

이런 비사나 전설을 어디까지 믿을 것인가는 다른 문제이다. 아버지는 죽음을 눈앞에 두고, 내가 그 기인과 만나기를 바랐다.

많은 자료들이 이구동성으로 생 제르망 백작의 특징을 다음과 같이 전하고 있다.

눈은 크고 갈색이며, 머리카락은 짙은 갈색, 신장은 150센티미터

전후로, 서양인 치고는 상당히 작은 편이다. 기품 있는 생김새에, 특히 곧게 뻗은 콧날은 고귀한 인상을 준다. 오른쪽 눈꼬리에서 귓등 사이에 흐릿하게 초승달 모양으로 상처의 흔적이 남아 있다. 목소리는 맑고 명쾌하고 기분 좋게 귓가를 울려, 듣는 사람의 마음을 휘어잡고 놓지 않는다.

나는 아버지의 유언으로, 이런 사람과 제국호텔 로비에서 만나도록 위임받은 것이다.

호텔에 도착한 것은 8시가 조금 넘어서였다.

1층 로비는 숙박객, 약속을 기다리는 사람들로 다른 때보다 붐볐다.

나는 그 혼잡한 틈을 뚫고 지나가면서,

—내가 하고 있는 일이지만 미친 짓이 따로 없군—

하고 생각했다.

이렇게 많은 사람들 속에서라면 아는 얼굴이라도 찾아내기가 쉽지 않을 듯했다. 게다가 내 쪽에서는 상대방을 전혀 알지 못하고 상대방 역시 나를 알지 못한다. 더불어 이것은 십수 년도 지난 옛날의, 약속을 했는지마저도 확실치 않은 애매한 랑데부인 것이다. 운 좋게 만나게 된다면 그것이야말로 기적에 가까운 일이었다. 백분의 일이라도 그것을 기대한다는 것 자체가 멍청한 것은 아닐까.

아버지는 왜 하필 오늘이라는 날을 택한 것일까. 갑자기 예상

도 못했던 일이 일어날지도 모른다. 이렇게 사람들로 붐비는 와중에 무엇인가 암시가 숨어 있어 그것을 찾아내야 하는 것인지도 모른다.

나는 넓은 로비를 천천히 돌면서 샅샅이 살펴보았다. 어찌되었든 여기까지 온 이상 픽션을 현실이라고 생각하고 연기를 해 보는 정도는 이해해 줄 만하지 않은가. 사람을 기다리는 것 같은 외국인 앞에서는 걸음을 좀더 천천히 하면서 슬쩍 상대의 인상착의를 살피며 일일이 확인해 나갔다.

하지만 정작 만나기로 약속한 사람 같은 이는 찾을 수 없었다.

그러자 화려한 주단 위를 걸어다니면서 사방을 두리번거리며 주위를 살피고 있는 내 모습을 믿을 수 없는 기분이 되었다.

—바보 같은 짓을 하고 있어. 어쩌자고 이런 곳까지 와 버린 걸까—

억지로라도 그 이유를 끌어낸다면 아버지에 대한 나의 노스텔지어일 것이다.

그렇게 생각하니 불쑥 나와 쏙 빼닮은 한 사람의 모습—아버지의 모습이 눈앞에 떠올랐다.

아버지는 세속적인 의미로는 결코 칭송을 받을 만한 인물이 아니었다. 적어도 '좋은 남편, 좋은 아버지' 는 아니었다. 이름 있는 대학을 나와 이름 있는 회사에 다니며 무사태평한 샐러리맨으로 일생을 살아갈 운명이었지만, 도중에 좌절하고 길을 잘못 들어서 아내와 자식을 일본에 남겨둔 채 외지를 떠돌며 제멋대로 일생을 살기 시작했다. 어머니가 그런 상황을 눈치 챘을 때는 이미 누구에게 의논 한 마디 없이 회사에 사표를 낸 뒤였다.

"아버지처럼 제멋대로인 인간이 되어서는 안 된다."

나는 어머니에게서 아버지에 대한 불평을 들으며 자라야 했다.

내가 실제로 알고 있는 아버지는 오히려 자상하고 무엇이나 잘 알고 있는 믿을 만한 성품의 인물이었음에도, 어머니에게서 반복해서 들은 아버지의 나쁜 인상은 뿌리 깊게 박혀 소년기의 나에게 아버지는 언제나 '나쁜, 용서할 수 없는' 인물이었다.

하지만 요즘에는 반드시 그렇지만은 않다고 생각했다. 원래부터 아버지가 사회적으로 그렇게 인정받을 만한 사람은 아니었다는, 그 사실을 부인할 생각은 없다. 어머니의 비난은 정당한 것이었다.

그러나 ……나 역시도 이름 있는 대학을 나와 이름 있는 회사에 취직해서 무난한 샐러리맨의 길을 밟기 시작했다.

"아버지와는 다르게 마코토(誠)는 성실하게 자기 일을 하고 있으니까."

라고 아버지를 알고 있는 사람들은 모두 입을 모아 그렇게 말했지만 정말 그런 것일까.

나의 반생은 결정된 코스를 단지 줄기차게 걸어가기만 하면 되는 것이었다. 나 역시 내 인생을 좀더 자유분방하게 살아 보고 싶다고 생각한 적이 없는 것은 아니었다. 사회나 가정의 속박에서 벗어나 자신에게 예정된 인생과는 전혀 다른 별개의 인생을 살아 보고 싶다──그런 희망을 가슴에 품어 본 적이 없는 것도 아니다. 단지 용기가 없었을 뿐이다.

30대 중반이 되자 어느 정도는 아버지의 심정을 이해할 수 있게 되었다. 아버지를 좀더 가깝게…… 그렇다, 나의 내부에서 느낄 수 있게 되었다.

이렇게 아버지의 잠꼬대 같은 말에 따라 약속 장소에 온 것은 생 제르망 백작 따위의 비논리적인 이야기를 조금이라도 믿었다기보다는 아마도 그런 심경 때문이었을 것이다. 아버지가 내키는 대로 살았던 그 시절을 알 수 있는 어떤 실마리라도 잡히지 않을까 하는 희망도…….

—그럼 이제 어떻게 되는 것일까—

나는 넓은 로비를 천천히 한 바퀴 돌아보았다. 하지만 그대로 돌아갈 기분은 아니었다. 그래서 라운지의 한 구석에 앉아 맥주를 시켰다.

—불로불사의 묘약이라—

이제는 어리석다는 생각보다도 쓰디쓴 웃음만 떠올랐다. 연금술의 시대라면 어떨지 모르겠지만 현대에는 농담도 되지 못할 이야기가 아닌가. 아버지는 도대체 무슨 생각을 하고 있었던 것일까?

샹들리에 아래서 황갈색으로 물든 유리컵을 들어올리며 문득 옆의 벽을 보니, 2행의 한시가 적힌 색지가 걸려 있었다. 단지 색지라기보다는 명가의 글임에 분명했다.

검은 먹의 흔적이 많이 사라져서 정서(正書)에서 상당히 벗어난 서체였지만 한참 보다 보니 어느 정도 읽을 수 있었다.

年年歲歲花相似

歲歲年年人不同

—아, 아는 글귀야.—

낙관은 한층 유려하게 흘러 써서 도저히 읽을 수가 없었다.

—도대체 무슨 글자를 어떻게 쓰면 저런 형태가 되는 거지—

깊이 가라앉은 의식 속에서도 열심히 그런 것들을 생각하며 필체의 흔적을 바라보았다. 시계(視界)가 흔들린다. 알코올에 그렇게 강한 편이 아닌 데다 아내의 입원으로 소란을 떠는 바람에 잠도 충분히 자지 못한 것 같다. 한 병의 맥주가 기분 좋게 위 속으로 스며들어 평야에 불을 피우는 것처럼 몸의 구석구석까지 뜨겁게 퍼져갔다. 눈꺼풀이 꿈뻑하며 무거워진다…….

"아이사와 님, 아이사와 님!"

멀리서 벨보이가 손님을 부르는 소리가 들렸고, 그 소리가 조금씩 가까워짐에 따라 내 이름을 부르고 있다는 사실을 깨달았다.

나는 엉거주춤한 동작으로 일어나 벨보이 앞에 섰다.

"아이사와입니다만……."

벨보이는 가볍게 인사를 한 후 뒤를 돌아 안내 데스크에 손을 흔들어 보였다.

"생 제르망 님께서 기다리고 계십니다."

그 순간 마음의 동요가 파도가 치듯 일었다.

기다리던 사람이 온 것이다.

벨보이의 손이 가리키는 쪽에 한 외국인의 모습이 보였다. 그는

나와 벨보이가 주고받는 행동을 알아차렸는지 우아한 발걸음으로 이쪽으로 다가왔다.

나는 설레는 마음을 진정시키면서 여유로운 척, 나 역시 지지 않는다는 듯 등을 꼿꼿이 펴고 그쪽으로 다가갔다.

상대는 몸집이 상당히 작아 보였다. 틀림없이 1미터 70센티미터가 될까 말까. 외국인의 나이는 원래도 알기 힘들었지만 뭐, 50대 전후라고 봐도 될 듯싶었다. 애교 넘치게 움직이는 커다란 눈. 밤색 눈동자. 분명 콧날도 꼿꼿하게 품위 있게 뻗어 있었다.

두 사람 사이의 거리가 가까워질수록 상대는 조금씩 눈을 찡긋하면서 어느 정도 놀란 듯 내 얼굴을 응시했다.

그는 내 아버지와 만날 생각으로 여기에 온 것이므로 내 모습을 보고 이상하다고 생각하는 것도 당연한 일이었다.

목소리가 닿을 수 있는 거리가 되었을 때,

"아 - 유 - 미스터 - 생 제르망?"

이라고 나는 서툰 영어로 물었다.

상대의 얼굴이 역시 애교 넘치게 움직이면서,

"생 제르망입니다."

라는 유창한 일본어 발음이 흘러나왔다.

그렇군. 온갖 언어를 다 구사할 수 있는 생 제르망 백작이라면 이 정도는 하지 않으면 곤란하지. 관자놀이에 초승달 모양의 작은 상처가 보였다.

나는 정중하게 예를 취하고 이번에는 일본어로,

"아버지를 대신해서 나왔습니다. 아버지는 2년 전에 돌아가셨습니다…… 그리고 오늘 여기에서 당신과 만나라는 부탁을 받았기 때문에……."

라고 사정을 간단하게 설명했다.

생 제르망 백작은 갑자기 과장이다 싶을 정도로 얼굴이 어두워졌다 — 물론 어느 정도 의례적인 느낌도 들었지만,

"돌아가셨습니까? 저런, 저런, 그런 것도 전혀 모르고 정말 무례를 저질렀습니다. 이런 장소에서는 실례이지만 진심으로 고인의 명복을 빕니다."

"감사합니다."

"그럼."

두 사람은 라운지의 커다란 쿠션에 등을 기대고 앉았다.

눈앞의 외국인은 뭔가 특별히 기이하다고 할 만한 인상은 아니었다. 머리 꼭대기에서부터 발끝까지, 그 어디를 보아도 20세기 신사였다. 감색 슈트에 복숭아 빛이 감도는 셔츠. 넥타이는 녹색 바탕에 옅은 감색 물방울이 뿌려진 세련된 것이었다. 슈트의 차림새도 몸동작도 충분히 세련됐고, 굳이 말해서 발령지에서 언제나 염문을 뿌리던 호시절의 외교관 같은 인상이 없는 것도 아니었지만, 적어도 내가 막연하게 상상하던 것처럼 신비와 술책으로 가득한 기인의 풍모는 어디에서도 찾아볼 수 없었다. 생 제르망 백작이라고 부르기보다는 무슈 생 제르망이라고 현대식으로 부르는 편이 더 어울릴 것 같았다.

"아드님이신가요? 정말 그렇군요. 잠시 만나 뵙지 못한 사이에 매우 젊어지셨다고 생각했습니다만."

생 제르망 씨는 안주머니에서 긴 프랑스 담배를 한 대 뽑아서는,

"실례."

라고 말한 뒤에 입에 물었다.

"이 건물도 구관 쪽이 장중한 맛이 있어서 훌륭했는데."

백작은 호텔 천장을 바라보며 말했다.

"아아, 라이트가 설계했던……."

"그래요. 우리 외국인에게도 익숙한 깊은 맛이 있는 것이었죠."

"일본에는 몇 번 정도 오셨습니까?"

"이번이 여섯번째죠. 맨 처음은 1885년, 아직 유신 후의 혼란스러움이 가시지 않았을 때였죠."

"그렇습니까."

나는 당황스러웠다. 어디에서부터 어떻게 이야기를 해야 할지 알 수가 없었다.

"저…… 아버지와는 어떻게 만나게 되셨죠?"

"그건."

생 제르망 씨는 이마에 손바닥을 대고 깊이 생각하는 듯한 자세를 하고는 "음" 이라는 소리만 내다가,

"만나게 된 것은 몽마르트의, 그렇군요, 파타슈 가게에서 가까운 어떤 술집이었던 것 같네요. 파타슈에 대해서 알고 계십니까?"

"아니요, 모릅니다."

"속된 가게입니다만 지금은 관광 명소가 되었죠. 노래를 부르지 않는 손님이 있으면 주인이 넥타이를 잘라 버렸답니다."

아아, 그거라면 어디에선가 들은 적이 있었다.

"그 근처에 그라이에라는 술집이 있습니다. 부친과 만난 것은 분명 거기였을 겁니다. 아, 그립네요. 가까이에 마티스를 흉내 내서 그림을 그리는 고급 창부가 있어서 두세 명의 친구들과 어울려 그 아파트에 자주 놀러 갔었죠."

"아버지는 어땠습니까?"

"굉장히 밝은 사람이었죠. 재치 있으면서 일본인다운 자상한 면을 가진 사람이었습니다. 그렇게 길게 사귄 것은 아니었지만 말이죠."

나는 그때 아버지가 어떤 생활을 하고 있었는지를 물어 보고 싶었지만 그 이상으로 그 '에레키시'에 대한 의문도 마음속에 있었다.

이야기가 끊기길 기다렸다가 말을 꺼냈다.

"실례지만, 저……."

"뭐죠?"

그는 트럼프의 조커처럼 시종 웃음을 머금고 어떤 질문이든 아무렇지도 않게 대답해 줄 것만 같았다. 웃는 얼굴이 비틀비틀 흔들려 마술사 같았다.

게다가…… 이 기묘한 분위기는 도대체 무엇이란 말인가? 여기는 호텔 로비임에 틀림없는데 왁자지껄한 주변이 어딘가 멀리 사라

져 버려 마치 생 제르망 씨와 나 단 둘만이 소리 없는 공간을 차지하고 있는 것 같은 기분이 들지 않는가.

"당신은 정말 생 제르망 백작이십니까?"

"그렇습니다."

"역사적으로 유명한 ……?"

"그 정도는 아닙니다만."

그는 부끄러운 듯, 하지만 긍정의 빛을 띠며 대답했다.

"하지만 일본의 인명사전에도 당신의 이름이 확실하게 실려 있습니다."

"나쁜 평가가 쓰인 것은 아닙니까?"

"아니요. 그런 것은 없습니다만, 단지……."

"단지?"

"당신은 죽음을 비웃는 남자, 즉 그러니까……."

"불로불사라고."

"그렇습니다."

"부친께서 그렇게 말씀하셨습니까?"

"아버지께는 아무런 말도 듣지 못했습니다. 아버지는 단지 에레키시에 대해서……."

"아아, 그렇군요."

"당신은…… 단지 소문일 뿐인지는 모르지만 불로불사의 비약을 가지고 있어서 시바의 여왕도 만나고, 콜럼버스도 만났다고……."

"소문이라는 것은 좀 과장되게 부풀려져서 전해지는 것이니까요."

"그럼 불로불사는 허풍이었다는 겁니까? 에레키시라는 것은 존재하지 않는 것입니까?"

"아니요. 불로불사는 정말입니다. 에레키시는 지금도 제가 갖고 있습니다."

"설마."

"부친께서도 같은 말씀을 하셨더랬죠. 그래요, 기억이 납니다. 당신의 아버님과 논쟁을 할 때도 그랬어요. 내가 에레키시를 가지고 있다고 말씀드렸더니 부친은 지금 당신과 똑같이 입을 삐죽거리면서 '불로불사의 약 따위 이 세상에 있을 리가 없어' 라고. 저는 '아니, 가지고 있어' 라고 했고, 부친께서는 다시 '가지고 있을 리가 없어' 라고 했어요. 그런 상태로는 시간이 아무리 흘러도 같은 말만 반복될 것 같았습니다. 그래서 저는 13년 후 오늘 여기에서 에레키시를 보게 해 주겠다고 부친께 약속했습니다. 그것은 신사 대 신사의 약속이었습니다. 그래요, 두 사람 모두 어느 정도 취해 있었습니다. 하지만 술잔을 높이 들고 각자가 믿는 신의 이름을 부르며 굳게 다짐했습니다. 당신 아버님도 신사였습니다. 죽음의 순간이 되어서도 잊어버리지 않았으니까요. 그리고 저는 보시는 대로 여기에 왔습니다."

"그럼 당신은 에레키시를 가지고 계신 거네요. 불로불사의 묘약을."

"그렇습니다."

"그것은…… 저, 아버지 대신 저에게도 보여주실 수 있는 것입니까?"

"처음부터 그럴 생각이었습니다."

"그럼, 보여 주시죠."

나는 그렇게 부탁하는 순간 무엇인가 무서운 이변이 일어나는 것은 아닌가 하는 망상에 잠시 빠지기도 했지만 주변은 전혀 변함이 없었고, 마치 유리 너머로 수족관의 내부를 살피는 것처럼 인파가 술렁거리고 있을 뿐이었다.

"다만……."

생 제르망 씨가 고개를 갸우뚱했다.

"예?"

"단지 에레키시는 여러분이 생각하고 계신 것 같은 가루약도 물약도 아닙니다. 에레키시는 팡세입니다."

"팡세?"

"그래요. 아이디어라고 말한다면 조금은 이해가 쉬울까요."

"이해가 안됩니다."

나는 고개를 저었다.

"일본인은 매우 정서적인 민족입니다. 하지만 프랑스 사람은 모두 비합리적입니다. 저도 그런 프랑스 사람이구요."

"예에……?"

"재밌네요. 여기에 족자가 있습니다."

생 제르망 씨는 여전히 웃음을 띤 채 벽에 걸린 글씨를 가리켰다.

"年年歲歲花相似, 歲歲年年人不同."

라고 중국어로 읽고 나서 물었다.

"이게 무슨 뜻인지 아십니까?"

"예. 옛날에 학교에서 배운 적이 있습니다."

"당나라 유정지(劉廷芝)의 시가 아닙니까?"

"그럴지도 모르지만 잘 모르겠습니다."

"무슨 뜻이죠?"

"꽃은 매년 같지만 그것을 보는 사람은 같지 않다. 인생무상을 읊은 시 아닙니까?"

"분명 그렇습니다. 하지만 이 시는 맞지 않습니다. 굉장히 서정적인 것일 뿐입니다."

"어째서죠?"

"작년에 핀 꽃과 올해 핀 꽃은 결코 같은 꽃일 수가 없습니다. 다른 꽃, 다른 생명입니다. 제대로 말하려면 '년년세세화불동年年歲歲花不同' 이라고 해야죠."

"하지만 같은 나무에서 똑같이 피는 것이 아닙니까."

"그렇습니다. 만일 같은 나무에서 핀 작년의 꽃과 올해의 꽃을 같은 생명이라고 볼 수 있다면 인간 역시 조금도 다를 바 없습니다. 당신의 할아버지, 아버지, 그리고 당신 자신……. 시인이 벚꽃을 본 것처럼, 인간 이외의 생명체가 밖에서 인간을 본다면 인간은 부모, 자식, 손자…… 계속해서 고대로부터 조금도 변함없이 불사의 몸으

로 살아 가고 있는 것으로 보일 수도 있지 않겠습니까?"

"그건 그럴지도 모르겠습니다만."

"생명이 존속한다는 것은 낡은 세포를 점점 새로운 세포로 바꿔 주어서 언제까지나 지지 않고 계속해서 살아가는 것을 말합니다. 하나의 세대가 자신의 부품을 새로운 것으로 갈아 끼웠다고 해도 어차피 그렇게 길게는 유지될 수 없다고 생각했을 때, 더 이상 부품을 갈아 끼우는 따위의 일은 그만두고 자신의 세포에서 직접 다음 세대를 만듭니다. 그렇게 되면 거기에서 부모와 자식의 관계가 성립되는 것이죠. 대부분의 인류는 이런 형태를 띠고 있습니다. 시바의 여왕이라고 할 것도 없이 훨씬 전 그 옛날부터 계속 불로불사를 이어온 것입니다."

"그것이 당신의 에레키시라는 겁니까?"

"그래요. 그런 생각을 갖게 되면 인간은 모두 불로불사를 할 수 있게 됩니다. 죽음을 두려워할 필요도 없고 자신의 생명이 꺼져 버릴 거라는 생각에 슬퍼할 필요도 없습니다."

"하지만……."

"뭔가 석연치 않은 점이라도 있습니까?"

"예에. 즉 그…… 그렇다면 에레키시는 당신만이…… 즉 생 제르망 백작만이 가지고 있는 것이 아니라 우리 모두가 갖고 있다는 것이죠?"

"그렇다고도 말씀 드릴 수 있습니다. 하지만 모두가 이런 생각을 명확히 갖고 있다고 말할 수는 없습니다. 그것을 명확하게 의식하는 것, 그것이 생 제르망의 에레키시입니다."

"뭔가 속은 기분이 듭니다만."

"죽음을 속일 수 있는 방법은 이것밖에는 없습니다. 그렇죠, 그렇지 않습니까? 예를 들면, 그래요, 당신은 생긴 모습이나 성질이 아버님을 쏙 빼닮았습니다. 가끔 자신의 부친이 어떤 인생을 어떤 생각으로 살아 왔는가를 생각해 보거나 합니다. 그런 형태로 부친의 생명은 존속해 나가게 되는 겁니다. 인간은 이렇게 적절하게 세대교체를 하는 것이 건강한 상태를 유지할 수 있습니다. 이 나라의 정치가들처럼 언제까지나 낡은 세포를 가지고 날뛰는 것보다는……."

생 제르망 씨의 목소리가 무당의 주문처럼 머릿속을 윙윙거리며 지나갔다.

어딘가 이상하다. 아니, 그렇지 않다. 생 제르망 씨의 이치는 나름대로 이해는 가지만 뭔가 아직 물어 보지 못한 것이 있는 것은 아닌가 하는 생각이 들었다. 아, 그렇다.

"그렇지만 그런 것이라면 어째서 13년 전에 아버지에게 에레키시를 설명해 주시지 않은 겁니까? 특별히 이렇게 까다롭게 시간을 들여서 말하지 않아도 되지 않았던 것 아닙니까?"

"아니지요."

생 제르망 씨는 담배 연기를 내뿜으면서 천천히 고개를 저었다. 잎담배와 닮은 프랑스 담배 냄새가 톡 쏘면서 날아들었다.

"까다롭게 군 것이 아닙니다. 내가 한 말이 결코 비이성적인 것

이 아니라는 것을 절실히 깨닫게 하기 위해서는 오늘까지 기다리지 않으면 안 되었기 때문입니다. 생 제르망 백작을 우습게 봐서는 안 됩니다. 나는 우주의 법칙을 알고 있습니다. 그 법칙에 따라서 이론을 펼치는 것입니다……."

생 제르망 씨의 목소리가 서서히 잦아들었다. 그것을 대신해 멀리에서,

"아이사와 님! 아이사와 님!"

하고 벨보이가 연속해서 손님의 이름을 부르는 소리가 들려왔다. 아까부터 계속 나를 부르고 있었던 것 같다.

무엇인가가 뇌를 가볍게 관통하고 지나는 것 같은 기분과 함께 갑자기 눈앞이 밝아졌다.

그리고 동시에 지금까지 유리문 너머처럼 보이던 주변의 풍경들이 소란스럽게 움직이기 시작했다.

나는 벌떡 일어나 벨보이에게 다가갔다.

"아이사와입니다만……."

"전화가 와 있습니다."

벨보이의 뒤를 따라 나는 전화박스 안으로 들어갔다.

"여보세요, 아이사와입니다."

"이야, 마코토 군?"

전화는 병원의 처숙부에게서 온 것이었다.

"축하하네. 사내아이야. 엄마 쪽도 건강해. 자네와 얼굴이 똑같다니까!"

"그렇습니까. 지금 곧 가겠습니다."

나는 수화기를 내려놓았다.

이상한 흥분이 온 몸을 휘감았다.

—나를 꼭 닮은 사내아이란 말이지—

그것이 나의 불로불사라는 것인가.

하지만 어째서 오늘…… 그것을 알 수 없었다.

깊은 생각에 빠져 라운지로 돌아오니 자리에는 아무도 없고 단지 피우다 만 프랑스 담배가 막 버려진 듯 재떨이에서 하얀 연기를 피워 올리며 타들어 가고 있었다.

사랑은 생각 밖의 것

옛날부터 남녀간의 연애에 대해서는 관심이 없었다.

그런 것은 깊이 빠지면 빠질수록 참담한 결과만을 가져온다는 것이 젊었을 때부터 모리다니 교헤이의 지론이었다.

"아빠는 연치야."

"연치?"

"응. 음치가 아니라 연치(戀癡)!"

그럴듯하군. 잘 만든 말이다. 분명 그럴 것이다.

자신이 연애에 그다지 관심이 없는 편이었으므로 다른 사람들의 연애 관계에 대해서는 더더욱 관심이 없었다. 눈앞에서 누군가가 누군가와 열렬한 사랑에 빠져 있다고 해도 그 사실을 눈치 채기까지는 상당한 시간이 걸릴 정도이니까 말이다.

하지만 이번만큼은 남의 일이라고 강 건너 불구경하듯 하고 있을 수는 없었다. 한 지붕 아래 사는 딸아이가 사기꾼 같은 놈한테 홀려 회사 공금까지 쏟아 부었다니……. 당사자가 고백하기 전까지 교헤이는 전혀 눈치 채지 못하고 있었다.

그러고 보면 최근 1년 동안 노부코는 늦게 들어오거나 외박을 한다거나 하는 일들이 다른 때보다 많았다.

"결산 때라서."

"하네다까지 아는 사람 마중 갔었어."

"친구 집에 갔었어."

교헤이가 뭐라고 말을 꺼내기도 전에 먼저 노부코는 그런 이유들을 늘어놓았었다. 그리고는 아무 일 없었다는 듯이 빙그레 웃는 것이다. 그런데 그게 모두 그 남자와 함께 보내기 위한 변명이었다니. 부모 자격이 없다고 해도 할 말이 없다.

"어쨌든 그 남자와는 당장 헤어져."

이야기를 들은 순간은 멍하니 아무 생각도 나지 않았고, 바로 뒤이어 억제할 수 없는 화가 치솟아 올랐지만 화를 낸다고 해서 끝날 일이 아니었다.

한동안 훌쩍훌쩍 울기만 하던 노부코는 젖은 눈을 들며 말했다.

"그건 이젠 상관없어. 왜 그렇게 바보 같은 짓을 했는지 지금은 나 자신도 이해할 수 없으니깐."

돌아오는 생일이면 노부코는 스물아홉 살이 된다. 결혼을 해야 한다는 압박을 받고 있었던 것일까. 그렇게 생각하면 또 측은해진다. 직장은 노처녀라도 맘 편히 일할 수 있는 곳이라고 들었는

데…….

"남은 것은 돈 문제인데."

"얼마나 써 버린 거지?"

"이백만 엔 정도."

"아직 아무도 눈치 채지 못한 게 확실하지?"

"응."

"그렇단 말이지."

"어떻게든 되지 않을까 하는 생각에……."

회사 공금에 손을 댄 정도면 자기가 모은 적금 따위는 남아 있을 리가 없을 것이다. 세상에 널리고 널린 게 남잔데 왜 하필이면 여자한테 돈을 뜯어내려는 그런 놈한테 홀린 것인지. 게다가 결국 속아서 이 상황까지 만들고.

교헤이는 무엇인가 곰곰이 생각하는 듯 팔짱을 끼고는 있었지만 아무리 머리를 짜내 보아도 돈이 나올 만한 구석은 없었다.

"하필이면 그런 사기꾼 같은 놈을 골라서는."

쓴 약이라도 삼키는 듯이 말했다.

모리다니 교헤이는 오랜 기간 근무해 오던 회사가 도산하고 나서는 아는 사람 소개로 한 전기제품 회사의 창고 경비를 하고 있었다. 창고 부지 안에 마당이 딸린 작은 사택이 있었고 거기에서 가족이 함께 살았다.

가족이라고 해야 아내는 이미 세상을 떴고 딸 노부코와 커다란 갈색 개 한 마리 뿐이었다.

집세가 들지는 않았지만 원래 창고 경비라는 것이 갈 곳 없는 늙은이를 위해 주거를 마련해 주는 정도의 일이었기 때문에 수입은 쥐꼬리만큼도 되지 못했다. 생활하기에도 빠듯할 정도였다. 얼마 있던 저축도 실직 전후로 전부 써 버렸다.

"힘들겠지?"

짧은 침묵이 지난 후에 노부코는 누구에게랄 것도 없이 중얼거렸다.

머지 않아 노부코가 회사 공금 2백만 엔을 유용했다는 사실이 드러나고 말 것이다. 내일이 될지, 내일모레가 될지 모른다. 그렇게 먼 이야기는 아닐 것이다. 그것으로 노부코의 장래는 엉망진창이 되어 버리고 말 것이다.

그런 생각들이 교차하는 중에 교헤이의 머릿속으로 최근 매스컴을 떠들썩하게 했던 사건 하나가 떠올랐다. 여자 은행원이 공금을 유용한 사건이었다. 거기에 비하면 액수는 훨씬 적었지만 그것이 오히려 더 참담하다는 느낌을 주었다.

지금은 아직 시간이 있다. 지금 당장 2백만 엔만 마련할 수 있으면 문제는 사라진다. 딸도 더 이상 그런 멍청한 짓은 하지 않을 것이다. 이대로 평범하게 회사에 다니다 보면 언젠가 행복이 찾아올 것이다. 단돈 2백만 엔이 아닌가. 그것으로 딸의 미래를 살 수 있다면…….

"아빠가 어떻게든 해 보마."

"정말? 할 수 있겠어?"

노부코가 눈을 반짝 떴다.

교헤이는 갑자기 뜬금없는 기억이 떠올랐다. 처음으로 노부코에게 손목시계를 사다 주었을 때의 일이다. 그때도 이렇게 눈을 반짝이며 그를 바라보았었다. 세월이 지나 '손목시계' 도 상당히 비싸졌다.

"할 수 있을 거야. 걱정 마."

아버지는 퉁명스레 대답하고 자리에서 일어섰다.

그날 밤 교헤이는 이불 속에서 잠을 이루지 못했다. 이리저리 돈을 마련할 수 있는 방법을 생각해 보았지만 힘닿는 데까지 해봐야 겨우 70만 엔 정도이고, 그나마 그것도 상당히 많이 모았다고 했을 때 할 수 있는 정도였다.

'어떻게 해야 하는지.'

여기까지 온 이상 딸아이를 실망시킬 수는 없었다. 그것이 부모로서 할 수 있는 최선이 아닌가.

눈을 전혀 붙이지 못한 채로 머리를 굴리는 사이에 창밖으로 아침 해가 비쳐 들기 시작했다. 밖에서 드르륵드르륵 문을 긁어 대는 소리가 들려왔다. 무크가 돌아온 모양이다. 운동 부족이 되면 좋지 않을 것 같아서 밤에는 풀어 둔다.

하지만 이 개는 아무리 멀리까지 가도 새벽녘이 되면 반드시 돌아온다. 잠자리에서 일어난 교헤이는 부엌에서 전날 먹다 남은 것들을 담으면서 무크에게 말을 건넸다.

"너도 좀 도와 줘야겠어."

무크는 이제 인간으로 치면 늙은이라고 해도 좋을 나이가 되었지만 식욕만은 누구에게 뒤지지 않을 만큼 왕성했다. 주인이 하는 말에 귀를 세우는 기색도 없이 덜커덕덜커덕 소리를 내면서 허겁지겁 그릇을 비우고 있을 뿐이었다.

"여보세요! 나구모 씨 댁인가요? 부인이십니까?"

"예, 무슨 일이시죠?"

교헤이는 무슨 말을 해야 할지 조금 주저하는 듯 1, 2초 뜸을 들이다가 이내 결심한 듯 말했다.

"댁의 아이를 유괴했소. 몸값은 2백만 엔이면 되오. 은행 문이 닫히기 전까지 번호가 모두 다른 만 엔짜리 지폐로 200장을 준비해 주시오. 2백만 엔 정도면 오늘 중으로 마련할 수 있겠지."

보이지 않는 상대방의 얼굴색이 서서히 변해가는 것이 느껴졌다.

"자, 잠깐, 기다려요."

전화 건너편의 목소리가 잠겨 있었다.

협박전화로 치자면 말투가 지나치게 정중한 것은 아닌가? 익숙하지 않은 일이다 보니 어떻게 해야 하는 것인지 알 수가 없었다. 역시 좀더 위협적인 말투로 했어야 했나.

교헤이는 갑자기 거친 목소리로 바꾸었다.

"내일까지 기다릴 생각은 없어. 난 성격이 급한 편이니까. 경찰에 신고한다거나 하는 기색이 보이면 아이의 목숨은 보장할 수 없어."

"아이는 정말 무사한가요?"

"그 점은 안심해도 좋아. 그 대신 내가 말한 대로 하지 않았을 경우 아이의 목을 끼-익, 알겠지!"

"예에. 부탁입니다. 아이만은 살려 주세요."

"2백만 엔으로 아이의 목숨을 살릴 수 있다면 싼 것 아닌가. 자, 그럼 빨리 돈을 준비하라고. 다시 잘 들으라고. 각각 떨어져 있는 번호의 만 엔짜리 지폐로 200장, 2백만 엔이라고. 또 다시 전화하지."

"저, 끊지 마세요. 잠깐만요."

이런 경우 길게 전화하는 것은 좋지 않다. 교헤이는 짧게 용건만 말하고 전화를 끊었다. 아직도 뛰는 가슴이 멈추질 않는다. 어젯밤부터 몇 번이나 머릿속으로 반복했던 말이건만 정작 실제로 일을 저지르는 순간이 되자 침착성이 사라지고 목소리가 붕 떠서는 정신을 차릴 수가 없었다.

시계를 보니 오후 한 시가 조금 지나 있었다. 한 시간 뒤에 두번째 전화를 할 예정이었다. 그때까지 아이와 조금 놀아주지 않으면 안 된다.

"자아, 아가, 할아버지하고 놀까?"

말을 걸자 아이는 낯을 전혀 가리지 않고 한쪽 볼에 커다란 보조개를 만들며 웃음을 가득 담고는 아장아장 걸어왔다.

교헤이는 생각했다. 지금쯤이면 자신에게도 이런 손자가 있을 법한 나이인데…….

그렇게 생각하자 또다시 노부코의 어리석음에 화가 났다.

'하필이면 그런 놈을 골라서는.'

그래도 이 녀석은 귀엽다. 이런 아이를 죽일 수는 없는 일이다. 2백만 엔을 준비만 해주면 좋을 텐데……. 궁지에 몰려 저 목에 손을 대지 않을 수 있으면 좋으련만……. 교헤이는 다시 한번 계획했던 것들의 순서를 정리해 보았다.

그날 밤 유괴를 해야겠다는 결심을 했을 때, 교헤이는 지금까지 일면식도 없는 집의, 세 살 이하의 아이를 노리자고 생각했다.

아는 집이면 범행을 저지르기에는 편할지 모르지만 나중 일을 생각하면 발목을 잡히기 쉽다. 세 살 이상 되는 아이는 나중에 범인의 특징이나 자신을 숨겨 둔 집에 대해 상세하게 얘기할지도 모른다.

잘사는 집이 모인 동네를 걸어 다니다 보면 분명 정원에서 놀고 있는 어린 아이를 발견할 수 있을 것이다. 그런 집이라면 2백만 엔 정도의 돈은 어떻게든 될 것이다. 현관의 문패를 보면 집주인의 이름도 알 수 있고 이름을 알고 나면 전화번호도 간단하게 조사할 수 있다. 그것으로 충분하다.

이렇게 결정을 하고 요츠야 외곽의 고급 주택가를 어슬렁거리고 있자니 상상했던 집이 금방 눈에 띄었다.

하얀 벽에 푸른 지붕이 아름다운 집이었다. 서양식의 현대적인 포치(porch)에 밝은 잔디가 정원 넓게 펼쳐져 있었다. 창살로 만들어진 담에 장미덩굴이 가득 얽혀 있었다. 검은 대문 기둥에는 '나

구모 레이지' 라고 쓰인 가로 쓰기 문패가 걸려 있었고 빨간 지붕만 있는 차고에는 폴크스바겐이 웅크리고 있었다. 이 정도 규모의 집이라면 우선 몸값은 걱정하지 않아도 될 것이다.

잔디 위를 아장아장 걸어 다니고 있는 아이는 가을 햇빛을 가득 받으며 모래 장난을 하고 있었다.

현관 옆의 쪽문을 통하면 안으로 금방 들어갈 수 있다. 빨간 바지를 입은 아이의 엄마가 가끔씩 베란다 안쪽에서 정원 쪽으로 얼굴을 내밀었지만 금방 집안으로 총총거리며 사라졌다. 아이 엄마 외에 집에 누군가 있는 기색도 보이지 않았다.

교헤이는 아무렇지도 않은 듯 집 앞을 두리번거리면서 기회를 노렸다. 주택가는 조용하게 가라앉아 있었고, 이 시간에는 거의 지나다니는 사람도 없었다. 가끔 승용차가 부드럽게 스쳐 지나갈 뿐이었다.

아이의 엄마가 정원 쪽을 내다보고 있을 때 집 안에서 전화벨이 울렸다. 빨간 바지가 안으로 사라졌다.

— 지금이다 —

쪽문을 지나 정원으로 들어갔다.

"아가, 자, 할아버지한테 오렴."

교헤이는 뭔가 이상하다는 듯한 표정의 아이를 다정하게 안았다.

아이는 울지도 않고 말똥말똥 동그란 눈으로 할아버지의 얼굴을 올려다보았다.

"자, 할아버지가 맛난 맘마 줄게."

등을 살살 두드리며 아이를 어르면서 쪽문을 빠져나왔다.

주부들의 전화라는 건 그렇게 간단히 끝나는 법이 없다는 것을 잘 알고 있다. 문을 나와 종종걸음으로 그 동네를 빠져나왔지만 아무도 뒤를 쫓는 사람은 없었다. 모퉁이를 돌아 언덕을 내려가면 큰길이다. 여기까지 오면 일단 안심이다. 첫번째 관문은 간단히 통과했다.

오후 세 시가 지나자 교헤이는 두번째 전화를 걸었다. 이번에는 아이의 아버지인 듯한 남자가 전화를 받았다.

"요구한 대로 번호가 제각기 다른 만 엔짜리 지폐는 마련해 놓았소. 부탁이오. 아이의 목숨만은 살려주시오."

"경찰에 알린 것은 아니지?"

"물론 알리지 않았소."

"거짓말하지 마."

"거짓말이 아니오. 그것보다 아이는 정말 무사한 거요?"

"걱정 마. 지금은 자고 있으니까. 귀여운 아이야. 이런 아이를 죽일 생각은 손톱만큼도 없어."

"무엇이든 하라는 대로 하겠소. 약속은 반드시 지키겠소. 그러니까 한시라도 빨리 아이를 돌려주시오."

"알았다고. 그쪽에서 약속을 잘 지켜 줄 생각이라면 얘기는 간단하지. 만 엔짜리를 전부 깨끗하게 다려서 두께 2센티미터 정도의 다발로 만들어. 새 지폐처럼 한 다발로 확실하게 묶도록……. 다시 전화하지."

전화 추적 따위를 당할 수는 없다. 지시는 몇 번으로 나눠서 이 전화 저 전화 다른 공중전화를 이용해서 거는 것이 안전하다.

세번째 연락은 여섯 시 넘어서 창고 사무실 전화를 이용했다. 벨이 울리자 바로 같은 목소리의 남자가 전화를 받았다.

"돈다발은 준비됐나?"

"되었소. 아이는 건강하오?"

"물론 건강하게 놀고 있다. 자, 신나서 놀고 있는 소리가 들리지?"

"아이와 얘기하게 해 주시오."

"그건 안 돼. 시간이 없어. 그것보다 당신 운전할 줄 아나?"

"할 줄 아오."

"그럼 당신이 직접 돈을 가지고 오라고."

"어디로 가면 되오?"

"그건 다시 전화해서 알려 주지. 먼저 언제나 출발할 수 있도록 차를 대기시켜 놓도록. 그리고 손전등도 잊지 말고 준비하고. 그럼 다시."

이것으로 '상대방'의 준비는 모두 완료되었다. 이쪽은 천천히 밤이 오기를 기다리면 된다. 아이도 저녁에 주스에 수면제를 조금 섞어 먹여 놓은 상태여서 이제 바로 깊은 잠에 빠져들 것이다. 이대로 잠시 창고 구석에서 자게 하면 된다.

노부코는 언제나처럼 일곱 시가 좀 넘어서 회사에서 돌아왔다. 현관에서 눈을 마주친 순간 아직 회사 공금에 손 댄 사실이 들통 나지 않았다는 걸 알 수 있었다. 다행이다. 마치 줄타기를 하는 기분이다. 심장에 좋지 않다.

"저기 돈은 말이지. 내일이나 모레쯤이면 마련될 것 같아."

"어디에서 빌렸어?"

"회사에서."

"정말! 다행이다."

그리고 나서 노부코는 단호한 얼굴로,

"정말 죄송해요. 다시는 이런 일 없도록 할게요."

하고 공손히 고개를 숙였다. 눈에는 벌써 눈물이 맺혔다.

"됐어."

기분 좋은 멋쩍음이 교헤이의 가슴속 깊이 퍼졌다.

노부코가 잠들기를 기다렸다가 개를 데리고 자전거로 다마가와 천변까지 갔다. 자전거로 두 시간 정도 되는 거리였다.

돌아오는 길에 네번째 전화를 걸었다. 밤 한 시였다.

"돈과 손전등을 가지고 차로 K시까지 가도록. 국철 역 앞에 모나미라는 심야 찻집이 있을 테니 거기에서 기다리도록."

"모나미입니까?"

"그렇다. 바로 출발하도록. 혼자 오는 것 잊지 말고. 혹시나 싶어서 말해 두는 거지만 앞으로 당신이 하는 행동을 줄곧 감시한다는 것, 경찰에 연락을 한다거나 하는 짓을 하면 아이의 목숨은 없다는 것을 기억하라고."

"절대로 아이에게는 손대지 마시오. 경찰에게는 정말로 알리지

않았으니까. 어설픈 짓은 하지 않을 거요."

"안심하라고. 그리고 아이는 무사하다. 나도 2백만 엔 정도의 돈으로 살인을 하고 싶지는 않으니까. 그럼 바로 출발하도록. 지금 한 시 10분이 좀 지났으니까 두 시까지는 모나미에 도착하도록. 그럼 거기에서……."

만일 경찰에게 알렸다면 모나미 부근에 몰래 경찰들을 심어 두었을 것이 분명하다.

교헤이는 그런 위험한 곳에 우물쭈물하며 얼굴을 내밀 생각 따위는 없다.

두 시 반에 집에서 심야 찻집 모나미에 전화를 걸었다. 그것이 최후의 지시였다.

"손님 중에 나구모 씨가 계시면 불러 주시오."

"예, 잠시 기다리세요."

이내 전화기를 통해서 목소리가 흘러나왔다.

"여보세요. 나구모입니다."

"가게 앞으로 난 거리를 북쪽을 향해서 곧장 걸으라고. 그리고 다마가와 제방이 나오면 거기에서 오른쪽으로 꺾어지라고. 강가를 따라 약 5백 미터쯤 가다 보면 오른쪽으로 높은 아파트가 나온다. 그 부근에서 차에서 내려 강가 쪽을 잘 보라고. 오늘밤은 달이 밝으니까 물가에 작고 낡은 창고가 하나 서 있는 게 보일 것이다. 돈과 손전등을 들고 그곳으로 가도록. 혼자서 가라고. 아파트 창에서도 제방에서도 물가 쪽은 완전히 다 볼 수 있다고. 조금이라도 허튼짓을 하려고 했다가는 아이를 돌려받을 수 없다는 사실을 기억하라고."

"알았소. 명령은 그대로 지키겠소."

"그럼 거기에서……."

몇 번인가 전화를 거는 사이에 지시를 내리는 것에도 익숙해졌다.

이제 창고에 가서 아이가 자고 있는 모습을 한번 보자.

때로 밤은 그의 어두운 품 안에 내일이라는 기대를 조용히 숨기고 있기도 하다. 그날 밤의 기대는 교헤이에게 있어서는 너무도 무거운 것이었다.

교헤이가 이불 속에 들어간 것은 세 시가 넘어서였을 것이다. 요 이틀 동안 거의 잠을 자지 못했는데, 오늘 밤은 한층 더 심해서 도저히 잠을 이룰 수 있을 것 같지 않았다.

피로는 전신을 무겁게 누르며 퍼져 왔지만 머릿속만은 차갑게 식어 있었다. 눈을 감으면 눈 안 깊숙한 곳에서 윙윙 하는 소리가 들려오고 신경이 요동을 치는 것만 같았다.

술이라도 마셔 볼까 하고 일어나 한 잔 가득 따라 보았지만 그걸 마시면 그대로 아침까지 잠들어 버릴 것 같아서 결국 한 모금 마시고는 그만두었다.

이불 속에서 등허리를 쭉 펴고 눈을 감았다. 그러자 지금쯤 다마가와 강가에서 일어나고 있을 법한 광경이 어두운 뇌리 속에 떠올랐다.

하늘은 차갑게 식었고, 살짝 이지러진 달이 강가를 하얗게 비추고 있을 것이다. 멀리서 환락가의 붉은 네온이 깜빡이고 있을 것이다.

강의 제방에 자동차가 멈춘다. 남자 하나가 손전등을 들고 차에서 내린다. 강가로 다가가니 어렴풋이 작은 창고가 보인다.

남자는 주변을 살핀다. 강변에 선 높은 고층 아파트의 창이 보인다. 막막하게 펼쳐진 넓은 강이 보인다. 그는 생각한다. 어딘가에 범인의 눈이…….

어쩌면 경찰차도 그 주변 가까이에 대기하고 있을지 모른다.

하지만 형사는 강 제방까지 올 수 없다. 어딘가에서 범인이 살펴보고 있을지도 모르니까. 만일 형사 비슷한 이의 모습이 잠시라도 보인다면 아이는 그대로 위험에 빠지게 될 것이기 때문이다. 그 사실은 모두 잘 알고 있을 것이다.

남자는 총총걸음으로 강 밑으로 내려가 물가로 다가간다. 풀에 맺힌 이슬에 바지 자락이 젖는다. 강 주변에는 사람의 그림자도 얼씬거리지 않는다.

"어이!"

남자는 말을 걸어 볼지도 모른다.

대답이 없다.

작은 창고는 옛날, 강둑 공사를 할 때 필요한 것들을 놓아두던 곳이었을 것이다. 지붕은 무너져 마름모꼴로 기울어져 있다.

남자는 창고로 다가선다.

낡아서 부서진 창고 문 위에 하얀 종이가 붙어 있다.

남자는 손전등 빛을 그쪽으로 비추고 거기에 쓰인 글자를 읽는다. 신문의 커다란 활자를 잘라서 붙인 글이다.

—안에 개가 있다. 개의 배에 가죽 가방이 매달려 있으니 그 안에 약속한 물건을 집어넣고 개 줄을 풀어 주도록. 그리고 거기에서 한 시간을 기다린 후 창고를 나오도록. 무선으로 경찰과 이야기한다거나 하면 바로 도청 장치로 감지될 테니 주의하도록. 명령 이외의 일을 하면…… 어떻게 되는지는 알겠지!

끼익 하고 문을 여니 창고 안에 꿈실꿈실 움직이는 것이 있다. 커다랗고 새까만 개이다.

남자가 개의 배에 가죽 밴드로 고정된 가방에 돈다발을 넣고 목줄을 풀자 개는 부르르 하고 두세 번 몸을 털고는 창고 벽이 부서져 생긴 구멍을 통해 밖으로 나간다.

곳곳에 키 작은 풀들이 무리 지어 있는 강변을 개는 목을 늘어뜨린 채 여기저기 냄새를 맡으면서 달린다.

남자가 창고 밖을 내다보았을 땐 이미 개의 모습은 밤의 정적 속으로 사라진 다음일 것이다.

누군가 멀리서 이 창고를 살피고 있다고 해도 불쑥 나타난 개의 모습에 신경을 쓰는 이는 없을 것이다. 개의 임무를 눈치 챌 리가 없다. 강변에 주인 없는 개들이 어슬렁거리는 풍경은 전혀 신기할 것이 없으니까.

이윽고 개는 냄새로 무엇인가를 식별해 길을 찾아내고 달리는

속도를 높인다. 그는 자신이 돌아가야 할 길이 어느 쪽인지를 발견한 듯하다.

그는 슬슬 새벽이 밝아 오리라는 것을 알고 있다. 무엇 때문인지 주인은 그를 낡은 창고에 매어 두었다. 무엇 때문인지 어제 낮 이후로 밥을 먹지 못했다. 덕분에 배에서는 꼬르륵 소리가 난리다. 빨리 집에 돌아가고 싶다. 집에 돌아가면 분명 그릇 가득 식사가 기다리고 있을 것이다.

개의 털은 길고 가죽 가방을 지탱하고 있는 가죽끈은 가늘다. 가방은 배 밑으로 숨어서 슬쩍 본 것만으로는 누구도 그것이 달려 있다는 사실을 알아차리기 힘들다.

냄새에 의지해서 익숙한 길을 질주한다. 국도를 건널 때는 대형 트럭을 조심해야 한다. 잘 살피라고. 그래, 그대로 계속 달려.

조금씩 주변의 냄새에 친근감이 느껴진다. 그렇다. 이 근처는 언젠가 산보하며 왔던 곳이다. 이 길을 벗어나면 초등학교 교정이 나온다. 그곳을 횡단하면 절이다. 절의 정원 밑을 바짝 몸을 움츠려 빠져나오면 커다란 건물들이 늘어선 곳이 나온다. 바로 거기가 익히 알고 있는 집이다. 익숙한 오줌 냄새도 여기저기에서 풍겨 온다.

살을 파고든 가죽 밴드는 조금 아팠지만 짐 자체는 그렇게 무겁지 않다. 자, 이제 바로 코앞이다. 단숨에…….

교헤이에게 있어 이렇게 기다리기 힘든 새벽은 없었다. 몇 번인가 일어나 동쪽 창을 바라보았다. 몇 번이나 뒷문을 열고 어두컴컴한 거리에서 창고로 이어지는 어둠 속을 노려보았다.

잠깐 졸았을지도 모른다.

드르륵드르륵 문을 긁어 대는 소리가 들린다.

"무크냐?"

소리를 질러 본다.

"멍!"

한 번 귀에 익숙한 울음소리가 들려왔다.

교헤이는 대답보다 먼저 넘어질 듯 문부터 열었다. 개는 가죽 밴드를 배에 확실하게 매단 채 현관으로 달려 들어왔다. 배 밑의 가방에는 두껍게 싼 종이 뭉치가 들어 있었다.

"어어, 잘 했어. 잘 했어."

뭔가 맛있는 것을 줄까 했지만 미처 거기까지 신경을 쓰지는 못했었다. 언제나처럼 지난밤 먹다 남은 밥에 된장국을 말아 주는 것이 최선이었다.

그럼에도 배를 잔뜩 주린 무크는 허겁지겁 그릇 가득 있던 밥을 바닥까지 싹싹 핥아먹었다.

가죽 밴드를 벗기고 다시 한번 가방 안의 내용물을 확인한 후에 교헤이는 뒷문으로 나가 주변을 살폈다.

누군가 미행을 하는 이는 없는가?

이른 아침, 하얗게 어둠이 걷히기 시작하는 거리에는 쥐새끼 한 마리 볼 수 없이 조용했다.

"성공이야. 이것으로 모두 다 끝났어."

갑자기 긴장으로 나타나지 못했던 피로가 한꺼번에 밀려왔고,

다리에 힘이 풀려 그 자리에 풀썩 주저앉아 버렸다.

그 옆에서 무크가 밥 한 그릇을 더 달라는 듯이,

"컹컹!"

하며 소리 높여 짖고 있었다.

그 이후의 일들은 아무런 문제도 없었다.

아이는 일어나기를 기다렸다가 자전거로 멀리 있는 유치원까지 데려가 안전한 모래밭에 두었다.

그 뒤에 바로 나구모의 집에 전화를 걸었으니까 무사히 부모님 곁으로 갔을 것이다.

노부코에게는 점심 무렵에 회사로 돈을 가져가겠다고 한 후, 그대로 했다.

석간 사회면에는 개가 현금 운반역을 맡았다는 보기 드문 유괴 사건에 대한 기사가 커다랗게 실려 있었다.

교헤이에게 있어서 무엇보다 운이 좋았던 것은 나구모의 집에서 약속을 지켜 아침까지—즉 아이의 부모가 현금을 개의 가죽 가방에 넣고 집으로 돌아올 때까지 경찰에 신고를 하지 않았다는 것이다. 나구모는 돈을 전달한 후 범인에게서 연락이 없었기 때문에 걱정하던 끝에 이내 약속을 깨 버렸다. 이것이 전모인 듯했다. 그에 대해서 나구모는 경찰에게 이런저런 주의를 들었던 듯하다.

"시민은 경찰을 좀더 믿어줘야 합니다"라는 뜻의 조사과장의 이야기가 신문 한 구석에 실려 있었다.

어차피 이러한 나구모의 태도 덕에 경찰 조사도 쉽게 진행되지 않았고 아침에 아이가 무사히 돌아오게 되자 점점 조사에 대한 열의도 식어 갔다.

그나마 개의 '인상' 만이 유력한 단서가 되고 있는 듯했지만 그것도 가장 중요한 나구모 씨가 너무 어두운 곳에서 잔뜩 긴장한 상태에서 본 것이라서…….

"귀가 쫑긋 서 있고, 검은 개였습니다."

라고 증언한 게 다였다. 무크는 귀가 처졌고 갈색 개인데 말이다.

덕분에 무크를 죽이지 않아도 되었다. 최고의 공로자를 죽이는 것은 차마 할 수 없는 노릇이다. 가족 모두가 귀여워하는 개이기도 했고. 이런 점에서 교헤이는 자신이 꽤 운이 좋은 편이라고 자부했다.

"이것으로 한 고개 넘었어."

라고 안도의 한숨을 내쉬었다. 하지만…….

사흘이 지난 점심 무렵 형사 두 명이 교헤이의 집을 찾아왔다.

형사는 정원 앞에 묶여 있는 무크를 보더니,

"아아, 이게 돈다발을 매고 달린 갠가?"

라고 말했다.

눈가에는 희미하게 미소를 띠고 있는 듯도 보였다.

"무슨 일이시오?"

형사의 어조는 갑자기 엄하게 변했다.

"시치미 떼면 곤란하지. 모리다니 씨. 서까지 같이 좀 갑시다."

확신에 가득 찬 형사의 태도를 보고 교헤이는 도망갈 구석이 없다는 사실을 깨달았다. 도대체 어디에서 어떻게 알아차린 것일까?

차 안에서 형사는 말했다. 풀이 죽어서 잔뜩 등을 구부린 채 앉아 있는 교헤이에게 얼마간 동정심을 느꼈는지도 모른다.

"개가 말이지, 돌아가는 길에 가죽 가방을 배에 단 채로 형사의 집에 들렀단 말이지."

"개가…… 형사의 집을?"

"그래. 아침에 집에 돌아온 형사가 그것을 본 거야."

"……."

"당신이 키우는 개는 형사가 키우는 수컷과 연애 중이었다고 하더군. 모르고 있었나?"

설마…… 이제 그럴 나이는 지났다고 생각했는데…….

교헤이는 차창 밖의 거리를 바라보면서 더듬더듬 중얼거렸다.

"이놈도, 저놈도 하필이면 멍청한 상대를 고르다니……."

그것의 이면

4조[*] 반의 침실에 전기스탠드가 흐린 빛을 뿌리고 있다. 빛은 천장에 도달해서는 희미한 그림자를 사방으로 떨어뜨렸다. 갑자기 지붕 위로 솔방울 서너 개가 툭, 툭, 툭 하고 떨어지는 소리가 들려왔다. 밤도 한참 깊어진 시간인데 바람이 세차게 불기 시작한 모양이었다.

번쩍 눈을 뜨니 텔레비전은 이미 정규방송을 끝내고 화려한 색깔의 화면으로 채워져 있다. 올이 곱지 않은 명주 천 같은 색 배합이다.

기타다 요스케는 이불에서 팔을 뻗어 텔레비전의 스위치를 끄고 아내 야스코가 잠든 얼굴을 살펴보았다.

* 조는 다다미를 세는 단위로, 다다미 한 장은 180cm×90cm이다.

야스코는 마취된 환자처럼 입을 반 정도 벌린 채로, 코룽코룽 숨을 내쉬며 자고 있다. 벌린 입 사이로 한 줄기 침이 흘러 베개를 적시고 있었다.

"어이!"

소리를 내어 아내를 부르며 이불을 살짝 젖혀 보았지만 숨소리가 잠시 잦아들었을 뿐 눈을 뜰 기색은 전혀 없다.

요스케는 일어나 옆방으로 건너가 양복을 걸어 두는 장의 작은 서랍에 손을 댔다.

서랍은 잠겨 있는지 열리지 않았다. 요스케는 잠시 어떻게 해야 할지 몰라 눈을 깜빡이다가 다시 옷장 문을 당겼다. 새 슈트 두 벌이 눈에 들어왔다.

요스케는 손바닥으로 스윽 쓰다듬는 듯하다가 슈트를 쥐어 보았다. 하나는 벨벳, 다른 하나는 손에 닿는 감촉이 부드러운 실크 같은 것이다. 그 어느 쪽도 싸구려로 보이지는 않았다.

요스케는 고개를 갸우뚱하면서 문을 닫고 다시 침실로 돌아갔다.

야스코는 여전히 납 덩이처럼 깊은 잠에 빠져 있다. 피로에 지친 모습이다.

갑자기 생각지 않았던 충동에 휩싸인 요스케는 아내가 덥고 있던 이불을 들춰 올렸다. 꽃무늬가 있는 네글리제 밑으로 뻗은 두 다리가 헤엄을 치는 모양으로 교차되어 있었다.

발목을 쥐고 좌우로 벌렸지만 야스코는 여전히 숨소리를 잠시 죽였을 뿐 눈을 뜨지 않았다.

정사 바로 다음이라서 야스코는 속옷을 입고 있지 않았다. 요스케 자신의 비릿한 체액 냄새가 코를 찌른다. 손가락 끝을 갖다 대니 검붉은 색으로 주름진 살이 입을 벌렸다.

허벅지는 창백하게 긴장되어 있었고 정맥이 그물처럼 투명하게 비쳤다. 하얀 그 색이 빛을 잃고 약품으로 처리한 듯 거뭇거뭇해진 부분부터 비틀린 살의 습곡이 이어지고 불연속적인 모양이 불길한 생명체처럼 웅크리고 있었다.

새끼손가락 끝만큼 작은 구멍——거기에 어떤 의미를 부여한 것은 인류의 문화라는 것일까. 가만히 바라보고 있자니 요스케는 이런저런 이상한 생각이 들었다.

하지만 아무리 응시해 본다고 해서 알아낼 수 있는 것은 아무것도 없었다.

요스케는 두 다리를 다시 가지런히 모아 놓은 후 이불을 덮고 자신도 침대에 들어가 스탠드 불을 껐다. 어둠 속에서 잠시 음란한 영상이 떠올랐다가 사라졌다.

——뭔가가 이상해——

그런 생각이 들어서 견딜 수 없었다. 최근 몇 개월 동안 계속 명확하지 않은 잡념에 사로잡혀 있지만, 그게 무엇인지 스스로도 알 수가 없었다.

야스코는 28살. 결혼한 지 1년 정도.

요스케 자신이 평범한 샐러리맨인 것처럼 두 사람의 결혼도 그저 평범하기만 했다.

야스코는 하카타 출신으로 고향에서 단과대학을 졸업하고 회사에 취직해서 어느 정도 다니다가 결혼 전에는 소위 말하는 '신부수업'을 하고 있었다.

우연히 요스케의 대학 선배가 야스코의 집안과 아는 사이여서 그 소개로 선을 보았고, 얼마 안 있어 약혼, 그리고 결혼까지 순식간에 진행되었다. 첫인상이라면 다소곳하고 말이 많지 않은 여자였다. 하지만 그런 만큼 솔직하게 자신의 마음을 남에게 털어놓지 않는 '어두운 구석'도 어느 정도 있는 듯했다.

그 인상은 지금까지도 여전히 남아 있었다. 함께 살고는 있어도, 보이지 않는 탁한 물속을 보려는 듯한 느낌에 답답할 때가 있었다. 그것이 매력이라는 생각이 들 때도 있지만…….

외모는 콧대가 반듯해서, 남국에서 피는 열대의 꽃을 떠올리게 하는 인상이었다. 화려한 외양이지만 어딘지 모르는 쓸쓸함이 긴 속눈썹 안에 자리 잡고 있었다. 시골에서 자란 탓인지, 요즘 주변에서 흔히 볼 수 있는 도시의 여자들과 비교하면 어느 정도 때를 덜 벗은 듯한 면도 있었지만 결혼해서 도시에 살기 시작하면 그런 것은 결점이라고 하기 힘들 정도로 없어지고 말 것이 분명했다.

요스케는 신혼 초 날이 갈수록 눈에 띌 정도로 아름답게 변모하는, 이 조용한 아내에게 충분히 만족하고 있었다.

그런데 어느 때부터인가 문득 달라지기 시작했다는 것을 느꼈다. 아주 미세했지만 그녀의 아름다움 속에 미묘하게 섞인 음란함……. 청초했던 꽃이 어느새가 농염한 빛깔로 넘쳐흐르고 있었던 것이다. 아니, 요스케도 어떤 면에서 그렇다고 확실하게 단언할 수는 없었다. 기분 탓이라고 한다면 그저 기분 탓일지도 모른다.

요스케가 어렴풋하게 감지한 것은—그 미묘한 불안을 어렵지만, 말로 설명해 본다면—예를 들면 정사 중에 아내가 표시하는 사소한 행동, 이전과는 다른 대담함, 혹은 환희의 깊이 따위가 그런 것이라고 할 수 있는데, 성행위가 성숙해지면 여자들은 누구라도 그렇게 되는 것인지도 모른다. 하지만 야스코는 누구나 인정할 만한 아름다운 여자였고, 그런 만큼 요스케에게는 그 미세한 변화까지 마음에 걸려서 견딜 수가 없었다.

게다가 그런 변화를 대변이라도 하듯 야스코의 행동에서도 명확하지 않은 부분이 보이기 시작했고, 그런 구체적인 의혹들이 하나 둘 확실하게 느껴짐에 따라 요스케의 불안은 점점 더 깊어져 갔다.

—이 집으로 이사온 후부터였던가—

이불 속에서 이리저리 뒤척이면서 그는 생각을 거슬러 올라갔다.

결혼 1년만에 요스케는 부모님의 도움을 좀 받아 K시 외곽에 60평 정도의 땅을 사서 집을 지었다. 주위에 잡목이 숲을 이룬 언덕도 있고 집도 그다지 많지 않은 곳이었다. 산이 깎여 나간 뒤 생긴 절벽 아래 땅이어서 입지조건이 그렇게 좋은 것은 아니었지만, 가격이 싸다는 점을 생각하면 오히려 굴러들어온 떡이나 마찬가지였다.

땅값이 쌌던 이유는 얼마 안 있어 바로 알 수 있었다.

"언제더라, 칠레에서 대지진이 있었잖아요."

야스코가 주변에서 들은 정보를 알려주었다.

"으응."

"그때 이 주변의 땅도 무너졌대요. 바로 거기가 여기래요. 무서워."

"칠레의 지진이 도쿄까지 온단 말이야? 걱정 마. 그런 일 없을 테니."

하지만 지진으로 무너진 땅이라는 걸 아는 사람이라면 분명히 꺼릴 만한 곳이다. 요스케도 부동산에 잘도 속아 넘어갔다 싶어 화가 났지만 요즘 세상에 서른 정도의 샐러리맨이 땅과 집을 함께 가질 수 있다는 것은 웬만해선 생각하기 힘든 일이었다. 약간의 결함 정도는 각오하지 않으면 안 된다.

새 집에 막 살기 시작할 무렵에는 두려움도 꽤 컸지만 정작 그 뒤로는 이 나라 여기저기에서 큰 지진이 있어도 특별이 그 주변의 지반이 크게 흔들린다거나 하는 일은 없었다. 그렇다면 오히려 싼 가격으로 땅을 손에 넣은 쪽이 행운이었다고 할 수 있는 셈이다.

지진의 불안만 없다면 원래 시골 출신인 야스코에게 마당이 딸린 집에 불만이 있을 리가 없었다.

"언젠가는 개발이 시작돼서 이 주변도 점점 살기 편해질 거야."

라고 요스케가 말해도,

"이대로가 좋아요. 자연이 그대로 있잖아요."

하면서 고개를 낮추고 여성용 자전거를 자유자재로 다루면서 장을 보러 갔다. 생활에 불편을 느끼는 모습은 전혀 찾아볼 수 없었다.

바람이 부는 밤은 무성하게 자란 소나무가 미세한 소리를 내며 울기도 하고 가끔 쏴쏴 하고 소나기라도 쏟아지는 듯 솔방울들이 지붕을 때린다. 그런 섬뜩한 분위기도 새 집을 갖게 되었다는 기쁨에 비교한다면 충분히 참을 만했다.

잔뜩 걱정하던 일이 실제로 닥치고 보면 별거 아닌 것처럼, 대출받은 주택자금을 갚아 나가는 것도 그다지 가계에 큰 압박을 주지는 않았다. 그래도 쥐꼬리만 한 샐러리맨의 월급으로 알뜰하게 가정 살림을 꾸려가는 아내가 없었다면 불가능한 일이었을 것이다. 나의 아름다운 아내는 그 점에 있어서도 미안할 정도로 완벽하게 해나가는 영리한 여자로 성장해 있었다.

그녀의 취미는 음악 감상과 수예. 화려한 치장을 꺼리는 편은 아니었지만 자기 만족만을 위해 사치를 부릴 수는 없었다. 집안 살림도 생각해야 했으므로 즐기고 싶은 것을 맘 편히 즐길 수 있는 건 아니었다.

집 정리가 어느 정도 되자 야스코는 취미와 수익을 겸한 플라워디자인을 시작했다. 천을 꽃잎 모양으로 하나씩 잘라 다리면서 꼭지의 휘는 부분까지 잡아간다. 염료로 색을 들이고 꽃받침 안에 꽃잎을 하나씩 붙여 나간다. 손이 많이 가는 세공이라 한 송이의 장미나 카틀레야가 완성되기까지 며칠이나 걸리는 경우도 있지만, 완성품은 그 나름대로 시장성이 있어서 때로는 참치회로 변해 저녁 식탁에 올라와 그날을 풍성하게 만들기도 했다. 그 회의 맛이란…… 아내에게 만족하고 있는 남편에게는 혀끝에서부터 심장까지 그대로 관통하는 최상의 진미였다.

즉 새로운 생활은 모든 면에서 쾌적하다……고, 하루하루를 활력 있게 보내는 요스케였다.

그런데 언제부터인지 이상한 분위기가 집 안에 감돌기 시작했다.

그 요기(妖氣)를 무엇이라고 설명해야 할까. 요스케는 뜬금없이 옛날에 어디에선가 들었던 교묘한 CM작전이라는 것이 떠올랐다. 관객은 그 광고를 육안으로 볼 수 없지만 영화를 보다 보면 어느샌가 자기도 모르게 혀끝이 말라 가는 것을 느끼게 되고 콜라를 마시고 싶어진다고 한다. 눈으로 보이지 않는 것을 무의식적으로 지각해서 대뇌가 반응을 한다는 원리인 듯했다.

요스케의 주위에 감도는 기운도 어딘가 그런 효과와 닮아 있었다. 정체를 알 수 없는 불안이 스멀스멀 사인을 보내오는 듯했다. 아무리 야스코의 음부를 응시한다 해도 눈에 비치는 것은 그 모습 그대로의 형태뿐 아닌가. 그 뒤에 무엇이 있는가.

이거다 하고 확실한 의혹을 품게 된 것은 4개월 전의 일이다. 요스케는 외출에서 돌아온 아내의 가슴에 처음 보는 팬던트가 걸린 것을 발견하고 물었다.

"예쁜데! 잘 어울려. 어디서 났어?"

야스코는,

"아아, 이거?"

하면서 긴 눈썹을 깜빡이며 되묻고는,

"이미테이션도 요즘은 좋아졌어."

라고, 작은 목소리로 대답했다.

은색의 틀 안에 녹색의 커다란 돌이 뽐내듯 박혀 있었다. 보석류에 아무런 지식도 없는 요스케로서는 그것을 모조품이라고 한다면 그런가 보다라고 생각하는 것 외에 다른 방법은 없었다.

"그래도 잘 어울리네. 그렇게 싸지는 않지?"

"싸구려야. 왜? 괜히 샀나?"

"아니야, 괜찮아. 좋네."

"난 좋아요. 이런 물건이."

야스코는 운율이라도 맞춘 듯이 말했다.

집 안 살림은 전적으로 야스코에게 맡기고 있는 터라 어느 정도의 여유가 있는지 요스케는 전혀 짐작이 가지 않았다. 이렇게 저렇게 아끼면서 살림을 하느라고 힘들겠거니 상상만 할 뿐……. 쥐꼬리만한 월급을 이리저리 아껴서 그것으로 장신구를 살 만한 능력이 있다면 그것을 나무랄 생각은 없었다. 게다가 플라워 다자인으로 어느 정도는 가계를 돕고 있는 것 같기도 했고, 가끔은 자기 몸을 꾸미는 물건들을 사고 싶기도 할 것이다. 야스코가 아름다워지는 것은 참치회 이상으로 요스케에게 기쁨을 주는 일이기도 했다.

그런데 그때는 전혀 마음에 두지 않았지만 그 후 얼마 지나지 않아 그 팬던트가 사라져 버렸다.

"어떻게 된 거야? 요즘에는 그거 보이지 않네."

하고 물으니,

"백화점 화장실에서 잃어버린 것 같아."

라고 했다.

잿빛 감도는 의혹이 뇌리를 스쳤다.

—그건 정말 이미테이션이었을까—

주의 깊게 살펴보면 옷 종류도 한 벌, 두 벌 눈에 띄지 않게 늘어갔다.

"괜찮은 거야? 그렇게 사도 살림에 지장 없어?"

직장에는 사채업자에게 쫓기는 이도 있었다.

"단벌로는 아무것도 할 수가 없어. 내가 쓸 정도의 돈은 나도 갖고 있다고."

"얼마나?"

"알려 줄 수 없지."

그러고 보면 결혼할 때 가져온 돈도 어느 정도는 있는 것 같았다.

이렇게 그때그때 납득하고 지나갔지만 어느 정도 시간이 지나면 또 다시 불안한 마음이 스멀스멀 몰려오는 것이다. 그런 일이 반복되는 것이 어딘지 모르게 지진으로 무너진 터라는 것과 관련이 있는 것 같아서 '아무래도 이 집이 좀 이상해' 라는, 전혀 논리적이지 않은 생각까지 하게 되는 것이었다.

"댁의 부인은 번역이라도 하시는 건가요?"

이렇게 물어온 것은 버스 정류장 앞 약국 주인이었다.

머리가 벗겨진 서글서글한 남자였다. 'N동네 백과사전' 이라고 불릴 정도로 주변에서 일어나는 일들에 정통한 사람이었다. 요스케

와는 겨우 얼굴을 아는 정도의 사이였지만 붐비는 전철 안에서 우연히 요스케를 보게 되자 사람들을 헤집고 다가와서 말을 걸었다.

"무슨 말씀이세요?"

"요전에 일이 좀 있어서 요코하마 T은행에 간 적이 있는데 말예요, 댁의 부인을 거기에서 본 것 같아서요. 그 정도의 미인은 백 미터 떨어진 곳이라고 해도 금방 알아볼 수 있는 법이니까."

"놀리지 마세요."

"아니, 정말이라고, 정말이야. 외국 돈을 일본 엔으로 바꾸고 있는 것처럼 보이던걸. 그래서 번역 일이라도 하나라고 생각했지."

요스케는 당황스러웠다.

야스코가 외국 돈을……? 전혀 짐작 가는 데가 없었다.

"사람을 잘못 본 것 아닙니까?"라고 되묻기는 했지만, 목구멍에서 울컥하고 올라오는 것을 겨우 참아낸 목소리였다.

물론 잘못 본 것일 수도 있을 것이다.

하지만 'N동네 백과사전' 이라고까지 불리는 사람은 남의 생활에 대해 보통 이상의 관심을 갖고 있을 게 뻔하다. '아름다운 부인'을 잘못 볼 리가 없다. 하지만 붐비는 전철 안에서 그렇게 시시콜콜 얘기할 것까지는 없는 것이다.

요스케는 갑자기 생각난 듯한 표정으로 얼버무렸다.

"아, 제가 일 때문에 외국 돈을 좀 얻게 되었거든요."

"그랬군. 그 쪽 경기는 좀 어떤가? 철강 쪽은 꽤 힘들다고 들었는데. 조금은 나아질 기미가 보이나?"

아니나 다를까 '백과사전'은 요스케가 어디에서 일하는지까지도 알고 있었다.

"예에. 뭐 그렇죠."

별 뜻 없는 얘기들을 나누는 사이 전철은 역에 도착했고 요스케는 약국 주인과 헤어졌다.

마음에 걸린다면 이 일도 그중 하나였다. 겉으로는 보이지 않는 야스코의 이면에 요스케가 알지 못하는 부분이 숨어 있는 듯한 기분이 들어서 견딜 수가 없었다.

그날 밤 요스케는 꽃 세공품을 무릎에 늘어놓고 멍하니 텔레비전을 보고 있는 야스코에게 슬쩍 물었다.

"약국 주인 남자 알지?"

"백과사전이잖아. 알고 있지."

"오늘 전철에서 우연히 만났어. 미인이라고 하더라고. 당신이."

"으으, 징그러운 남자."

"요코하마 T은행에서 당신을 봤다던데."

"나를?"

"으응."

"잘못 본 거겠지."

"그럴지도 모르지."

"그럴 거야."

야스코는 눈썹을 깜빡거리다 남편을 빤히 쳐다보았다.

당사자가 이렇게 부정하고 나오면 이야기는 더 이상 진전될 수

가 없다. 부부는 언제나처럼 식사를 끝내고 사소한 이야기들을 나누다가 이불을 폈다.

요스케가 감싸들어오자 야스코는 눈썹을 찡그려 거부하는 듯한 표정을 지어 보이다가 이내 습관이 되어버린 동작으로 부부의 몸이 얽혀 들어갔다. 그러면서도 요스케는 손바닥의 감각으로 상대의 마음을 읽으려고 노력했다.

사랑의 행위를 통해서 남녀가 대화를 나눈다는 것은 어느 정도 일리가 있을지도 모른다. 손가락이 엉키는 행위 하나도 나름의 목소리를 갖고 있다. 하물며 그때의 말은 실제 대화가 그런 것처럼 거짓이나 말돌림 같은 것까지도 모두 갖고 있으니 말이다.

쭈뼛쭈뼛 주저하는 듯한 침묵의 대사를 뱉던 야스코의 몸도 조금씩 뜨거워지면서 몸 안 깊숙이 퍼지는 환희를 드러내기 시작했다.

그 환희가 거짓이라는 말은 아니다.

오히려 확실한 환희의 그 무엇인가가—깊은 환희 속에서 드러나는 헤엄치는 듯 무심한 몸짓, 그것이 요스케가 깨닫지 못하고 있는 그 무엇인가를 말하고 있는 것 같은 생각이 들었다.

이윽고 혼란스런 의식 속으로 빠져드는 요스케는 아랑곳하지 않고 야스코는 폭풍 후의 고요처럼 깊은 잠에 빠져들었다.

요스케는 좀처럼 잠을 이룰 수가 없었다.

스탠드가 희미한 불빛을 천장에 뿌리면서 빛의 파문을 만들고 있었다. 그 그림자를 미세하게 흔들며 그가 몸을 일으켰다. 그리고 다시 몇 번이나 반복하고 있는 어떤 의식을 시작했다.

아내의 이불을 걷어올린다.

하얀 허벅지 사이를 벌린다.

음란한 생명체가 오늘 밤도 비릿한 냄새를 풍기며 입을 벌리고 있다.

요스케는 그곳을 바라보기만 하면 끝모를 불안의 정체를 밝혀낼 수 있을 것처럼 양팔을 모으고 어리석은 척후병의 자세를 취하고 있었다.

순간 작은 전율이 전신을 훑고 지나갔다. 이성은 그 뒤를 이어 찾아왔다.

푸릇푸릇한 검은 음모 사이에 적갈색 털이 하나 숨어 있었다……. 요스케는 손가락으로 그것을 집어 어두컴컴한 어둠 속에 비쳐 보았다.

전화로 들은 건물은 바로 찾을 수 있었다.

2층 계단을 올라가 페인트가 벗겨진 문에 노크를 하고 여니 사무실에는 중년의 여자와 불그스름한 얼굴의 남자가 책상 앞에 앉아 있을 뿐이었다.

광고에서 본 중에 가장 규모가 커 보이는 곳을 찾아왔는데 실제로 사무실 자체는 생각보다 작았고 지저분하기까지 했다.

"조금 전에 전화한 기타다라고 합니다만……."

요스케가 이름을 대자 붉은 얼굴의 남자가 검은 표지의 서류철을 집어 들고는 문 옆의 소파에 앉기를 권했다. 소파는 요스케의 엉

덩이 무게만큼 푹하고 꺼졌다.

"알고 있습니다. 부인에 대한 조사를 부탁하셨죠?"

붉은 얼굴의 남자는 시골 극단의 가발만큼이나 많은 머리숱을 포마드로 정리했다. 그럼에도 불구하고 삐쳐 나오는 머리카락들이 목 근처에 삐죽삐죽 비어져 나와 있었다. 실제 나이는 오십을 넘었을까, 머리숱과 얼굴색만 보자면 상당히 젊게도 보인다. 아니 젊다기보다는 도대체 몇 살인지 짐작하기 힘든 이상스런 풍모를 하고 있었다. 생업에 매달리겠다는 의지가 있는 외모가 아니었다.

"그렇습니다."

요스케는 무뚝뚝하게 대답했다.

"그럼, 이 서류를 좀 작성해 주시겠습니까?"

신청 용지에 기입할 내용은 극히 간단한 것이었다.

남자는 요스케가 펜을 움직이는 것을 보면서 입으로는 낭독하듯 요금 체계를 설명했다.

"자, 이제 본론으로 들어가서……."

"3일 동안 집사람의 행동을 조사해 주세요. 낮에만이라도 상관없습니다."

3일 정도로는 불충분하다는 것을 알고 있었지만 들어갈 비용을 생각하면 그게 현재 그가 할 수 있는 최선이었다.

"낮에만이라고 하신다면 대략 몇 시부터 몇 시 정도까지입니까?"

"10시부터 5시까지. 뭔가 이상한 행동이 보이면 시간이 지나더라도 미행을 계속해 주세요."

"알겠습니다. 역시 부인의 교우관계를 중심으로겠죠?"

이쪽에서는 불륜 관계를 '교우관계'라고 표현하는 게 관례인가.

"뭐, 일단은 3일 동안 있었던 일들을 기록해 주십시오. 그것만으로 충분합니다."

아무것도 모르는 아내를 남에게 미행시킨다는 것이 그렇게 탐탁지는 않았지만 여기까지 온 이상 뒤로 물러설 수도 없는 일이었다. 야스코가 알면 어떻게 생각할까. 자신을 믿지 못하는 것은 사랑이 없는 증거라고, 그 긴 속눈썹으로 원망스럽게 호소할 것인가.

마치 같은 생각을 떠올리기라도 한듯 남자의 붉은 얼굴은 과장된 커다란 미소를 지으며,

"그렇게 걱정하지 않아도 될 겁니다. 이곳을 찾으시는 손님들 중에서 반 정도는 기우인 경우입니다. 스스로를 안심시키기 위한 대가를 치른다는 생각으로."

"아마 그럴 겁니다. 그러면 결과는 언제쯤?"

"좋으시다면 내일부터 조사에 들어가겠습니다. 어떻습니까?"

"그렇게 해 주세요."

"조사가 끝나는 대로 즉시 회사 쪽으로 연락드리도록 하겠습니다."

"그럼, 잘 부탁합니다."

요스케는 조사비의 일부를 지불하고 허둥지둥 자리에서 일어섰다.

문을 닫을 때는 '한심한 짓을 했다' 는 후회스런 맘까지 생겼지만 '안심을 위한 대가' 라는 말이 어느 정도 요스케를 위로해 주었다.

그리고 나흘이 지나 흥신소에서 전화가 와서 요스케는 다시 그 낡은 사무실을 찾았다.

방 안에는 변함없이 중년의 여직원과 붉은 얼굴의 남자가 있을 뿐이었다.

"날이 꽤 좋아졌네요."

남자는 이쪽이 어떤 기분으로 온 건지 잘 알고 있으면서, 마치 자기가 기르는 개에게 먹이를 줄 듯 말 듯 하며 훈련시키듯이, 천천히 소파에 앉아서는 라이터를 켰다 껐다 하고 있었다. 이 순간이 이 계통의 사람에게는 은밀한 즐거움인지도 모른다.

"그렇네요."

요스케도 소파에 등을 기대고 애매하게 대답했다. 기분 나쁜 곳이다. 결과가 어떻게 나오든 다시는 흥신소 신세를 지지 않겠다고 생각했다.

"의뢰하신 건입니다만……."

남자는 그제서야 본 주제를 꺼냈다.

"예."

"특별히 이상한 점은 없었습니다. 단 사흘로 무슨 특별한 결과를 얻어내기도 힘든 것이지만 말이죠."

"그렇습니까?"

"일단 보고서를 작성해 두었습니다. 부인은 정말 집에만 계셨습니다."

종이에는 3일 간 아내의 행적이 시간에 따라 간단하게 쓰여 있었다.

2월 14일 (수) 오전 10부터 오후 5시까지 집에 있었음. 방문자→세탁소 점원(오전 11시 2분부터 7분까지)

2월 15일 (목) 오전 10시부터 오후 3시 27분까지 집에 있었음. 3시 27분에 외출. 정육점, 잡화점에 들러 장을 조금 봄. 4시 51분에 귀가. 이후 조사 마침 시간(5시)까지 집에 있었음. 방문자→성서 보급 센터의 전도자(오전 10시 12분. 그대로 현관에서 돌아감)

2월 16일 (금) 오전 10시부터 오후 5시까지 집에 있었음. 방문자→물건 배달하는 사람(오전 3시 8분. 벨을 눌렀지만 아무도 나오지 않자 뒷문에 간장과 버터를 놓고 돌아감.)

보고서를 넘겨 보았지만 푸른 괘선과 비스듬한 선이 한 줄 굵게 그어져 있었을 뿐이었다.

"다음 주에라도 4, 5일 동안 계속해서 살펴볼까요? 사흘 정도로는 아무것도 알 수 없으니까요."

"아닙니다. 됐습니다."

요스케는 약속한 조사비를 지불하고는 뒤도 돌아보지 않고 사무소 밖으로 나왔다.

큰길에 나와 커피숍에 들어가서 보고서를 다시 살폈다.

어디에도 이상한 점은 없었다. 조사기록을 통해 드러난 점이라

면 요스케가 평소에 상상하던 대로 조용한 아내의 생활 방식뿐이었다. 겉도 안도 있을 것이 없었다.

원래 야스코는 목적 없는 윈도우 쇼핑을 한다거나 하는 타입은 아니었다. 집에 조용히 틀어박혀 꽃을 만진다거나 정원을 손질한다거나 하는 것을 좋아했다. 절벽 아래 작은 정원은 빛이 잘 들지는 않았지만 야스코의 정성으로 봄이면 분명 화려한 화단으로 바뀔 것이다.

흥신소의 보고서는 야스코가 그가 짐작한 그대로의 생활을 하고 있다는 것을 증명하고 있었다. 의심할 여지가 없었다.

잡목으로 둘러싸인 작은 집. 그 안에서 종일 혼자서 소리 없이 무엇인가에 열중하는 여자. 그런 풍경은 지나치게 적막해서 조금은 기분 나쁜 구석도 있었지만 그 광경 속에 야스코를 두고 보면 그다지 납득이 가지 않을 것도 없었다.

얼마간의 안심을 위한 대가라고 해서 이런 당연한 사실을 알아내기 위해 십만 엔에 가까운 돈을 지불했다고 생각하면 스스로에게 울화가 치밀 정도였다. 요스케는 보고서를 잘게 잘라서 재털이에 버렸다.

보랏빛 담배 연기를 내뿜으며 무심히 석간지를 들여다보자니, 그 지방 은행원이 수천만 엔의 돈을 횡령한 채 3개월 동안 행방을 감추고 있다는——미스터리한 사건이 쪽기사로 실려 있었다. 문득 어떤 생각이 떠올랐지만 그것도 이내 잊혀지고 말았다.

며칠인가 평온한 나날이 이어졌지만 그것도 그렇게 오래 지속되지는 않았다.

—어딘가 이상해—

그 감각은 투명한 접착제처럼 요스케에게 붙은 채 끈질기게 떨어지지 않았다.

실체를 알 수 없는 어떤 것이 야스코의 몸 안에 숨어들어서 그것이 조금씩 그녀를 잠식하면서 변모시키고 있었다. 어느 날 문득 아내의 등을 쓸어 보면 비늘로 가득 덮여 있는—그런 것은 아닐까 하는 불안에 떨었다.

불확실한 의혹의 최종 마무리라도 하려는 듯 작은 사건이 발생했다. 일요일 오후, 야스코는 장을 보러 나가고 요스케는 방석을 베고 텔레비전을 보고 있었다. 그러다 라이터에 가스가 떨어진 것을 알았다. 성냥을 찾아 보았지만 좀처럼 찾아지질 않았다. 처음엔 야스코가 돌아올 때까지 기다릴 생각으로 성냥 찾기를 포기했지만 애연가인 그가 담배를 그렇게 오랫동안 참을 수가 없었다. 부엌 여기저기를 뒤지다가 찬장 안에서 작은 천 꾸러미를 발견했다.

—이게 뭐지?—

손수건을 보자기처럼 싸놓은, 단지 그뿐이었지만 그 속에는 야스코가 언젠가 잃어버렸다고 했던 팬던트가 들어 있었다. 또 하나의 금색 목걸이와 함께.

요스케는 그 두 개의 장신구를 자신의 손목에 걸어 보았다. 금속의 무게가 꽤 나가는 걸로 보면 비싼 재질로 만든 것임을 알 수 있

었다.

―도대체 야스코의 이면에는 무엇이 있는 것인가―

팬던트를 누군가에게 받은 것은 아닐까. 또 하나의 목걸이 역시 그 누군가에게 받은 것이 아닐까. 야스코가 이 두 개를 남편의 눈에 띄게 하고 싶지 않았다는 것은 의심할 여지가 없다. 무엇 때문에? 그녀의 말을 믿고 그것을 모조품이라고 생각해버린다면 너무 물렁한 사람이 되어 버린다.

집 밖에서 자전거를 세워 놓는 소리가 들려오는 걸 보면 야스코가 돌아온 모양이다. 요스케는 당황해서 팬던트와 목걸이를 원래 있던 대로 꾸러미 안에 넣어 두고 찬장 문을 닫았다.

"다녀왔어."

"어, 어서 와."

요스케는 말 없이 텔레비전을 보기만 했다. 팬던트를 아내 앞에 들이밀면서 추궁할 생각은 들지 않았다.

그날 밤 요스케는 이불 속에서 어두운 허공을 노려보았다.

모든 것이 이 집으로 이사를 온 후부터 달라지기 시작했다. 아름다운 아내는 마치 솔바람 향에 미용효과라도 있는 듯이 더욱 더 아름다워지고 있다. 아름다워진다기보다는 어딘지 색기가 흐르고 음란스러워지기까지 했다. 정말 그랬다.

종일 집에 틀어박혀 있는 아내는 무얼 하면서 시간을 보내고 있는 것일까. 요스케는 짐작할 수 없는 신비로운 시간이 거기에 있는 것은 아닐까.

이 모든 것이 그의 지나친 억측이라고 넘길 수만은 없는 일이었다. 교외의 너무도 깨끗한 공기가 요스케의 머리를 무엇인가에 취하게 하고 있기라도 한 것은 아닌가라고도 생각해 보았다.

하지만 그렇다 하더라도 그 팬던트는 지나치게 고가품으로 보이지 않은가. 어째서 야스코는 백화점에서 잃어버렸다는 따위의 거짓말을 한 것일까.

약국 주인에게서 들었던 이야기도 석연치 않았다. 야스코는 단지 사람을 잘못 본 것이라고 했지만 팬던트 건을 생각하면 야스코 쪽이 거짓말을 하고 있다는 것이 오히려 더 타당해 보였다.

그리고 그 음모 안에 섞여 있던 적갈색 한 가닥 ……. 요스케도 야스코도 태어날 때부터 검은 털이다.

——홍신소 조사 따위가 믿을 만한 것일까——

붉은 얼굴을 한 남자의 모습이 떠올랐다.

어딘가 수상쩍은 냄새가 풍기는 놈이다——홍신소 조사원이라는 것이 본래 제대로 된 사업이 아니니까, 수상한 모습은 그럴 수밖에 없다고 친다고 해도 얼마나 정확하게 조사를 해주는 것인지 그 부분에 대한 신뢰가 가지 않는다는 것이다. 대부분의 시간을 소나무 숲에서 낮잠이라도 자고 있었던 것은 아닌가.

밤이 얼마 남지 않았을 때쯤 요스케는 깜빡 잠에 빠졌다.

그리고 다음 날 아침 아내가 흔들어 깨웠을 때는 마음의 결정을 내린 상태였다.

언제나처럼 토스트와 커피로 아침식사를 때우고 여느 때와 같은

시간에 집을 나왔다. 역까지 가긴 했지만 회사 쪽으로 가지 않고 찻집에서 한 시간 정도 시간을 보내고 방금 나온 길을 되돌아갔다. 자기의 눈으로 집에 혼자 있는 아내의 행동을 확인해 볼 생각이었다.

아름드리 소나무를 끼고 골목을 돌면 조립식으로 지어진 집이 보였다. 깎여 나간 절벽 아래 있어서 지금이라도 그 언덕에 덮일 것만 같은 모습을 하고 있다. 나뭇잎 사이로 비쳐드는 햇빛이 쪽빛 지붕을 비추고 있어서 온화한 봄날 아침을 그대로 그려 보이고 있었다.

뒷문을 살짝 열고 안채와 담벽이 만드는 좁은 공간 사이에 몸을 숨겼다.

야스코의 가벼운 허밍이 들려왔다. 탱고의 한 구절이었는데 중간부터 격렬한 스페인어 가사로 바뀌었다.

쓰레기를 버리는 곳에 있는 창틈으로 거실의 모습이 살짝 보였다.

야스코가 열심히 몸단장을 하고 있었다. 외출 준비를 하기에 여념이 없었다.

물방울 무늬의 짙은 감색 슈트로 몸을 감쌌고 가슴에는 예의 그 팬던트가 반짝이고 있는 것 같았다.

일단 시야에서 한 번 사라졌던 야스코가 다시 돌아왔을 때에는 목에 부드럽게 부푼 섬세한 모피 장식이 감겨 있었다.

야스코는 전신 거울을 향해 미소를 지었다…….

아니, 그 미소를 요스케가 본 것은 아니다. 그의 시야에서는 여자의 뒷모습밖에 보이지 않았으니까.

하지만 그녀의 어깨가 웃고 있었다. 그 미소는 분명 요스케가 지금까지 단 한 번도 본 적이 없는 웃음──그녀 자신의, 그녀 자신을 위한 것임에 틀림없었다.

거울의 가리개를 내리고 여자의 모습이 다시 사라졌을 때 요스케는 그녀가 현관 쪽으로 향할 것이라 생각했다.

하지만 소리는 뒷문 쪽으로 움직였다. 요스케는 몸을 더 깊은 쪽에 숨기고 쪼그린 채로 감시했다.

오늘은 어디까지나 뒤를 좇기만 할 생각이었다.

귀부인은 뒷문을 나와 열쇠를 잠그고 잠긴 것을 한 번 확인한 후에 서둘러 뒷뜰로 나섰다.

바깥으로 나갈 것이라고만 생각하고 있던 요스케는 잠시 그대로 기다렸지만 아무래도 그녀의 행동이 이상했다.

그는 전신을 귀에 집중한 채로 살금살금 뒷뜰 쪽으로 몸을 움직여 그늘에서 살짝 고개를 빼보았다.

절벽 아래 작은 공간에 지붕만 있는 창고 비슷한 것이 있는데, 그 안에 낡은 건자재나 시트를 씌운 종이 상자 같은 것들이 어지럽게 쌓여 있었다. 그녀의 모습은 이미 보이지 않았고 안쪽의 덧문이 희미하게 꿈틀거리고 있었다. 방금 그 등 뒤로 여자를 삼킨 것처럼.

──저런 곳에 도대체 뭐가 있는 거지?

요스케는 4, 5분 정도 우두커니 서서 한순간 마치 그림 속의 한

* 아르헨티나 탱고에 쓰이는 소형 아코디언.

장면처럼 움직이지 않았다.

그리고 결심한 듯 그 창고 쪽으로 다가갔다.

조심조심 덧문을 움직여 그 밑의 종이 상자들을 치우니 지반 사이에 상당한 구멍이 뚫려 있었다. 요스케는 전혀 몰랐지만 이것도 칠레의 지진 때문에 생긴 것인가 하는 생각이 들었다. 짧은 균열 안에 한 곳만 사람이 숨어들 수 있을 정도의 구멍이 뚫려 있었다. 어딘지 여자의 성기를 떠올리게 하는 구멍이었다.

—이런 곳에 통로가 있었던 건가. 흥신소에서 그녀의 출입을 눈치 채지 못한 이유가 이거였군—

요스케는 그 안으로 발을 들이밀어 보았다.

"앗!"

순간 어둠이 눈앞에 펼쳐지고 아찔한 현기증이 몰려왔다. 몸이 곧장 떨어졌다. 시간이 공백이 되었다.

정신을 차렸을 때는 주위는 어두컴컴했고 멀리서 낯선 네온이 번쩍이고 있었다.

"부에나스 노체스"

길거리 여자가 웃음을 팔러 다가왔다가 요스케의 얼굴을 보더니 작은 소리를 내며 도망갔다. 감색 물방울 의상을 휘날리며.

반도네온*의 음조가 들려왔다.

지구의 이면은 때마침 밤의 열기가 한창 피어오르고 있었다.

딱정벌레의 푸가

"여보세요."

망막한 어둠 속에서 갑자기 소리가 들려왔다. 어디에선가 들어본 적이 있는 듯한 목소리였지만 바로 생각나지 않았다.

"여보세요."

주변을 신경 쓰는 듯한 작은 목소리였다.

"누구야?"

기타무라 가즈히코는 희끄무레한 병실 천장을 바라보면서 말했다. 고개를 내밀기 위해서는 침대에서 몸을 일으켜 몸 자체를 전부 돌리지 않으면 안 되었다. 딱딱한 플라스틱 깁스가 목뼈골절 상태인 목을 단단히 고정시키고 있었기 때문이다.

"여보세요."

아아, 그렇다. 이 목소리는 텔레비전 만화 속의 로봇과 좀 비슷한 것 같다. 음절을 하나하나 확실하게 끊어서 발음하는 것 같은, 어딘가 쿳소리가 섞인 듯한…….

소리는 침대 옆, 창문 아래에서 들려왔다.

거기에는 풀이나 꽃이 무성하게 자라는 안뜰 화단이 있을 뿐이고 그 건너편은 병원의 뒷문으로 연결되어 있을 것이다.

"도대체 누구지?"

기타무라는 누운 채로 물었다.

"저예요."

"저가 누구야?"

"당신의 차입니다."

"내 차?"

자신의 귀를 의심할 수밖에 없었다. 아무리 깜깜한 어둠 속이라지만 자동차가 말을 걸어올 리가 없지 않은가.

기타무라는 느릿한 동작으로 침대 위에서 일어나 창문 곁으로 다가가 커튼을 걷었다.

안뜰은 희미한 별빛 속에서 하얗게 빛나고 있었다.

고개를 바로 밑으로 향하는 것은 불가능했지만 그래도 창문 아래쪽에 자신의 폴크스바겐이 가만히 웅크리고 앉아 하얗고 커다란 시선을 위로 향하고 있다는 것을 알 수 있었다. 금속성의 쿳소리는 분명 그 프론트 범퍼 아래 부근에서 들려오는 듯했다.

"몸 상태는 어떠십니까?"

"아직 두통과 구토가 남아 있어."

"재난이었어요."

"너야말로 상태가 어떻지?"

기타무라도 곧 그의 유도대로 마치 친한 친구에게 말을 걸듯이 말을 해버렸다.

부드러운 음성으로 기타무라가 말을 걸자 폴크스바겐은 그것이 무엇보다 기뻤는지 동료 사이에서 하는 표시인 듯 한쪽 눈을 감아 표현을 했다.

이상스러운 일임에는 틀림없었지만 눈앞의 현실을 부정할 수도 없는 일이었다.

게다가…… 기타무라가 언제나 항상 자식처럼 소중히 다루던 차였기도 했던 터라 이렇게 이야기를 나누고 있어도 그다지 큰 위화감은 없었다. 사실 드라이브를 한다거나 세차를 할 때 몇 번이나 이런 식으로 말을 걸어오곤 했기 때문이다.

차는 자못 건강한 듯한 목소리로 대답했다.

"저는 깨끗이 수리를 받은 상태입니다. 이제는 완전히 건강을 되찾았습니다."

"그거 다행이군."

기타무라는 자기 일인 듯 가슴을 쓸어내리며 안도의 숨을 내쉬었다.

반 년쯤 전에 다니던 회사가 도산하자 기타무라는 하는 수 없이 폴크스바겐과 함께 불법 택시 영업을 시작했다. 돈벌이로 따지면 나쁘지 않은 편이었지만 운 나쁘게 고속도로에서 법적으로 보호받는 택시와 충돌사고가 나고 말았다.

그 당시에는 그다지 큰 사고라고 생각하지 않았었다. 차가 좀 많이 상한 것일 뿐, 자신이 목뼈골절을 입을 정도로 큰 사고라고는 생각지도 못했던 것이다.

잘못은 뒤에서 박은 그 택시에 있었다. 그것은 누가 보더라도 명확했다. 그래서 폴크스바겐의 수리는 그 택시 회사에서 전적으로 책임져 주었다. 하지만 그쪽은 전문 해결사가 붙어 있었고 이쪽은 불법 택시 영업을 한다는 약점이 있어서…… 사흘 늦게 목뼈골절이 발견되었을 때에는,

"그거 정말 그 사고 때문입니까? 부인을 너무 강렬하게 사랑하신 거 아닙니까?"

라는 말도 안 되는 소리를 하는 등 상대가 되지 않았다. 몇 번이나 협상을 해보았지만 결국 자신이 입은 상해에 대해서는 자비로 처리할 수밖에 없게 되었다. 원래 심약한 성격의 기타무라가 이 정도까지 버틴 것도 대단한 것이었는지도 모른다.

달력을 보니 병원에 온 지도 벌써 2주나 지났다. 치료비는 얼마나 나오려는지. 입원비도 그렇게 싸지는 않을 것이다. 건강보험은 쓸 수 없는 상태이고…….

아내 나츠에는 불평을 하지는 않았지만 생활비는 어떻게 하고 있는 것일까.

오늘도 병문안을 왔을 때,

"파트타임으로라도 일할까 봐."

라고 말을 꺼냈다.

"할 만한 데는 있고?"

"없어."

"아이는 어떻게 하고?"

"그렇지."

아기를 안고 파트타이머로 일을 한다면 그게 제대로 된 돈벌이가 될 리가 없다. 저축도 이제 밑바닥이 보일 것이고……. 기타무라는 침대에 누워 있어도 그 생각만 하면 걱정이 되어 견딜 수가 없었다.

"그런데 뭘 하러 왔지?"

기타무라는 혼탁한 의식 속에서 창문 아래 폴크스바겐에게 물었다.

"이제 몸도 완전히 나았고 하니 택시 영업을 다시 시작할까 해서요."

"이 몸으로는……. 의사 선생님도 아직은 좀더 안정을 취해야 한다고 하셨어."

폴크스바겐은 고개를 설레설레 흔들면서,

"알고 있습니다. 그러니까 당신은 그냥 그대로 누워 계세요. 저 혼자서 해 볼 테니까요."

"뭐라고? 너 혼자 영업을 하겠다고? 그게 말이 된다고 생각해?"

기타무라는 저도 모르게 큰 소리를 내고 말았다.

"괜찮습니다. 요령도 완벽하게 몸에 익혔습니다. 밤에 긴자의 큰길에 서 있기만 하면 손님이 안을 들여다볼 거 아닙니까. 타이밍 잘 맞춰서 문을 열기만 하면 됩니다. 도쿄의 길이라면 어디든 알고 있으니까요."

"할 수 있을까?"

"할 수 있고 말고요."

"그렇다 해도 운전수가 없는 차라니."

"그게 문제입니다. 그래서 이렇게 부탁을 드리러 왔습니다. 옆에 있는 모포를 둥글게 말아서 양복을 입히고 모자를 씌워 그럴 듯한 인형을 만들어 주시지 않으시겠어요? 손에는 장갑을 끼우고요. 돈을 받을 때 좀 곤란해지니까요. 무슨 걱정이에요? 무뚝뚝한 운전수는 얼마든지 있으니까 들킬 염려는 없다고요. 뭐 아무리 그래도 당신만큼 능수능란하게 하지는 못하겠지만 당신이 버는 반 정도는 벌 수 있지 않겠어요?"

"으으음."

기타무라는 팔짱을 꼈다.

폴크스바겐은 열심히 말을 이었다.

"지금까지 너무 잘 돌봐 주셨잖아요. '너처럼 행복한 녀석도 없을 거야' 라고 다른 친구들한테 항상 부러움을 사고 있어요. 그러니까 말이죠, 이런 때야말로 제가 나서지 않으면 안 된다는 생각이 들어서요. 돈이 없으면 안심하고 치료도 받을 수 없고, 부인도 사실 아이 우유 값마저 없어서 쩔쩔 매고 있다고요. 요즘 들어서는 하루에 이천 엔 정도는 들어야 하니까요. 이대로라면 제가 중고차로 팔릴 것 같아서요. 그렇지 않나요?"

그런 사정까지 알고 있으니 더 이상 할 말이 없었다.

—하지만 운전수가 없는 차가 영업을 한다니…… 설마 그게 가능한 걸까—

기타무라는 밤이면 찾아오는 기분 나쁜 두통을 억누르며 필사적으로 생각해 보았다.

차는 그런 주인의 기분을 알아차렸는지,

"적어도 팔리기 전까진 내키는 대로 하게 해 주세요. 그래도 안 되겠으면 포기하겠습니다. 걱정은 끼치지 않겠습니다. 부탁드려요. 저한테 맡겨 주세요."

커다란 눈은 필사적으로 호소하고 있었다. 어떻게 거절할 방법이 없었다.

"자, 빨리 인형을 부탁드려요."

"……."

"걱정 없어요."

"으응."

등 떠밀리듯이긴 했지만 기타무라는 승낙할 수밖에 없었다.

"이것으로 괜찮겠어?"

인형은 생각보다 잘 만들어졌다.

"예에, 훌륭합니다."

승낙을 받은 폴크스바겐은 기분이 한층 좋아져서 기세 좋게 시동을 건 후 그 소리 역시 쾌적한 상태라는 것을 확인하고는,

"그럼 일 다녀오겠습니다. 편히 쉬도록 하세요."

이렇게 말하면서 한쪽 눈으로 조절해 방향을 바꾸고는 미등을 깜빡이면서 병원을 빠져나갔다.

첫날 새벽 무렵 폴크스바겐이 창 밑에 나타났을 때에는 앞좌석 위에 천 엔짜리 지폐가 5, 6장 흩어져 있었다.

"대단하구나."

라고 말하니 차는 부끄러운 듯 웃으며,

"당신과 비교하면 발끝도 따라갈 수 없지만……봐 주세요."

"무슨 소리야. 정말 수고했어."

"예에, 헤에. 이제까지는 그냥 달리기만 하면 됐지만 이번에는 처음부터 끝까지 혼자 하지 않으면 안 되니까요……."

차는 괴로운 듯 어깨를 늘어뜨리고 한숨을 내쉬었다. 병은—고장은 정말 다 고쳐진 것일까.

"무리는 하지 말라고."

"무슨 말씀을. 곧 익숙해질 거예요."

"이건 가솔린 값."

"예, 감사합니다."

기타무라는 남은 천 엔짜리 지폐를 파자마 주머니에 집어넣었다.

이런 푼돈으로 충분하다고 말할 수는 없었지만 여기에서 불평을 하면 벌을 받을 것이다. 이것으로 아이의 우유값 정도는 될 것이다.

"고마워."

"좀 쉬다가 오늘 밤에도 나가겠습니다."

"괜찮겠어? 경찰 눈도 조심하라고."

"맡겨 주세요."

기타무라는 문득 떠오른 걸 물었다.

"거스름돈은 어떻게 건네주고 있지?"

"록본기까지 천 엔, 신주쿠까지 2천 엔, 어차피 주먹구구로 하는 장사니깐 거스름돈은 필요 없습니다. 어쩔 수 없이 필요할 때가 되면 인형이 꽤 잘해 줄 거구요. 손님 중에서는 차에서 내릴 때 '이런, 아저씨 어깨가 불편한가 보네. 힘내세요' 라고 말하면서 팁까지 얹어 주시는 분도 있을 정도니까요."

"그거 다행이군."

기타무라는 어느 정도는 구원받은 기분이 되었다.

성공적으로 일을 시작을 한 폴크스바겐은 한껏 기분이 좋아져서 그 후로는 매일같이 일을 나갔다.

푼돈은 이천 엔 정도에 머물 때도 있었고, 가끔은 만 엔을 넘을 때도 있었다. 손님을 끌지도 않고 길에 차를 세워 두기만 하고 있으므로 운 좋게 손님을 항상 잡을 수 있는 것은 아닐 것이다. 그 점은 기타무라가 누구보다 잘 알고 있었다.

그래서 결코 욕심을 낸다거나 하지는 않았지만 현실적으로 이 정도의 수입으로 병원비와 가계를 모두 감당하기는 힘들었다. 아주 부족하다고 하는 게 사실일 것이다. 병원 청구서에는 기타무라가 막연하게 예상하던 것보다 훨씬 큰 숫자가 적혀 있었다.

일단은 자기 차의 충실한 태도를 보며 감사하는 기타무라였지만 그 숫자를 보자 마음 놓고 병원에 누워 있을 수만은 없었다.

"선생님, 퇴원은 무리일까요?"

기타무라는 매일같이 주치의에게 물었지만 의사는 무뚝뚝하게,

"예, 조금만 더."

라는 대답만 할 뿐이었다.

간호부장에게 물어 보아도 역시 기대하는 대답을 얻지 못했다. 다친 부분이 생각보다 컸던 것 같다.

그것은 기타무라 자신이 자기 몸 상태를 통해서 판단하고 이해할 수 있는 문제가 아니었다. 사실은 치료의 효과가 실제로 어느 정도 나타나고 있는지 알 수가 없었다. 오히려 두통은 처음보다 더 심해졌다는 느낌까지도 들었다.

이 상태로라면 이대로 좀더 오래 병원 신세를 져야 할 것이다. 그 비용을 어떻게 마련해야 좋단 말인가.

아내 나츠에도 문병 올 때마다 수척해지는 것이 눈에 띌 정도가 되었다. 이대로라면 나츠에가 먼저 쓰러져 버릴지도 모른다. 그렇다고 돈을 빌릴 만한 곳도 없고…….

"저기, 여보!"

드디어 기타무라가 가장 걱정하던 일을 나츠가 입에 올렸다. 언젠가 그 얘기를 꺼낼 것이라고 생각하고 있었다. 나츠에가 입을 열기 괴로운 듯하는 데서부터 그녀가 하려는 말이 무엇인지 이내 짐작이 갔다.

"뭔데?"

라고 건성으로 대답한 것은 소극적인 거부였는지도 모른다.

"저 차 말인데."

"으음."

"팔면 얼마 정도 받을 수 있을까?"

기타무라는 눈으로 거부의 표정을 띠었다.

"판다고 해도 그다지 큰돈이 나오지 않아. 중고차니까."

"하지만 어느 정도는 되지 않겠어?"

"저런 거는 싸다고."

"차고는 거저다 싶을 정도의 비용으로 빌려 쓰고 있다고는 하지만…… 그거 역시도."

"……."

기타무라는 입을 다물었다.

차를 팔면 십만 엔 정도의 현금은 확실히 손에 들어올 것이다.

하지만 정든 저 차를 팔아 버리다니…… 어렵게 손에 넣어, 매일 직접 손으로 닦고 관리하던 차가 아닌가. 그게 아니라도 우선 지금 차를 팔아버리면 조금이나마 매일 들어오던 수입도 제로가 되어 버린다. 나츠에에게는 말하지 못하고 있지만 녀석이 매일 열심히 일해 주고 있는 것은 사실이다. 방금 건네준 돈 역시 녀석이 벌어 온 것이다. 그것을 십만 엔 때문에 팔아 버리다니…….

"저기, 어떻게 생각해?"

"글쎄, 조금만 기다려 봐. 나도 생각하고 있는 게 있으니까."

"그래?"

나츠에는 일순 눈을 반짝이며 남편의 얼굴을 쳐다보았지만 이내 원래의 생기 없는 표정으로 돌아갔다.

나츠에가 읽어낸 대로 사실 기타무라에게는 '생각하고 있는 게' 아무것도 없었다. 좀 생각해 볼 수 있는 것이라곤,

—아아, 녀석이 조금만 더 벌어 온다면—

정도일 뿐. 그러나 그것은 기대를 가져서는 안 되는 것이었다.

그날 밤 병실 창 밑에 온 차는 이미 나츠에와 기타무라가 낮에 나눈 대화의 내용을 알고 있었다.

어쩌면 나츠에가 중고차상을 불러 가격을 이미 알아보았을지도 모른다.

폴크스바겐은 커다란 두 개의 라이트를 밑으로 축 내린 채 말했다.

"드디어 부인께서 말을 꺼내셨군요."

"신경 쓰지 마. 절대로 처분하는 일은 없을 테니."

"제가 벌어 오는 것으로는 부족했던 거군요."

"아니야, 그렇지 않아. 정말로 감사하고 있다고. 매일 그렇게라도 들어오는 게 정말 고맙다고."

"그렇게 말씀하셔도……."

딱정벌레는 아래에서 기타무라를 쳐다보면서 민망한 듯 입을 다물었다. 이대로 계속 얘기를 해봐야 신세타령만 될 게 뻔했다.

그런 기타무라의 기분을 눈치 챘는지 차는 기운을 찾으려는 듯

스스로를 위로하며,

"이렇게 있을 수만은 없겠네요. 이제 곧 황금시간대가 되니까요."

이렇게 말하고는 깊어지는 밤의 어둠 속으로 달려나갔다.

"여보세요!"

새벽 무렵이 되어 귀에 익은 소리가 들려왔다.

"지금 돌아온 건가?"

"죄송합니다. 좀 밑으로 내려와 주시겠습니까?"

"무슨 일이지?"

"비밀리에 할 얘기가 있습니다."

기타무라는 허리띠를 다시 매고 병원 안뜰로 내려가 보니 차 앞 유리창 안쪽으로 빨간 점들이 히비스커스 꽃잎처럼 흩어져 있었다.

"무슨 일이야? 무슨 일이 있었던 거야?"

기타무라는 불안한 마음으로 거칠게 물었다.

"예, 사고가 좀 있었습니다."

"받은 거야?"

"아니요. 제가 일부러 그런 겁니다."

"도대체 뭘 어떻게 한 거야?"

자동차는 장난기가 발동한 어린아이 같은 눈빛으로 기타무라를 쳐다보면서 기운 없이 말했다.

"제가 벌어 오는 푼돈으로는 감당할 수 없다는 걸 알고 있어요.

이대로는 아무래도 안 될 것 같아서요."

"그런 것까지 신경 쓸 필요 없어."

"하지만 돈이 부족한 것은 사실 아닙니까. 마침 오늘은 운 좋은 상대가 타 주었구요."

"운 좋은 상대?"

"세 시 좀 넘었을 때 아오야마 뒷길 호텔 앞을 지나가다 보니 마침 안에서 나이가 좀 있어 보이는 남자와 젊은 여자가 나왔습니다. 그 앞으로 슬쩍 다가가 문을 열어 놓으니, '택신가? 흠, 불법이군, 뭐 아무 거면 어때' 라며 탔습니다. 여자 쪽은 꽤 괜찮았습니다. 몸이 가늘기는 했지만 가슴이나 엉덩이가 탄력 있었으니까요. 뒷좌석에 와 닿는 느낌이 묘한 흥분을 주더군요."

"응?"

"그 사이에 남자가 여자에게 돈을 건네주었습니다. '이걸로 아파트를 장만해 봐' 라고 작은 소리로 말하면서요. 아, 회사의 높은 사람과 그 밑의 여직원이구나 라는 생각이 들었습니다. 계속 이렇게 호텔에서 만나는 것을 여자가 불평이라도 했는지 아파트를 사게 된 것이죠. 돈 있는 사람은 참 좋더군요. 그런 나이가 되서도 자기 딸 같은 여자를 만날 수 있으니까……. 남자의 집은 다카나와였는데 '오늘은 바래다 주지 못하니까' 라고 말하고는 먼저 내렸습니다. 저에게 만 엔짜리 지폐를 던지면서 '운전수 양반 미안하지만 하스다까지 부탁해요. 거스름돈은 필요 없으니까' 라고……."

"그래서?"

"게이힌 국도를 달리면서 저는 생각했습니다. 아, 돈이 좀더 많았으면 당신도 조금은 안심하고 요양할 수 있을 텐데. 나도 중고차로 팔리지 않아도 되고. 남자는 이 여자한테 돈을 건네준 것 같고……. 생각하면 할수록……."

"설마?"

"예에, 그렇습니다. 사실대로 말하자면 당신을 위해서만은 아니었습니다. 아까 말한 것처럼 여자의 멋진 엉덩이가 시트 위에서 뭉기적뭉기적 움직이는 겁니다. 시트는 부드러웠고, 그 움직임이 그대로 전해져 오는 겁니다. 거기에 달콤한 향기까지……. 게다가…… 그 남자 역시 멀쩡한 가정을 가지고 있으면서 이런 젊은 여자와 놀아나고 있는 것 아닙니까."

"그래서, 어떻게 했단 말야?"

그 다음 이야기를 듣고 싶었다.

"급브레이크를 밟았습니다. 백 킬로미터 정도로 달리고 있었으니……. 그 상태에서 급브레이크를 밟았으니 여자의 몸이 앞좌석으로 날아오고 예상대로 앞 유리창에 머리를 부딪혔습니다. 유리의 피는 그때 것입니다."

"죽은 건가?"

"아니요, 그때까지는 아직……. 단지 기절을 했을 뿐이었습니다. 그러고 나서 저는 여자를 오오이 부두의 인적 드문 곳으로 데려갔습니다. 핸드백 안에 있던 현금은 2백만 엔. 생각보다 많은 돈이었습니다."

언뜻 살펴보니 앞 좌석 아래에 두툼한 돈다발이 반 정도 보였다.

"여자는 어떻게 됐지?"

"처음에는 그대로 바다로……그럴 생각이었습니다만, 좌석 위에 둥그스름한 엉덩이를 내놓은 채로 쓰러져 있는 것을 보고 있자니, 몹쓸 생각이 들어서."

"……."

기타무라는 침을 삼켰다.

"부두 창고 뒤쪽에 아무도 보지 못하는 곳으로 가서 입고 있는 옷을 모두 벗겼습니다."

"어떻게 벗긴 거지?"

딱정벌레는 라이트를 찡그린 채 조금 웃는 듯 보였다.

"인형의 손이 있으니까요……그 정도는 할 수 있습니다. 정말 죽이기 아까울 정도였습니다. 새하얀 피부에 불필요한 살은 전혀 붙어 있지 않은 여자였습니다. 아름답더군요. 저는 동료들 중에서도 슬림한 타입을 좋아해요. 제 자신이 이렇게 갑충 같이 땅딸막한 모양이다 보니 그런가 봅니다. 잠시 그렇게 눈을 반짝이며 바라보고 있었습니다. 하지만 요즘은 아침 해가 빨리 뜨니까 누군가 새벽일을 나가는 사람한테라도 들키면 곤란하니까요…… 잠시 감상을 하고 난 후에 널빤지에 눕히고는 그대로……."

"범한 건가?"

기타무라는 말을 하면서 눈을 감았다.

"예. 자동차라도 가끔 그 정도는 합니다."

진기한 광경이 머릿속을 채웠다.

인적 드문 부둣가 창고의 뒤쪽. 젊은 여자가 정신을 잃고 거친 널빤지 위에 누워 있다. 그 위로 커다란 딱정벌레가 덮친다. 겹쳐지는 몸이 흔들리고…….

"그 뒤에는?"

"불쌍하지만 주인을 바꿀 수는 없지 않습니까. 저에게는 당신이 더 소중하니까요. 그대로 두세 번 발로 찬 후에 도쿄 만에 퐁당. 안된 일이지만 어쩔 수 없었어요."

폴크스바겐은 눈을 내리뜨면서 잔뜩 흐린 듯한 모습을 보였지만, 기계적인 음성은 그 정도로 사람의 생명에 대한 애석함을 담고 있는 것 같지는 않았다.

기계에게는 인간과 같은 마음의 갈등 같은 것이 있을 리가 없다. 일단 그렇게 하자고 결정한 이상 주저 없이 결정한 그 길로 진행하는 것밖에는 다른 도리가 없는 것이다.

"누군가에게 들키지는 않았겠지?"

기타무라도 감상은 버리고 가장 중요한 부분을 물었다.

"예. 처리하고 난 뒤 라이트를 밝히고 주변을 살펴보았습니다만 아무도 없었습니다."

"동행했던 남자가 차 번호를 보거나 한 건 아니겠지?"

"그것도 걱정 없습니다. 남자가 여자에게 돈을 건넬 때부터 이미 계획을 세우고 있었으니까…… 남자는 서두르고 있기도 했고 차 번호를 보는 듯한 느낌은 전혀 없었습니다. 그러니까 이제는 앞 유리의 피만 깨끗이 닦아내 주세요. 증거는 어디에도 남아 있지 않습니다."

그렇게 말한 후 차는 갑자기 몸을 경직시키면서,

"잘못한 겁니까?"

라며 사죄라도 하는 듯 기타무라에게 물었다.

기타무라는 고개를 저었다.

"아니, 이미 해 버린 일은 어쩔 수가 없지. 고마워."

그렇게 대답하는 것 외에 다른 방법이 없지 않은가…….

딱정벌레는 그 소리를 듣고 겨우 안심한 듯 전신에 미소를 지었다.

그런 차를 보면서 기타무라는 다짐해 두듯이 말했다.

"하지만 당분간은 영업을 나가지 않는 편이 좋겠어. 이 정도 돈이 있으면 얼마간은 충분히 생활할 수 있어. 너도 꽤 지친 것 같고."

"예에. 말씀대로 하겠습니다."

기타무라의 말을 듣고 차는 새삼 연일 이어진 밤 영업의 피로를 그제서야 떠올렸는지 어깨를 늘어뜨리고 한숨을 내쉬었다.

여자의 시신은 열흘 정도 지나 시나가와 바다 위로 떠올랐다. 신문에는 어딘가 남자의 충동을 부추기는 듯한 선이 가는 여자의 얼굴 사진이 실려 있었다.

그 신문 기사로 봐선 시신의 부패가 심한 것으로 보아 차에 치어서 살해당한 것 같다는 것 이외에는 더 이상 자세하게 밝혀진 내용

이 없는 듯했다.

기타무라에게 다행이었던 것은 피해자와 동행했던 남자가——원래 비밀스러운 정사였을 테니까——스스로 경찰에 이름을 밝히지도 않았고, 그래서 결국 조사 대상으로 떠오르지도 않았다는 점이다.

——정말로 딱정벌레 놈이 여자를 죽인 것 같군——

이렇게 그 상황에 맞는 여자의 시신이 떠오른 것을 보면 폴크스바겐의 고백을 믿지 않을 수 없었다.

——이대로 들키지 않고 끝날 수 있을까——

기타무라에게는 잠시 불안한 날이 이어졌지만 그 뒤로 신문 기사를 아무리 열심히 뒤져 보아도 경찰이 딱정벌레에게 눈을 돌릴 만한 기미는 전혀 없었다. 그렇지만 정말 가능한 것일까. 자동차가 여자를 범한다니…….

한편 2백만 엔이라는 금액이 아주 충분하다고 할 수는 없었지만 당장 살아가는 데에는 상당한 도움이 되었다.

치료비가 어느 정도 마련되자 기타무라의 몸도 날이 갈수록 회복이 빨라져 두 달 뒤에는 퇴원을 할 수 있게 되었다.

퇴원하는 날 집에 도착하자마자 기타무라는 가장 먼저 근처에 빌려 놓은 값싼 주차장으로 달려갔다.

"퇴원했어."

라고 차에게 말을 걸었다.

폴크스바겐은 허술한 창고 안에서 아무 일도 없었다는 듯 쌀쌀한 태도로 웅크리고 있을 뿐이었다. 마치 부끄러워서 한 마디도 못하는 것처럼…….

"어이, 왜 그래?"

말을 걸어도 대답이 없다.

— 그렇군. 자기 가슴속에만 담아둘 생각인 거야 —

눈에 눈물이 고여 왔다.

— 정말로 좋은 놈이야. 기특한 놈이야 —

마음속으로 그렇게 중얼거리면서 단 한 순간이라도 이런 둘도 없는 친구를 팔아 버리려고 생각했던 자신이 창피했다.

그러고 나서는 삶이 돌변한 듯 운 좋은 날들만 이어졌다.

퇴원한 후 얼마 안 있어 기타무라는 아는 사람의 소개로 새로운 직장에 다닐 수 있게 되었다.

수입은 그다지 많지 않았지만 한 가족이 먹고살 정도는 됐다. 일의 강도도 그다지 세지 않아서 병원 신세를 진 기타무라에게 딱 알맞았다.

어둡고 험악했던 시기를 거쳐 이제 다시 평범하고 온화한 샐러리맨의 생활로 돌아온 것이다.

일요일에는 아장아장 걸어 다니는 장남을 데리고 셋이서 드라이브를 나가기도 했다. 이런 생활이 찾아온 후에도 폴크스바겐은 은혜를 베푼 듯한 표정은 전혀 드러내지 않고 말 없이 가족을 지켜보고 있었다. 이렇게 믿음직한 벗은 어디에도 없을 것이다.

그러던 어느 날의 일이다. 요코하마까지 드라이브를 나갔다가

오오이의 부둣가에 차를 세운 기타무라는 차와 함께 바다를 향해 묵념을 했다.

"당신 뭐 하고 온 거야?"

나츠에는 돌아온 기타무라에게 물었다.

"아니, 아무것도."

나츠에는 아이를 가슴에 안은 채 눈이 부신 듯 시선을 아래로 내리고 바다를 쳐다보다가, 새삼 감개무량한 듯한 어조로 말했다.

"어쨌든 정말 다행이야. 당신 병이 나아서."

"으응."

"한때는 정말 어떻게 되는 거 아닌가 했어."

"이제 괜찮아."

"정말 완전히 나았다고는 하지만."

"뭔데?"

"병원 선생님이 말씀하셨어. 사고의 쇼크 때문에……."

"……."

"당신, 입원했을 때 몽유병 증세가 나타났던 것 같아."

폴크스바겐은 저녁해를 받으면서 여전히 말 없이 짙은 쥐색으로 어두워 가는 바다를 바라보고 있었다.

골프의 기원

골프의 기원은 잘 모른다.

줄리어스 시저가 프리타니아를 침공했을 때 군단의 병사들 사이에 파가니카라는 구기(球技)가 유행했다. 그것은 앞 부분이 굽은 나무 막대 같은 것으로 가죽으로 만든 공을 치면서 몇 미터 떨어진 원 안에 넣는 게임이었다.

파가니카의 원조는 그보다 훨씬 더 오래된 그리스 신화 시대, 양치기들이 가축을 지키면서 장대로 작은 돌을 쳐서 토끼굴에 넣었던 것이 시작이라고들 하지만, 그 정도의 유흥을 원조라고 한다면 세계 어디라도 골프의 발상지가 되어 버린다.

오늘날 역사적인 자료를 통해 명확하게 말할 수 있는 것은 근대적인 골프가 탄생한 것은 14세기에서 15세기의 스코틀랜드, 혹은 네덜란드에서 시작했다는 것이다.

네덜란드 설을 주장하는 사람들은 고대 이 나라에 베트골벤이라는, 지금의 아이스하키와 골프를 섞어 놓은 듯한 게임이 있었고, 이것을 얼음 위가 아니라 초원에서 하게 되었을 때 골프가 탄생했다고 한다. 골벤은 때에 따라서 콜프라고 불린 적도 있는 듯하다. 콜프와 골프, 이렇게 두 개를 놓고 보면 알 수 있듯이 그 명칭만으로도 네덜란드 기원설이 유력한 지지를 얻고 있다.

단지 발상의 경위는 둘째 치고 적어도 골프를 체계적인 게임으로 발달시키고 유행시킨 것은 스코틀랜드의 거친 풍토—히스*와 기복이 심한 언덕지대였다.

현재까지 남아 있는 몇몇 기록에서 유추해 보건대 당시 스코틀랜드에 불었던 골프 열풍은 대단했던 것 같다. 15, 6세기에 들어서서는 그 정도가 심해서 귀족들은 무예 등을 단련하는 데에는 태만하고 골프에만 열중했으며, 서민은 서민대로 휴일 예배도 잊은 채 볼을 치는 데에만 매달렸다. 그 덕에 의회에서나 혹은 교회에서 종종 골프금지령이 공포되는 결과를 낳았다고 한다.

하지만 이러한 금지령도 국왕 본인이 골프 팬이 되어 버린 다음에는 유명무실해져 버린다. 금지령이 언제 공포되었는지 싶을 정도가 되어 버리고 드디어는 이것이 국왕의 스포츠로 인정되어—나중에 영국에서는 이 게임을 '왕이 행하는 유서 깊은 게임' 으로 명예로운 관까지 씌우게 되지만—결국은 장려하는 게임이 되어 버리고 만다.

* 황야에서 자라는 철쭉과의 관목. 겨울에서 봄에 걸쳐 흰색 또는 붉은 색의 꽃이 핀다.

명예로운 스튜어트 왕가는 골프광인 것으로도 유명하다. 예를 들면 스코틀랜드 왕가로부터 영국 전 국토의 왕으로 추대되었다가 청교도혁명으로 사형당한 찰스 1세, 그리고 같은 영국왕을 겸한 후 명예혁명를 통해 왕좌에서 물러나야 했던 제임스 2세, 이렇게 세계 역사 속에서도 이름 높은 두 국왕도 모두 골프에는 밤낮을 가리지 않을 정도로 열광적인 애호가였다.

그러면 본격적인 이야기로 들어가보자. 이 이야기는 168X년 그 제임스 2세가 ― 당시에는 아직 요크 공이라고 불리고 있었지만 ― 에든버러 성에 있을 때의 이야기다.

17세기 말엽은 시대적으로는 따지자면 명확한 근세에 속하지만 현실적으로는 여전히 여기저기에 중세의 흔적을 많이 갖고 있었던 시대였다. 여기 에든버러 성내에도 불미스럽기 짝이 없는 마녀재판이 열려 살을 태우는 냄새가 넘쳐나고 있었다. 삭아서 떨어져 나간 망대의 구멍이나 성벽의 울창한 덩굴 그늘에는 기분 나쁜 생명체가 가만히 몸을 웅크린 채 숨을 죽이고 숨어 있었다. 세계는 황혼에 접어들었고 어디에서나 사람과 악마가 공존하고 있던 시대였다.

쌀쌀한 북풍이 히스의 옅은 분홍빛 꽃을 하늘로 후 ― 하고 불어 날릴 즈음, 두 사람의 잉글랜드 귀족이 요크 공(훗날 제임스 2세)의 성을 방문했다.

한 사람은 장신에 마른 체격, 깊이 패인 눈두덩이 속에 눈동자가 날카로운 빛을 반사하고 있었다. 거만하게 구부러진 매부리코는 얇은 입술에 더해 고집스러운 인상을 여실히 보여주고 있었다. 그는 보통 노발 공(怒髮公)으로 불렸으며 그 별명대로 감정의 기복이 심하여 흉폭한 고집쟁이로 알려져 있었다.

다른 한 사람은 이와는 정반대로 밋밋하고 부드러운 인상의 소유자였다. 부드럽다고 하는 것은 결코 칭찬이 아니다. 태만하고 방만한 귀족의 피가 대대로 흘러내려 오다 그것이 축적되어 소심한 인격으로 결집되었다가 결국에는 이런 상태에까지 이르고 말았다는 인상으로, 얼굴은 기이할 정도로 길쭉했고 새하얘서 끝물의 동과* 공(冬瓜公)이라고 부르고 싶을 정도의 풍모였다.

이 두 사람이 무엇 때문에 에든버러 성에 잠시나마 머물게 되었는지 그 목적에 대해서는 알 수 없다. 스코틀랜드와 잉글랜드의 정치적 밀약에 관계된 것일 수도 있고 단지 개인적인 방문이었을지도 모른다.

어쨌거나 주인과 이 두 사람의 내빈은 연일 호화로운 식탁에 앉아 홍청망청 먹고 마시면서 침을 튀기며 그 즈음 세상에서 일어나는 일들에 대해 이야기를 나누느라 시간 가는 줄 몰랐다.

그러던 어느 날, 그날도 그렇게 세상 사는 이야기에 빠져 있는 사이에 아침이 밝아올 무렵, 화제가 우연히 골프로 모아졌다. 스코틀랜드에서 골프의 인기에 대해서는 앞에서 이미 말한 바 있다. 잉글랜드에서도 이 공놀이는 이미 유서 깊은 귀족들의 스포츠로 꽤 친근한 놀이가 되어 있었다.

---

* 박과에 속하는 덩굴식물. 동아라고도 하며 길쭉한 호박 모양의 열매가 열린다.

한동안 자기 자랑이 이어지다가 그것도 더 이상 재미없어지자 끝물의 동과 공이 불현듯 질문을 던졌다.

"이 게임은 어디서 누가 시작한 거지?"

요크 공은 그 질문을 듣자마자 술에 익어 붉어진 얼굴로 빙그레 웃으면서 꽤나 자랑스러운 듯이,

"누군지는 모른다네. 하지만 말이지, 어디냐고 한다면 우리나라가 아닌가. 스코틀랜드야말로 골프를 시작한 발상지라네."

라고 엄숙하게 선언했다.

그것을 듣던 노발 공의 커다란 귀가 쫑긋하고 움직였다.

"그거 참 이상한 말씀을 하시는군요. 이 공놀이는 백 년 이상도 더 전의 옛날부터 잉글랜드 지방에서 즐기던 것이 아닙니까. 그것을 스코틀랜드 것이라고 말하는 것은 아무리 요크 공의 말씀이라고 해도 수긍하기 힘들군요."

"아니요, 그렇지가 않아요. 공이야말로 지식의 깊이가 얕으시군요. 잉글랜드에서는 백 년 전이라고요? 우리나라에서는 오백 년 전인 옛날부터 해왔다오. 허허허!"

스코틀랜드의 귀인은 상대의 무지몽매함을 비웃기라도 하려는 듯 짐짓 더 크게 웃었다.

잉글랜드와 스코틀랜드 — 외국인의 눈으로 보면 같은 브리튼 섬의 남부와 북부로 별반 큰 차이가 없는 것처럼 느껴지지만 이 두 곳은 원래 각각 다른 나라였고, 역사도 민족도 종교도 거의 다 달랐다. 공기가 내뿜는 냄새마저도 다르다고 한다. 그때까지 얼마나 많

이 피로 얼룩진 전쟁을 반복해 왔는지 셀 수가 없다. 그것은 각자의 피부 깊숙이 복잡하게 각인되어 있어서 서로 자기 나라가 더 훌륭하다고 믿고 있으며, 자기가 그렇게 믿고 있는 이상 그렇게 주장하지 않으면 안 되는 민족적인 감정 역시 존재했다.

요크 공에게 '골프는 우리 쪽이 원조다' 라는 말을 듣고 자존심 강한 노발 공의 마음이 편할 리가 없었다.

권위 있는 탁한 목소리로,

"아니, 브리튼 섬에서는 좋은 일은 모두 남쪽에서 북쪽으로, 동쪽에서 서쪽으로 이동한다는 말을 배우지 않았던가요? 잉글랜드가 아닌 스코틀랜드에서 이런 유희가 탄생할 리가 없지 않습니까?"

라며 다소 성난 듯한 어조로 자기주장을 펼쳤다.

요크 공이 수긍할 리가 없었다.

"그것 참 이상한 말씀을 하시는군요. 골프는 저희 선대왕께서 잉글랜드에 전해준 것이라고 명확히 왕실의 기록에 남아 있습니다."

"기록 따위는 나중에 누구라도 바꾸어 넣을 수 있는 것이 아닙니까?"

"무슨 그런 당치도 않는 말씀을 하십니까."

"저는 진실을 말씀드리고 있을 뿐입니다."

요크 공, 노발 공 두 사람 모두 거만한 귀족 기질을 각각 여섯 사람 몫은 가지고 있었기 때문에 일단 꺼낸 말에 대해서는 결코 거두려고 하지 않았다.

잔을 쥐고 있던 요크 공의 손이 떨렸고 테이블을 사이에 두고 험악한 공기가 감돌기 시작했다.

이 상황을 돌파해낸 것은 처음부터 스테이크 앤 기도니 파이를 포크로 찍으면서 강 건너 불구경하듯 좌우로 연신 고개를 돌려가며 보고 있던 끝물의 동과 공이었다.

"이런 이런, 달걀이 먼저냐 닭이 먼저냐 하는 그런 논쟁을 언제까지 할 생각입니까? 차라리 이러면 어떨까요. 실제로 실력을 겨루어서 기술적으로 우수한 쪽이 어디인지 비교해 보면 어떻겠습니까. 이러한 놀이들은 역사가 깊은 나라일수록 뛰어난 기술을 가진 사람이 있기 마련 아닙니까."

누가 뭐라고 해도 힘 있는 자가 정의인 시대였다.

이 제안에 대해서 스코틀랜드의 왕자도 노발 공도 이내 찬성했다.

두 사람 모두 골프에 대해서는 누구보다 자신이 있었고 이 이야기가 나오기 전, 골프 실력에 대한 자랑을 늘어놓을 때부터 서로의 실력을 겨뤄 보고 싶다고 속으로 생각하고 있던 참이기도 했다.

"그것이 좋겠군. 나는 이견이 없소."

"물론 제 쪽에서도 이견은 없습니다."

이쯤에서 끝물의 동과 공이 걱정스러운 얼굴로,

"그럼 게임은 어떤 식으로 진행하는 것이 좋겠습니까?"

라고, 이야기가 다시 아까의 논쟁으로 돌아가지 않도록 못을 박았다.

세 사람—이라고는 해도 주로 의견을 내고 있는 쪽은 요크 공과 노발 공 두 사람이었지만—은 악악거리며 논쟁한 끝에 승부의 요령을 다음 같이 하기로 결정했다.

시작은 내일 정오.

게임을 진행하는 방법은—오늘날의 용어를 섞어서 말한다면—잉글랜드 쪽 두 명, 스코틀랜드 쪽 두 명으로 게임을 진행하는 포섬 방식이었다. 즉 양측 모두 두 사람이 서로 교대하면서 하나의 볼을 치고 각 홀마다 승부를 결정하는 홀매치 방식으로, 홀아웃* 때에 이긴 점수가 많은 편이 우승자가 된다.

골프 경기에서 말하는 스트로크** 방식이 도입된 것은 이로부터 백 년 정도 뒤의 일이었다. 17세기의 게임은 모두 홀매치로 혼합 복식 경기도 자주 행해졌다.

잉글랜드 쪽은 물론 노발 공과 끝물의 동과 공이 한 편으로 출전하게 되었다.

끝물의 동과 공은 정치적으로는 우유부단해서 도움이 전혀 되지 않는 얌전한 귀족이었지만 골프에 대해서는 상당한 기량을 갖고 있다는 소문이 있었기 때문에 노발 공으로서는 이 팀에 대한 불만은 없었다. 한편 스코틀랜드 쪽은 제임스 왕자와 다른 한 사람, 적합한 선수를 성내에서 찾아 내일 오전까지는 경기에 나가는 것으로 약속을 정했다.

---

* 골프에서, 홀(hole)에 공을 넣음으로써 해당 홀의 플레이가 끝나는 것을 말한다.

** 골프에서 정규 라운드에서 가장 적은 타수를 겨루는 경기 방식을 말한다.

"그럼, 내일 만납시다."

"편히 쉬십시오."

손님들에게 밤인사를 끝낸 요크 공은 그 즉시 파트너 찾기에 돌입했다.

이 경우 요크 공이 발굴해 낼 수 있는 사람 중에서도 가장 기량이 뛰어난 플레이어를 선택하려고 한다는 것은 말할 것도 없는 일이다.

선택의 시간은 정해져 있었지만 왕자는 시종들에게 직접 거리로 나가서 신뢰할 만한 정보를 얻어 오도록 명령했다.

그렇게 해서 뽑힌 것이 존 파터슨이라는 의외의 인물이었다. 이 남자는 외곽의 뒷골목에 사는 가난한 구두공이었다. 당시 골프는 '왕이 행하는 유서 깊은 게임' 이라는 이름으로 불리기는 했지만 동시에 서민들의 오락이란 자리를 완전히 버리지는 않은 상태였다.

존은 말이 없고 어두운 성격으로 신경질적이고 얼굴 모양도 원숭이와 닮아서, 만일 엉덩이에 스페이드 모양의 꼬리라도 달렸다면 그대로 악마라고 해도 될 듯한 초라한 생김새의 체격이 작은 남자였다. 하지만 성격에 있어서는 소위 말하는 장인 기질을 가지고 있어서 손님이 주문한 대로 한 치의 벗어남도 없이 하룻밤만에 완벽한 구두를 만들어 냈다. 원숭이의 용모와 빈틈없는 손재주로 인해 동료들 사이에서는 기분 나쁜 인간 취급을 당하고 있는 듯했다. 혹은 그가 가진 재주 중에서도 골프 기량이 뛰어나다는 것이 그런 기분 나쁜 인간 취급을 당하게 하는 한 요인이었을지도 모른다. 그 무엇에도 의지하지 않으면서 보통 사람들과는 다른 특별한 힘을 가졌다는 것은, 곧 악마로 취급될 수 있는 여지를 갖고 있다는 것과 통하는 시대이기도 했으므로…….

존은 이 두 나라가 얼굴을 걸고 싸우는 골프 시합에 참가하라는 명령을 받았을 때 안색이 변하며 사양했다. 자신도 세상도 끝난 것 같은 공포감이 들었던 것이다.

그도 그럴 것이 네 명 중 자신을 제외한 세 명은 고귀한 태생의 나리들이었다. 가난한 구두공인 자신이 그 사이에 낀다는 것은 게임 이전에 주눅이 들어서 시합이 가능할 성싶지도 않았다. 자칫 잘못해서 무슨 실수라도 저지른다면 어떤 형벌이 기다리고 있을지 알 수 없는 일이다. 머릿속에 떠오르는 것은 다 잘못되었을 때의 나쁜 예감뿐이었다.

하지만 결국 존의 사양은 받아들여지지 않았다.

"걱정 말고, 내일 정오에. 알았지!"

엄명이 떨어지고 그는 골프장으로 가지 않으면 안 되었다.

그리고 게임의 결과는 어떻게 되었을까?

이 시합은 필시 에든버러 교외의 리스 골프장에서 열렸을 것으로 추정되지만 그때 이 명문 코스의 홀 수가 몇 개였는지, 또 어떤 명승부가 펼쳐졌는지, 이 부분에 대한 자세한 내용은 아쉽게도 알 수가 없다.

게임의 자세한 경과는 알 수 없지만…… 간단히 결론만을 말하자면, 승부는 스코틀랜드 쪽의 '압도적'인 승리였다. 요크 공과 구

두공 편이 이긴 것이다. 두 사람은 모든 홀에서—그것이 몇 개 있었는지는 모르지만—잉글랜드 쪽에게 단 한 번도 지지 않고 모두 이겼다. 특히 존 파터슨의 활약이 두드러졌다.

당시의 신분의식이 중세에 비해 어느 정도 느슨해지긴 했다 해도 귀족과 서민 사이에는 여전히 엄격한 귀천의 차가 있었다. 지금 생각해 보면 그런 시대에 일개 구두공이 나리들과 함께 경기를 한다는 것이 얼마나 큰 정신적인 부담이 되었을지. 골프가 심리적인 게임이라는 것을 고려하면 그 부담은 한층 더 심했을 것임을 짐작할 수 있다.

그럼에도 불구하고 이 초라하지만 실질적인 승리의 패를 쥐고 있던 남자는 독보적인 실력을 발휘했다. 반대로 말하자면 그것은 그의 기량이 당시의 수준을 훨씬 뛰어넘었다는 것, 그리고 정신적인 핸디캡과 같은 장벽에도 지지 않을 정도의 섬세한 기술을 지녔다는 것—그러니까 당시 사람들의 감각으로 표현하자면 '악마적' 이라고 말할 수밖에 없는 것이었다.

그런 거야 어쨌든 간에, 이런 일들을 통해서 드디어 골프 역사의 한 페이지에 한 명의 천재적인 플레이어의 이름이 처음으로 새겨지게 된다. 하지만 과연 그것이 존에게 있어서 행복이었다고 할 수 있을까. 오히려 그 때문에 그는 악마로 몰리는 운명에 놓이게 되었을지도 모른다.

노발 공의 역정은 그냥 게임에 졌다는 것만으로 끝날 것이 아니었다.

에든버러에서 자신의 영지로 돌아가기까지 그는 이틀 낮밤을 끊임없이 말을 탄 채 화를 냈고 그의 짜증이 말에게까지 공포로 전달되어 말의 식욕마저 잃게 만들었다.

시종들은 잘못을 저질렀을 때에는 물론이고 아무런 잘못이 없다해도 단지 주인의 시야에 있었다는 것만으로 격한 질책을 받아야 했다. 그렇다고 주인 앞에 모습을 드러내지 않으면 또 그것을 이유로 불호령이 떨어졌다. 갑자기 말채찍으로 뺨을 얻어맞는 이도 있었고, 눈앞으로 단검이 날아드는 경우도 있었다. 평소 주인의 난폭한 행동에 길이 든 시종들이었지만 이때만큼은 사지를 다 붙이고 집으로 돌아갈 수 있을지조차도 불안한 상황이었다.

끝물의 동과 공은 그의 서슬에 놀라 댓바람에 다른 길을 밟아 자기 나라로 돌아가 버렸다.

분노의 이유는 물론 골프 시합에서 진 데 있었다. 되돌아보면 위액이 치솟아 올라올 정도로 참담한 패배였다.

요크 공은 여종들처럼 쿡쿡 소리를 죽이고 웃으며,

"그대들은 그것을 골프라고 하고 있는 것인가? 보시게, 남국의 시골 양반들아."

라고 빈정거렸다.

그 목소리는 지금까지도 노발 공의 귀를 울렸다.

요크 공은 무슨 일이 있을 때마다 이 일을 궁정인들에게 이야기할 것이다. 스코틀랜드가 잉글랜드보다 얼마나 더 뛰어난지를 은근

히 과시하면서…….

어째서 그렇게 무참하게 진 것일까. 이유는 명백하다.

"그놈 때문이다!"

노발 공은 증오스러운 듯이 침을 뱉었다.

체크 무늬 조끼를 입은 초라한 몰골의 사내 얼굴이 떠올랐다.

실제로 요크 공의 실력은 그다지 대단한 것이 아니었다. 노발 공은 물론이고 그보다도 초심자인 끝물의 동과 공도 이길 수 있을 정도일 것이다. 문제는 다른 한 사람, 정체를 알 수 없는 사내 쪽에 있었다.

요크 공의 등 뒤에 어쩔 줄 모르고 땀을 뻘뻘 흘리면서 숨어 있던 우둔한 당나귀 같은 남자, 언동도 어딘가 이상했고 어딜 보아도 신분이 높은 사람과 섞여 경기할 수준이 아닌 자인데, 골프채를 쥔 순간 씩씩한 용사로 변해 공을 쳐내면서 마치 악마를 등에 업은 듯 정확한 위치로 보내는 것이었다. 요크 공이 어떤 나쁜 위치에 공을 던져 놔도 다음 공은 반드시 정확한 위치를 잡았다.

누군가 물었더니 가난한 구두공이라는 것이 아닌가.

요크 공의 눈만 없었으면 그 자리에서 목을 베어 버렸을 것을…… 정말 부아가 나서 견딜 수가 없다.

잉글랜드의 귀족은 아무래도 그 사실을 받아들이기가 힘들었다.

── 일개 구두공이 어떻게 그 정도의 실력을 가질 수 있단 말인가?

20세기에는 중화요리집 아들이 위대한 홈런왕이 된다고 해도 전혀 이상할 일이 아니지만 중세의 잔영이 남아 있던 당시에는 구두공 따위가 귀족을 이긴다는 것은 여자가 남자와 싸워 이긴 것만큼이나 받아들이기 힘든 기이한 일이었다. 무예는—스포츠도 그 하나로 인식되었지만—귀족 계급에게 속하는 것이며 하층민은 거기에서 떨어지는 국물이나 받아먹고 그저 흉내 내는 정도만으로도 감지덕지해야 하는 것이다. 기마의 달인이 반드시 귀족들 가운데 있고, 또 펜싱 또한 그런 것처럼 골프의 명인도 귀족 계급이어야 어울린다고, 다른 사람은 몰라도 노발 공은 생각하고 있었다. 아아, 그런데 이게 대체…….

"그놈의 구두공!"

다시 불 같은 분노가 솟았다.

자신의 성으로 돌아온 노발 공은 책상 위의 종을 들어 세 번을 격렬하게 울렸다.

"부르셨습니까."

종의 여음이 사라지길 기다렸다는 듯이, 무겁게 내려 쳐진 막의 그늘에서 검은 그림자가 나타났다.

"그래."

노발 공은 에든버러에서 있었던 일들을 간단히 설명했다. 검은 그림자는 시종 눈을 감은 채 무표정하게 듣고만 있었다. 길게 그어진 볼의 흉터가 기분 나쁜 인상을 준다.

"나는 어떻게 그 천한 것이 그 정도의 기술을 가지게 되었는지가 도저히 이해가 되지 않는다. 어떤 비밀이 숨겨져 있는 것이 분명해.

악마에게 혼을 팔았든가. 그 비밀을 찾아내라. 지금 바로 에든버러로 떠나도록 해라."

"분부대로 하겠습니다."

남자는 공손히 인사를 한 후 들어왔을 때와 같은 식으로 소리 없이 벽의 그림자 속으로 사라져 버렸다.

그리고 닷새가 지나기도 전에 검은 그림자의 남자는 다시 노발공의 방에 그 모습을 드러냈다.

"나리, 돌아왔습니다."

"기다리고 있었다. 그래, 구두공의 비밀은 밝혀냈나?"

"나리의 뛰어난 관찰대로였습니다. 그 주제넘은 구두공 놈은 악마와 거래를 했음에 틀림없습니다."

"어떻게? 빨리 얘기해 봐라."

주인은 가발처럼 두꺼운 머리털을 흔들면서 볼에 흉터가 있는 남자를 노려보았다.

"구두공이 일하는 곳에 그놈 키만 한 거울이 있었습니다. 녀석은 하루의 일이 끝나면 그 앞에 서서 볼을 치는 연습을 시작합니다."

"으음."

"그러면 거울 속에서 모락모락하면서 벤네비스 산에 걸린 안개처럼 불투명한 하얀 빛이 퍼지고 그 속에서 무엇인지 검은 것이 모습을 나타냅니다."

"아, 어떤 놈이더냐?"

“알 수 없습니다. 아마도 악마일 겁니다. 구두공의 모습이 거울에 비치면 그 악마 놈이 ‘어깨의 위치가 안 좋아’, ‘허리 돌림이 안 좋아’ 하면서 하나하나 거울 속에서 지시를 하고 있었습니다.”

“역시 그랬군. 거울 안에 스승이 있었다는 것인가.”

“그런 듯합니다.”

“소중한 악마군.”

미천한 구두공 주제에 어떻게 그런 기술을 손에 넣었는지 의문이었지만 그것도 이내 풀렸다.

대개 기예라고 이름을 붙이는 것들은 모두 자기식대로 하는 것이어서 금세 한계에 부딪히게 마련이다. 좋은 스승을 만난 후에야 비로소 처음으로 실력이 향상된다고 할 수 있다. 그래서 골프의 요람기, 즉 사람들이 제멋대로 볼을 치는 시기에는 악마의 솜씨인지 어떤지 알 수 없지만 거울 속에서 적당한 충고를 해준다면 월등히 나아진다는 것이 틀림없는 사실이었다.

노발 공은 검은 그림자를 물러가게 하고 잠시 방 안을 왔다갔다 하면서 생각에 잠겼다.

구두공의 수수께끼는 풀렸다.

그러나 그것으로 뭐가 달라지나?

요크 공에게 패배한 굴욕은 언젠가 반드시 돌려주지 않으면 안 된다. 요크 공을 이기는 건 일도 아니지만 만일 그에게 항상 그 미천한 놈이 붙어 있다면…….

또다시 에든버러에서 맛본 패배감이 노발 공의 뇌리에 떠올랐다.

"이대로는 절대로 끝내지 않겠어."

무릇 구두공과 같은 천한 놈이 그런 신과 같은 능력을 갖고 있는 것이 이상한 것이다. 우둔한 구두공임에도 불구하고 그런 뛰어난 실력을 갖게 되었으니 만일 그 거울이 자신의 손에 돌아온다면 얼마나 뛰어난 능력을 발휘할 수 있을 것인가.

— 거울을 뺏는 수밖에 없겠군. —

그렇게 결심한 이상 어물거리고 있을 수 없었다.

구두공이 무슨 수로 그것을 손에 넣었는지는 모르지만 그 거울이 있다는 사실을 누구에게도 밝히지 않고 혼자만 가지고 있었을 것임에 분명하다. 그래도 어차피 구두공의 비밀 따위는 금세 밝혀지게 마련이다. 신분 높은 이가 그것을 마음에 들어만 한다면 간단히 찾아낼 것이다.

그렇게 되면…… 요크 공도 이내 눈치를 챌지도 모른다. 끝물의 동과 공도 비밀의 냄새를 맡고 거울을 훔치려고 할지도 모른다. 만일 거울이 구두공의 손을 떠나 누군가 귀족의 손에 들어간다면 그때는 그리 쉽게 훔쳐 올 수 없게 된다. 좋은 일일수록 서두르라는 말이 이 경우에 딱 맞는 말이라고 할 수는 없지만, 권모술수에 능한 이라면 누구나 알고 있는 것처럼 악 역시 선 이상으로 서두르지 않으면 안 되는 경우가 많은 것이다.

노발 공은 팔을 뻗어 신경질적으로 종을 울렸다.

"부르셨습니까."

암흑의 시종이 여전히 민첩하고 조용하게 나타났다.

"다시 한 번 에든버러에 가거라."

"알겠습니다."

노발 공은 손짓을 해서 남자의 귀에 한두 마디 속삭였다.

"분부대로 하겠습니다."

"무슨 말인지 알겠지?"

주인의 얇은 입술은 미소를 띤 듯 비틀어져 있었다. 검은 남자는 다시 그림자처럼 사라졌다.

그리고 며칠이 지난 어느 날 아침, 에든버러의 구두 가게에서 세계 최초의 천재 골퍼 존 파터슨이 작업실 한 구석에서 차가운 시체로 발견되었다.

"약해 보여도 튼튼한 사람이었는데 말야."

"독버섯이라도 먹은 거 아냐?"

"모처럼 골프에서 이겨 전하께 상당한 포상도 받았는데."

"인생이라는 게 그런 거라고."

사람들은 이 스포츠맨의 죽음을 조금은 기이하게 여기긴 했지만, 그 시대에 이런 돌연한 죽음이 그렇게 드문 것은 아니었다. 어차피 인간은 언젠가는 죽게 되어 있고 그것이 신들의 변덕 때문인 이상 갑작스럽게 죽었다거나 그렇지 않다거나 하는 것은 중요한 문제가 되지 않았다.

단지 만일 조금만 더 주의해서 존의 시체를 조사했더라면 귓구멍에서부터 정수리 부근까지 날카로운 꼬챙이가 관통한 상처가 있

다는 것을, 그리고 그것이 잉글랜드에서 가끔 사용되는 암살법이라는 것을 알아내는 것이 그렇게 어렵지는 않았을 것이다. 하지만 국가의 주요 인물이라면 모르지만 존은 여기에서는 다만 '미천한 구두공' 일 뿐이었다.

그리고 한 가지 더, 에든버러 사람들이 알지 못하는 일이 있었다.

전날 밤 구두 가게에서 검은 그림자가 소리 없이 뭔가 판때기 같은 물건을 안고 도망쳤다는 것을…….

판때기 같은 물건은 며칠 안 되어 잉글랜드의 노발 공에게 도착했다.

"수고했어."

성의 주인은 이때도 붉은 입술을 조금 비틀면서 슬쩍 웃음을 띠고 그의 노고를 치하했다.

물건을 풀어 보니 아무런 장식도 없는 한 장의 거울이 나왔다.

"이제 됐어. 가 봐."

시종이 사라지기를 기다렸다가 노발 공은 거울을 들여다보았다. 거기에는 그 자신의 모습이 그대로 비쳐져 있을 뿐이었다.

"어이!"

거울 속을 향해서 말을 걸어 보았지만 아무런 변화도 없다.

노발 공은 맥이 빠진 듯 거울을 벽에 세워 두고 안뜰로 통하는 커다란 프랑스 식 창을 열고 방 안에서 바깥을 향해 공을 치기 시작했다.

땅! 땅!

기분 좋은 소리를 남기며 딱딱한 나무로 만들어진 공이 저녁해가 지는 하늘로 날아갔다.

이쯤에서 다시 골프의 역사를 부연하자면 골프공의 변천에는 세 단계가 있다. 가장 처음이 나무공 시대. 이것은 딱딱한 재질의 나무를 톱으로 갈아서 만든다. 그리고 가죽공의 시대. 소가죽으로 둥근 형태의 주머니를 만들고 그 안에 새의 깃털을 채운다. 공을 치는 순간 바늘로 꿰맨 자리가 터지는 경우도 있는데 그럴 때는 마치 함선의 진수식(進水式) 때 축하 공을 터트린 듯이 하늘 가득 하얀 깃털 꽃이 핀다고들 한다. 그리고 마지막이 현재 쓰이는 구타페르카(Gutta Percha)* 공이다. 17세기에는 나무공에서 가죽공으로 변화하는 과도기였지만 가죽공은 고가였고, 아무리 노발 공이라고 해도 연습용으로는 낡은 나무공을 쓰고 있었다.

나무를 치는 소리가 한 다스를 넘었을 때였을까, 벽에 세워 놓은 거울 속에서 하늘하늘하고 하얀 그림자가 피어 올랐다. 그리고 그 하얀 것이 거울의 표면을 빈틈없이 채워 나가자 그 깊은 안쪽에서 흐릿흐릿한 잿빛 물체가 떠올랐다.

"무턱대고 공을 쳐서는 안 돼!"

거울은 늠름한 소리로 외쳤다.

노발 공은 움찔해서는 하얀 안개 속을 응시했다.

"하나, 하나, 정성을 담아 쳐야 해."

---

* 열대 지방에서 자라는 쿠타페르카 나무의 수액을 말린 고무질. 전기 절연 재료, 방수 재료, 골프공 재료 따위로 쓴다.

"누구냐?"

고압적으로 가슴을 꼿꼿이 하고 물었다.

갑자기 거울 안에서 목소리가 들려왔다면 노발 공도 상당히 놀랐겠지만 이미 거울에 대해서 어느 정도 예비지식을 갖고 있었다. 잿빛 그림자가 아무런 위해도 끼치지 않을 것이라는 사실을 알고 있었다.

거울은 주인의 질문에는 대답하려 하지 않고 노발 공이 나무공을 치기 시작하자 다시 소리를 높였다.

"왼손이 약해. 왼손을 단련시켜. 왼손만으로 채를 오십 회 휘두르도록! 자, 빨리!"

거울이 명령하는 대로 노발 공은 왼손만으로 골프채를 휘둘러 보았다.

그 뒤에 다시 한 번 나무공을 쳐 보니 그때까지는 오른쪽으로 흐르던 공이 곧장 하늘 위로 날았다.

그다지 대단한 조언은 아니었다. 왼손을 단련시켜서 한쪽으로 치우쳤던 궤도를 수정한 것뿐이었다. 하지만 당시에는 이 정도의 코치도 보기 드문 것이었다.

노발 공은 혼자서 빙그레 웃었다.

—이것이었군. 이건 아주 대단한 녀석이야. 구두공이 기술을 익힌 것도 무리는 아니야.—

마음속으로 재빨리 요크 공에게 굴욕을 씻을 날의 광경을 떠올렸다. 그뿐이 아니었다. 언젠가 자신이 골프에 있어서는 어느 누구에게도 뒤지지 않는 달인으로 사람들의 찬사를 받게 될 것을 확신하게 되었다.

"등을 좀더 펴!"

"오른쪽 어깨를 남기지 마!"

"팔꿈치를 굽혀!"

거울은 그 앞에 선 사람이 채를 휘두르는 한 가차 없이 결점을 지적하며 소리치기를 멈추지 않았다.

노발 공은 손등으로 흐르는 땀을 닦으면서 이를 악물고 표정을 굳히면서 하나하나 거울의 충고를 따랐다.

하지만 노발 공과 거울의 밀회는 이내 종지부를 찍었다.

노발 공의 나이 그때 벌써 마흔을 넘었다. 근육이 이미 굳어 버렸다. 노발 공의 뇌가 아무리 화를 내면서 자극을 줘도 몸은 의지대로 움직이지 않는다.

그럼에도 불구하고 거울은 봐 주지 않고 연이어 주문을 해댔다. 욕이 쏟아졌다. 몸이 더 이상 말을 안 들을 때면 한 마디 한 마디가 쿡쿡 가슴을 찔렀다.

어릴 때부터 자부심 가득한 귀족으로 자란 노발 공은 지금까지 이렇게 심한 대우를 받은 적이 없었다. 훈련을 위해서라고 해도 이렇게까지 굴욕을 맛본 기억은 없었다. 거울은 마치 소나 말을 훈련시키는 것처럼 온갖 악담을 쏟아냈다.

"그것 보라고 헛쳤잖아."

"땅을 쳐서는 안 돼!"

"멍청이. 치기 전에 공을 칠 곳을 보지 말라고!"

"몸이 흐트러졌어. 허리를 돌려!"

"왼쪽 팔꿈치는 턱 밑으로. 몇 번째야 도대체!"

이런 식으로 끊임없이 질책을 받을 때는 노여움이 폭발하지 않는 것이 이상할 정도였다.

급기야 노발 공의 얼굴이 붉으락푸르락 부풀어 올라 확하고 눈을 치켜뜨는가 했더니,

"무례한 놈! 내 앞에서 꺼져!"

하는 고함과 함께 골프채로 거울을 내리쳤다.

쨍그랑.

거울은 커다란 소리를 내면서 일곱 조각으로 깨졌다. 그런데 이게 웬일인가? 이 일곱 개의 파편이 각각 소리 지르기 시작했다.

"그립이 나빠!"

"스탠스가 나빠!"

"백스윙이 나빠!"

"임팩트가 나빠!"

"폴로스루가 나빠!"

"이매지네이션이 나빠!"

"머리가 나빠!"

노발 공의 얼굴은 한층 더 붉어졌고, 머리카락은 마치 그의 별명처럼 머리끝에서 뾰족뾰족 섰다.

"닥쳐! 닥치라구! 썩을 놈!"

일곱 등분으로 쪼개진 거울을 밟아 더욱 더 작은 파편들로 쪼개 버렸지만 그 결과는 한층 더 원치 않는 사태를 불러왔다. 수십, 수백 조각으로 쪼개진 파편들이 입을 열어 소리 지르기 시작했다.

"너무 빨리 치잖아!"

"1, 2, 3, 4 리듬을 잊어버린 건가!"

"보라고, 엉거주춤한 허리를!"

"새우튀김인가!"

"스웨이, 스웨이, 스웨이. 몸이 돌아가지 않잖아!"

"안 돼, 또 도중에서 치잖아!"

"엉덩이가 너무 나왔어. 오린가!"

"허리를 너무 일찍 빼잖아!"

"공의 위치가 나빠. 아직 첫걸음도 못 떼고 있잖아!"

"그립, 그립, 그립. 오른손을 덮어!"

"발을 빨리! 육십 도로 벌려!"

"무릎을 편하게!"

"힘을 너무 줬잖아. 몇 년을 하는데 그래!"

그 시끄러움, 소란함, 혁명을 부르짖는 폭도라도 이 정도는 아닐 것이다.

견딜 수 없게 된 노발 공은 거칠게 종을 흔들어 시종을 불러서는 커다란 막자사발을 가져오게 했다.

세상없어도 조각난 무수한 파편들을 용서할 수는 없었다. 아니,

그보다도 이때 노발 공의 분노가 너무나 치솟아 광적인 상태에까지 이르렀기 때문인지도 모른다.

소리치는 거울의 파편들을 하나하나 막자사발에 넣고는 잘게 빻았다.

거울은 가루가 되어서도 소리 지르는 것을—그 친절하고도 가차 없는 조언 쏟아내기를 멈추지 않았다.

노발 공은 창문을 열고 고운 거울 가루를 마구 뿌려 버렸다.

무수한 분말이 불어오는 강한 바람에 실려 각각 소리를 지르면서 하늘로 올라 그대로 석양빛으로 물든 허공 속으로 사라져 버렸다.

노발 공의 광기가 그 뒤에 어떻게 되었는지, 빈약한 골프 역사는 우리들에게 아무것도 알려주지 않는다. 우리들이 그나마 알 수 있는 것은 이렇게 무수히 깨져 흩어진 불가해한 거울의 운명뿐이다.

고운 가루로 변한 거울은 그 뒤에도 바람에 실려 날아가기를 계속했다. 마치 민들레 홀씨처럼. 잉글랜드는 물론이고, 유럽에도, 미국에도. 이윽고 서쪽에서부터 동쪽으로 흘러흘러 문화의 바람을 타고 아시아에도, 일본에도.

그리고 골퍼를 보면 지금도 같은 소리를 계속해서 하고 있을 것이다.

"턱을 끌어당겨!"

"왼손을 써!"

"너무 빨리 치잖아!"

뒤틀린 밤

'이제 드디어 결혼!' 이라는 결정을 했을 때 남자가 무슨 생각을 할지, 그의 본심을 여자들은 알고 있을까?

물론 기쁘다. 자기도 모르게 입이 헤 하고 벌어질 정도의 환희가 느껴진다.

하지만 그것과는 별도로 남자는,

"아차."

하고 무릎을 친다.

결코 그 결혼을 바라지 않아서가 아니다. 오히려 상대에게 매달려 설득하고 설득한 끝에 겨우 아내가 되어주겠다는 허락을 받았다는 이야기도 세상에는 널리고 널렸다.

그런 경우라고 해도 남자는 역시 '아차' 라고 생각한다.

그런 심경을 어떻게 설명해야 할까.

삶을 즐기면서도 활동적으로 살아가자고 결심하는, 남자라는 동물들은 어린 시절부터 자신의 인생에 대한 여러 가지 꿈을 꾼다. 그 수많은 꿈들이 지금 하려는 결혼이라는 현실에 의해 하나로 고정되어 버리고 만다. 아라비안나이트에 나오는 청년처럼 갖가지 신기한 모험 끝에 이국의 아름다운 공주와 맺어질 수 있는 기회가 그에게는 더 이상 존재하지 않는다. 그의 눈앞에는 가족을 책임 지고 일을 해야 하는 단조로운 인생이, 가늘고 길게 살아가야 하는 길이 끊임없이 펼쳐져 있을 뿐이다. 결혼과 함께 버린 수많은 가능성들에 대해 ──가능성이라고 표현하는 것 자체만으로도 참을 수 없이 부풀어 오르는 끝 모를 공상에 대해, 상당히 애매하지만 커다란 애착을 안고 있는 것은 아닐까.

'아차' 라고 생각했다는 것만으로 그가 그 결혼을 취소하고 싶어하는 것으로 오해해서는 안 된다. 자신의 인생은── 결혼은 '어차피 그런 것이다' 라고 대체로 짐작은 하고 있다. 그러니까 결단 그 자체에는 결코 불만이 섞여 있지 않다. 하지만 이제는 무슨 꿈을 꾸어도 그 꿈 자체의 색깔도 변색되어 버릴 것이라는 것, 그 사실을 확실히 깨닫게 된다는 것이 괴로운 것이다. 눈에 보이지 않는 꽃의 향기를 맡는 것처럼 그런 애달픈 심경이라는 것이다.

야마이 도시로, 서른 살. 그 역시 마음 한구석에 그런 생각을 하며 침실의 새하얀 천장을 노려보고 있었다. 잠들기 직전의 짧은 한 순간이었다.

무라키 후사코와의 결혼은 벌써 사흘 앞으로 다가왔다. 이 아파

트도 두 사람의 새로운 생활을 위해서 장만한 것이다. 주부의 도착을 기다리는 실내는 마치 백화점의 가전제품 매장처럼 새 상품들로 가득했지만, 어딘지 일상의 냄새가 결여된 부조화스러운 부분도 없지 않았다.

후사코는 누가 보아도 고개를 끄덕일 만한 참한 신부였다. 무엇보다 집안이 유복했다. 혜택 받은 중산층의 딸로 원만하게 자라 성격 명랑하고 신체 건강하며 적당하게 똑똑하다. 샐러리맨의 부인이 되기에는 과분할 정도였다.

얼굴 생김새에 대해서라면 도시로에게도 물론 좋아하는 타입이 있다. 예를 들어 여배우 누구누구가 후사코보다 훨씬 낫다고는 생각하지만 샐러리맨은 여배우 누구누구를 아내로 맞을 수 있는 처지가 아니다. 설령 그게 가능하다 하더라도 얼굴 생김새에 대한 기호라는 것은 인생에서 그렇게 오래 즐길 수 있는 것이 아니다. 후사코 정도라면 만족할 만하다.

이런 한두 가지 것들을 따져 본다면 후사코는 아무런 부족함도 없었다. 하지만 그럼에도 불구하고 최근 이삼 일, 도시로는 뭔가 석연치 않은 기분에 사로잡혀 있었다.

침대에서 눈을 감고 있으면 눈꺼풀 안쪽에 뚜렷한 윤곽도 없는 어린 시절의 기억들이 비쳤다. 지금도 그립기만 한 시골 해변 마을의 풍경이었다.

작은 어선의 투박한 엔진 소리까지 귓가에 울려왔다. 적당한 여유가 흐르는 한적한 해변 마을이었다. 뒤뜰 계단을 타고 올라가면 바다가 이미 거기까지 와 있었다. 밀물이 적당히 빠져나가면 바위 그늘에 웅크리고 앉아 직접 만든 엉성한 장대를 파도의 물결 위로 내리꽂는다. 볼락, 감성돔, 전갱이, 복어 등 여러 가지가 잘도 잡혔다. 그 재미에 빠지면 좀처럼 벗어나기 힘들다. 복어는 자신의 부주의를 탓하려는 듯 한껏 배를 부풀리고 한탄이라도 하는 듯한다. 쭉쭉 실을 당겨 큰 것들을 먼저 잡아채기 때문에 그 틈에 작은 새우 한 마리가 반투명한 허리를 튕기면서 물결 속으로 숨어 들었다. 그리고 이름도 알 수 없는 잡어들. 반짝거리는 그 비늘들이 눈 속에서 요동을 쳤다.

바다의 즐거움은 단지 물고기를 잡는다거나 물가에서 노는 것에만 있지는 않았다. 끝 모르고 펼쳐지는 광대한 풍경. 시시각각 표정을 바꾸는 물의 푸른 빛, 구름의 빛깔. 불타오르던 태양이 치직, 소리라도 내듯 황금색 바다 속으로 떨어지면 황혼은 먼 바다에서부터 찾아들어 어느새 하늘과 바다가 하나가 되어 어둠이 찾아든다. 어둠 속을 우러러보면 무수한 은빛 구멍들이 흩어져 있고 별빛 물방울들이 그대로 철썩이는 파도 속으로 떨어져 야광충의 시린 청색빛을 뿌린다. 멀리서 들려오는 파도 소리. 바다만큼 대자연의 아름다움을 갖가지 감동으로 전해주는 것은 없을 것이다.

머리에 수건을 동여맨 털보 아저씨가,

"어영차, 어영차!"

우스꽝스러운 목소리를 내며 대패질을 하자 까슬까슬한 목재가 둘둘 회오리처럼 말린 허물을 뱉어내고 서서히 새하얀 사각의 목재

로 바뀌어 갔다.

"어이, 꼬마. 재밌나?"

"응."

"좋았어. 그럼, 톱질 한번 해 볼래?"

털보 아저씨의 권유에 얼른 톱을 끌어당겨 보았다.

"여어, 잘 하는데!"

"……."

"목공일이 재미있니?"

"응."

"학교 졸업하면 오렴. 조수로 써서 제대로 가르쳐 줄 테니까."

"……."

도시로는 말없이 고개를 저었다. 그의 가족은 아버지의 일 때문에 어쩔 수 없이 도쿄를 떠나왔다. 그리고 우연히 머물게 된 곳이 이 한적한 시골 마을일 뿐이었다. 아무리 목공일이 좋아도 이런 시골에 남아 털보 아저씨의 제자가 될 수는 없었다.

그의 예상대로 그의 가족은 다음 해 마을을 떴다. 그 이후 단 한 번도 그곳을 찾은 적이 없었다. 그 마을 사람들은 지금도 여전히 한적하던 그때처럼 유유자적하면서 살아가고 있을까. 털보 아저씨는 어떻게 되었을까. 바다색도, 구름 색도, 모두 옛날 같은 쾌청한 색을 띠고 있을까.

도쿄로 돌아온 도시로는 치열한 수험전쟁을 뚫고 고등학교, 대학교를 모두 졸업할 수 있었고, 어느 정도는 이름이 알려진 지금의 회사에 다니게 되었다. 그의 인생은 부모님과 세상의 상식이 설계해 놓은 것에 맞게 순서대로 진행되고 있었다.

털보 아저씨의 제자가 되어 그 마을에 살았다면 어떻게 되었을까. 대자연과 벗하면서 살고 싶은 대로 하루하루를 살아가던 그날들이 뜬금없이 그리워졌다.

결혼을 하겠다고 결심하기 전까지는 어쩌면 그런 인생을 사는 것이 가능했을지도 모른다. 하지만 이제 더 이상 그 길은 선택할 수 없는 막힌 길이 되어 버린 것이다. 어딜 봐도 샐러리맨 부인다운 여자를 아내로 맞아 남들이 다 그렇듯 꽉 짜여진 틀 같은 방 두 개짜리 아파트를 얻어 매일, 매주, 매 계절을 사람으로 터질 듯한 만원 전철에 시달리며 회사를 다녀야 하는 것이다. 주임이 되고, 계장이 되고, 과장이 되고……. 아아, 그 뒤로 언제까지 그게 이어지는 것일까. 임원까지 되기는 힘들겠지. 하지만 뭘 어떻게 한다 해도 오십보백보일 것이다.

따르르릉.

갑자기 전화벨이 울렸다.

아파트에 있는 전화는 외국 영화에서 본 것처럼 침대 옆에 놓여 있었다.

—이 시간에 누구지?—

도시로는 몽롱한 정신으로 수화기를 들었다.

"여보세요."

"여보세요, 나야."

익숙하지 않은 여자의 목소리였다.

"누구시죠?"

"지금 갈 테니까 기다려."

"여보세요? 여보세요……."

도시로는 몇 번이나 상대방을 불러 보았지만 수화기에서는 뚜뚜 하는 소리만 울려올 뿐이었다.

—후사코인가?—

한밤중에 이 아파트를 찾아올 여자라면 후사코 말고 또 누가 있겠는가. 하지만 전화 목소리는 후사코가 아니었다. 게다가 그녀는 아무리 결혼을 약속한 사이라고 해도 이런 시간에 찾아올 리가 없었다.

"아아, 바보같이."

도시로는 이내 그것이 잘못 걸려 온 전화라는 사실을 깨달았다.

누군지는 알 수 없지만 상당히 덜렁대는 여자인 것 같다. 그 여자는 한밤중에 남자의 아파트를 찾는 버릇이 있는 것이 분명하다.

남자는 여자의 애인인데, 오늘 밤 분명 즐거운 일이 있을 것임에 틀림없다. 모처럼 찾아갔는데 공교롭게도 남자가 집을 비웠다면 여자는 어떻게 할까? 밤새도록 툴툴거리며 문 밖에서 남자를 기다릴까? 만일 그렇다면 안 된 일이긴 하지만 그쪽에서 전화를 잘못 건 것이므로 어쩔 수 없다. 아니, 어쩌면 남자를 기다리는 동안 여자도 아까 건 전화의 대답이 뭔가 이상했다는 데 생각이 미칠 것이다. 그리고 전화를 잘못 걸었다는 사실을 깨닫게 될 것이다. 그녀가 무슨 생각을 하든, 얼마 동안 밖에서 남자를 기다리든 도시로와는 관계 없는 일이었다.

도시로는 모포를 코밑까지 끌어당겼다.

규칙적으로 들이 내쉬는 따뜻한 숨이 잠속으로 빠져드는 그의 귓가에 평온한 울림을 전해왔다.

그리고 어느 정도 잠을 잔 것일까.

도시로는 침대 속에서 인기척을 느끼고 잠에서 깼다.

먼저 촉각이 온기를 감지했고 이어서 후각이 피부 냄새를 맡았다. 어슴프레한 빛 속에 시각이 여자의 미소를 잡아챘고 다음은 청각 차례였다.

"눈을 떴네."

후사코가 아니었다.

도시로는 몸을 반쯤 일으키고 의심의 눈초리로 그녀를 바라보았다.

"저…… 누구신지."

"누구면 어때. 만나고 싶어서 왔을 뿐이야."

여자는 한쪽 팔로 가슴을 안듯이 유방을 숨기고 있었다. 허벅지에서 느껴지는 감촉으로 모포 안의 몸도 나체라는 걸 알 수 있었다.

도시로는 팔을 뻗어 불을 밝히려고 했지만 여자가 그 손목을 잡아서 막았다.

"창피해."

"도대체 누구시죠?"

도시로는 같은 말을 반복했다.

"누구면 어때."

여자도 희미하게 미소를 지으며 다시 한 번 같은 말을 반복하고는 도시로의 입술을 찾아 몸을 겹쳐왔다.

풀어 헤쳐진 잠옷 사이로 드러난 도시로의 가슴에 여자의 맨살이 그대로 닿았다. 불룩하게 솟은 젖무덤의 부드러운 감촉이 느껴지고, 여자의 체취가 물씬 풍겼지만 이내 꼬리를 감추었다.

어렴풋한 어둠에 눈이 익숙해지자 점차 여자의 얼굴 생김생김이 뚜렷해졌다. 눈이 컸고, 그 시선이 깊었다. 코가 조금 위를 향한 것이 앙증맞아 보였다. 하지만 아무리 생각해 보아도 본 적이 없는 얼굴이었다.

"방을 잘못 찾은 것은 아닙니까?"

그는 어느 정도 퉁명한 목소리로 말했다.

"아니, 좀 전에 전화했잖아. 당신은 야마이 도시로. 당신은 잊어버렸는지 모르지만 나는 기억하고 있어."

"언제 만났지?"

"언젠가."

"누구한테 어떤 말을 듣고 온 거지?"

"누구한테도 어떤 말도 듣지 않았어. 내 스스로 온 거야."

"난처한걸."

"난처할 일 없어."

여자는 말을 이어가면서도 몸을 도시로에게 엉겨 왔다.

도시로는 당황스러웠다.

당황스러워 하면서도 이것이 윤락녀의 새로운 수법일지도 모른다는 상상을 했다. 하지만 여자는 상상과는 정반대로 천진난만해 보였고 도저히 몸을 파는 그런 여자들처럼 보이지 않았다.

어쩌면 이전에 이 방에 살았던 여자인지도 모른다. 열쇠를 가지고 있는 것은 그 때문일 것이다.

도시로는 다시 한 번 뚫어지게 여자의 얼굴을 응시했다.

기억에 없다는 사실은 변함이 없었지만 혹시 만났더라면 사귀고 싶었을지도 모를 생김새였다.

"생각이 나지 않아."

"그러는 사이에 곧 생각이 날 거야. 잊을 수 없게 될 거야."

상대는 주눅 드는 구석이 전혀 없었다.

그렇다면 그런 대로 좋지 않은가.

일순간 후사코의 얼굴이 뇌리를 스쳤지만 도시로는 이제 어찌되건 상관없다는 기분이 들어 여자 쪽으로 몸을 돌려 유방에 손가락을 댔다. 애무하는 손은 조금씩 여자의 복부 쪽으로 움직여 탄력 있는 음모를 거쳐 섬세한 함정 속에 빠져버리고 말았다. 휘었다 겹쳐졌다 하던 끝에 어느 틈엔가 어두운 잠이 그를 사로잡았다.

시계의 움직임만이 적막을 더 깊게 만들었다.

여명의 옅은 빛이 비쳐 들어올 무렵 도시로는 눈을 떴다. 하지만 여자의 모습은 보이지 않았다.

그는 두 번, 세 번 자신의 볼을 꼬집어 보았다.

—꿈이었나?—

침대에서 나와 아파트의 구석구석까지 살펴보았지만 밤에 여자가 이 아파트에 왔었다는 사실을 증명해 줄 만한 흔적은 전혀 없었다.

꿈이라면 정말 현실감 넘치는 꿈이었다. 정말 그랬다.

하지만 꿈이 아니라면 도대체 어디 사는 누가 무슨 목적으로 남자의 방을 찾아온다는 말인가. 그 이유를 알 수 없었다.

기묘한 체험에 대해 이런저런 생각을 하는 사이, 어느새 일어날 시간이 되어 도시로는 나갈 준비를 시작했다. 이를 닦고, 수염을 깎고, 세수를 하고, 신문을 보면서 토스트와 인스턴트커피로 아침식사를 끝낸 후 아파트를 나섰다.

지난밤에 찾아온 여자의 정체가 무엇이었건 현실은 스케줄대로, 짜맞춰진 시간대로 지나갔고 도시로는 그 흐름에 몸을 맡길 수밖에 없었다.

출근 전철은 언제나처럼 붐볐다.

일을 하면서도 그는 중간중간 손을 멈추고 어젯밤에 있었던 일을 떠올려 보았지만 모든 것이 희미한 인상으로 남아, 자신의 몸으로 겪은 일임에도 스스로 만족할 만한 해답은 이끌어낼 수가 없었다.

퇴근 후에는 후사코와 만나 피로연의 세부 사항에 대한 이야기를 나눴다. 후사코의 모습도 특별히 다른 때와 다를 바가 없었다.

"다음에 만나는 날은 결혼식 당일인가?"

"응, 그렇네. 푹 쉬어."

"응, 잘 들어가."

10시가 좀 넘어 아파트로 돌아왔고 침대에 들어간 것은 한밤중이 되어서였다.

또 전화벨이 울렸다.

"여보세요."

"여보세요, 나야. 어제는 즐거웠어."

당연한 일이긴 했지만 역시 꿈은 아니었다.

"여보세요. 진지하게 묻는 건데 당신은 도대체 누구지?"

"누구면 어때. 지금 갈게. 좀 기다려."

"여보세요! 여보세요! 잠깐만!"

수화기에 대고 소리쳐 보지만 전화는 끊겨 있었다.

도시로는 방 안의 불빛을 줄이고 침대에 누운 채로 여자가 오기를 기다렸다.

—그런데 도대체 누구지?—

어딘가에서 만난 것 같은 느낌이 들지 않는 것도 아니었다. 하지만 그렇다 해도 깊은 접촉이 있었던 여자는 아니었다.

고등학교 때 산책을 하러 나가면 언제나 보리밭 사이의 언덕에서 개와 함께 놀고 있던 여자아이인가. 자기 타입이라고 생각을 했던 기억은 있지만…….

그렇지 않으면 홋카이도에 갔을 때 만났던 스튜어디스, 그들 중

에 그녀와 같은 생김새의 여자가 있었던 것 같기도 하지만, 그런 사람이 갑자기 내 아파트에 나타날 리도 없고…….

아니, 백화점에서 잠깐 아르바이트했을 때 여기저기 매장에서,

"어느 학교 학생이야? 몇 학년?"

하고 묻던 여자 점원들 가운데 그런 얼굴이 있었던 것은 아닐까.

하지만 혹시 그렇다 해도 그 사람이 어째서 이런 한밤중에 이곳을 찾아 온단 말인가.

도시로는 끝도 없이 이어지는 생각들로 머리를 가득 채우면서 그녀를 기다렸다.

여자는 나타나지 않는다.

한 시, 두 시, 세 시…… 급기야 자신이 바보 같다는 생각이 들기 시작한 도시로는 불을 끄고 잠을 청했다.

그러자 그가 잠에 빠지기를 기다렸다는 듯이 여자가 얇은 옷을 걸친 채 옆에 누워 있었다.

"정말로 누구야?"

"이제 그런 말 묻는 거 그만둬. 당신 애인이야."

"그런 바보 같은 소리가 어디 있어."

"내가 싫은 거야?"

"좋을 것도 싫을 것도 없어. 어디 사는 누군지도 모르니까 말이야. 이름은 뭐라고 하지?"

"도모코(朋子)야, 달님을 두 개 그려서."

그 이름도 기억에 없었다.

"성은?"

"야마이……."

라고 여자는 웃으면서 도시로의 성을 말했다.

"설마. 되는 대로 말하지 말고."

"정말이야."

여자는 뜨거운 몸을 도시로에게 밀어붙였다.

그리고 또다시 전날 밤과 같은 일이 벌어지고 말았다. 여자와 함께 누워 있으면 어쩐 일인지 저항할 수 없게 되어 버리고 만다.

그런 밤이 3일이나 이어졌다. 여자는 잠들면 나타난다. 아침, 눈을 뜨면 여자는 이미 사라진 상태였다. 그 정도의 상황을 보면 확실히 꿈과 닮았다. 하지만 체험한 사실 그 자체는 도저히 꿈이라고 생각할 수 없었다. 몸의 피로도 장난이 아니었다.

3일째되는 날 밤 도시로는 여자에게 선언했다.

"이제 더 이상은 오지 마. 나는 오늘……."

"결혼하지?"

"알고 있었어?"

"응."

"그런데 어째서?"

"그건 결코 좋은 게 아냐."

"방해하러 온 거야?"

"당신을 위해서라고 생각했어."

"당신이 걱정해 주지 않아도 돼."

"하지만 정말로 그것과는 다른 인생이 있을지도 모르잖아."

"어쨌든 오늘은 그만 돌아가 줘."

"말하지 않아도 돌아갈 거야."

"그리고 더 이상 오지 말아."

"그건 장담할 수 없지만."

여자는 고집쟁이 아이처럼 고개를 크게 흔들어댔지만 도시로는 등을 돌린 채 눈을 감았다.

도대체 앞으로 어떻게 될 것인지……. 도시로는 불안했다. 하지만 이런 이야기를 남에게 할 수도 없는 노릇이었다. 게다가 후사코에게 털어놓는다는 것은…….

결혼식 날 아침이 밝아 도시로는 예정대로 후사코와 화촉을 밝히고 식을 올렸다. 그리고 신혼여행을 떠났다. 첫 숙소는 시마반도의 P호텔이었다.

그런데—그야말로 그런데였다—사건은 다음 날 일어났다.

전날 있었던 일을 기억해 내라고 한다면, 막 식을 올린 병아리 부부는 근처의 명승지를 돌아보다가 6시 넘어 호텔로 돌아왔다. 바다가 바라다보이는 식당에서 저녁을 먹고 방으로 돌아와 각자 욕탕에 몸을 담갔다가 서툰 동작으로 몸을 섞었다. 그리고 잠들었다. 추억으로 남아야 하는 밤은 생각보다 평범하게 지나갔다.

눈을 떴을 때는 새로운 생활의, 조금은 얼굴이 붉혀지는 아침이 기다리고 있어야 했다.

도시로는 눈을 뜨고 옆에 누워 자고 있는 후사코에게 말을 건넸다.

"잘 잤어?"

하지만 움직임이 없다.

그는 그 상태로 잠시 기다렸다. 하지만 이내 전율이 온몸으로 퍼졌다. 신부의 잠은 너무도 깊은 정적 속에 빠져 있었다.

"잘 잤어?"

도시로는 다시 말을 걸면서 모포에 파묻힌 머리카락 밑으로 손을 뻗었다.

피부는 차가웠다. 그리고 딱딱했다.

"후사코……."

그는 이불을 걷어냈다.

살짝 뜬 눈이 어렴풋이 핏빛으로 젖은 채 허공을 바라보고 있었다.

"후사코! 후사코!"

어깨를 잡고 힘껏 흔들어 보았지만 네글리제 안의 피부는 차갑게 식어 점토처럼 딱딱하고 무거웠다. 목에는 그의 넥타이가 두 겹으로 감겨 있었다.

그 뒤에 일어난 일들은 순서대로 차근차근 정리하기가 힘들다.

잠시 멍하니 우두커니 서 있기만 했던 것 같다. 하지만 그것도 그렇게 오랜 시간이었던 것 같지 않다.

우선은 프론트에 전화를 해 경찰에 연락하도록 했다.

호텔의 서브 매니저가 프론트 직원과 함께 방으로 들이닥쳤다.

그때까지 문이 안에서 잠겨 있었고 그 사실이 나중에 중대한 포인트가 되었지만 당황해서 우왕좌왕하고 있던 도시로는 거기까지 신경을 쓸 정신이 없었다.

욕실, 옷장 안을 살펴보는 사이에 경찰차 사이렌 소리가 들려왔고 형사 두 사람이 호텔 방을 방문했다. 그리고는 또다시 소란스러운 사람들이 부산하게 움직일 뿐이었다.

객실 조사가 일단락 지어질 때까지 도시로는 신혼의 아내가 살해를 당한 불쌍한 남편으로 취급되었지만, 시간이 지남에 따라 입장이 미묘하게 변해 갔다.

전문가의 눈으로 봤을 때 범인이 외부에서 침입하기는 힘들었다.

도시로를 보는 형사의 눈빛이 변했다.

그는 몇 번이나 반복해서 형사의 집요한 질문을 받아야 했다.

시체가 밖으로 실려 나가고 도시로 자신도 형사와 함께 경찰서까지 가야 했다.

오후가 되어도 사태는 진전될 조짐이 전혀 보이지 않았다. 오히려 점점 더 도시로의 상황이 나빠지기만 했다. 형사의 말투로 볼 때 과학적 조사 결과는 도시로를 제외한 누구도 범행 시각에 그 방 안에 있을 수 없다는 사실을 증명해 주는 듯했다.

그는 그 여자를 생각해냈다.

형사에게 그 얘기를 해 보기도 했다.

그러나 도시로 자신도 어떤 사이인지 잘 모르는 여자──어디에 살고 있는지도 알지 못할 뿐 아니라 이름도 정확하지 않은 여자에 대해 형사가 그 정도로 관심을 표할 리가 없었다. 오히려 그 이야기가 형사들의 심증을 굳히게 할 뿐이라는 것을 알았다.

동기가 불분명하다는 점이 걸리기는 했지만, 도시로는 일단 구치소에 수감되었다.

야마이 도시로가 구치소의 축축한 모포 아래서 눈을 감은 것은 밤 3시가 지났을 무렵이었다.

오늘 하루 일을 되돌아보면 쉽사리 잠이 들 것 같지 않았다. 그러나 결국에는 밀려드는 피로가 그의 눈두덩을 무겁게 했다.

하지만 그의 잠은 이내 방해를 받았다.

누군가 어깨를 흔드는 듯한 기색을 느껴 고개를 들었다.

희미한 빛 속에 그 여자가 서 있었다.

"어떻게 이 곳에?"

"당신을 도우러 왔어."

"당신이지? 후사코를 죽인 것이."

"그런 얘길 하고 있을 때가 아니잖아."

도시로는 간수를 부르려고 했지만 그보다 먼저 여자가 그의 입술을 손가락으로 막고 눈빛으로 그의 행동을 막았다.

"당신이 지금 어떤 상황인지 잘 알잖아. 도망쳐야 해."

"어떻게 도망을 치지?"

"자, 빨리! 내 손을 잡아."

도시로는 침대에서 일어나 반신반의하는 마음으로 여자의 손을

잡았다.

두 사람 앞에는 잿빛 벽이 버티고 서 있었다.

"좋았어. 이대로 손으로 더듬으면서 앞으로 나가면 돼."

도시로는 여자가 이끄는 대로 마치 수영하듯 손을 저었다.

벽은 검고 농밀한 안개와 같은 것으로 되어 있었다. 두 사람의 팔이 그 안으로 스며들자 몸도 따라서 조금씩 묻혀 들었다. 안은 그저 새까만 암흑뿐이었다.

얼마나 손을 저어 나갔는지는 알 수 없었다. 이윽고 주위를 잔뜩 에워쌌던 안개의 벽이 무너지고 어둠도 어느 정도 잦아든 밤이 눈앞에 펼쳐졌다.

그러나 검은 색조가 조금 옅어졌을 뿐 여전히 어두컴컴한, 암담한 어둠이 이어졌다. 단 하나의 빛도 보이지 않았다. 이제는 되돌아갈 수도 없었다.

"자, 여기에 타."

손끝에 딱딱한 물건이 닿는 느낌이 들었다. 자동차인 것 같았다.

도시로가 시트에 엉덩이를 밀어 넣자 소리도 없이 움직이기 시작했다. 차는 어디까지나 이어질 것 같은 거뭇한 안개 속을 내내 달렸다. 도대체 어디를 향해 달리고 있는 것인지, 도시로에게는 방향조차도 짐작이 가질 않았다.

"어디로 가는 거지?"

"조용히. 길을 잘못 들면 큰일이거든."

가늠할 수 없는 기나긴 시간인 듯한 느낌이었지만 그것도 착각이었는지 모른다.

"옷을 갈아입어."

"으응."

"돈은 여기 있어. 가지고 있는 게 아마 좋을 거야."

"고마워."

암흑 속을 응시하는 사이 도시로는 또다시 두세 번 존 것 같았다.

그러다 눈을 뜨니 눈앞에 형사의 모습이 보였다. 그곳은 취조실인 듯했다.

"피해자와의 관계는?"

"아까 말한 대로입니다. 남편입니다. 아직 혼인신고는 되어 있지 않습니다만, 신혼여행에서 돌아가면 할 생각이었습니다."

"만난 것은 언제쯤이지?"

"반 년 정도 전입니다. 직장 상사의 소개였습니다."

"선을 보고 결혼하게 된 거군."

"그렇게 단정 지어 말하기는 힘들지만 뭐 그렇다고도 할 수 있습니다."

"피해자를 어떻게 생각하고 있었지?"

"저에게는 과분한 결혼 상대라고 생각하고 있었습니다."

"그것뿐인가?"

"나름대로 사랑하고 있습니다."

"나름대로 말이지. 사랑하고 있었는데 어째서 죽였지?"

"저는 죽이지 않았습니다."

"언제까지 숨길 수 있다고 생각하지? 경찰을 우습게 보지 말라고."

"하지만…… 저는 아무 짓도 하지 않았습니다."

"문은 안에서 잠겨 있었어. 체인까지 제대로 걸어놓고 말이지. 그렇지 않나? 호텔 종업원도 증언했어. 창문도 잠겨 있었고, 그 방은 11층이라고. 밖에서 어떻게든 들어갔다고 쳐도 어떻게 도망을 칠 수가 있지?"

"그건…… 당신들이 조사할 일이잖습니까."

"건방진 소리 집어치워. 성관계는 어땠지?"

"성관계?"

"결혼 전에 같이 잔 일은?"

"없습니다."

"요즘 들어 드물 경우군. 첫날밤은 어땠지? 했지?"

"예에……."

"여자 안에 정액은 없었어."

"그건…… 도중에……."

"당신 불능인 거 아냐? 그걸 부인이 바보 취급하니까 욱 해서……."

"멋대로 상상하지 마세요!"

소리를 지른 순간 잠에서 깼다.

차는 여전히 어두컴컴한 어둠 속을 달리고 있었다. 여자는 전방을 응시한 채 핸들을 단단히 잡고 있었다. 그녀에게는 이 암흑의 건너편이 보이는 것일까.

다음에 졸았을 때에는 하얀 작업복을 입고 안경을 쓴 남자와 마주 보고 있었다.

남자는 수십 장이 묶인 도판(圖版)을 도시로 앞에 펼치면서 "머릿속에 떠오르는 것을 이야기해 보세요."라고 말했다. 손으로는 스톱워치를 들고 있었다.

"자, 어떻습니까? 이 그림을 보시죠."

그림에는 소년이 바이올린을 무릎에 놓고 가만히 바라보고 있었다. 무미건조한, 심심한 그림이다. 도시로는 잠시 생각한 후 대답했다.

"이 소년은 아버지한테 바이올린을 선물 받았지만 칠 줄 모릅니다. 처음부터 다른 걸 사달라고 할 걸 싶은 생각을 하는 중입니다."

"이것은 어떻습니까? 좀더 자세하게 여러 가지 생각들이 있으면 얘기해 주지 않겠습니까?"

이번 그림에는 화면 중앙에 상자 같은 것이 있었고 그 안에 사람이 눈을 감고 있었다.

"어려운데요. 이 사람은 여자고, 목욕탕에 들어가 있는 사이에 가스가 새어 죽어 버린 것 같습니다."

"그러고 나서 어떻게 되었다고 생각합니까?"

"남편이 돌아와서 발견한 후에……."

"그 후에?"

"이런저런 혼란이 있었지만 사고라면 어쩔 수 없는 것이죠. 결국은 포기하고 그 뒤로 재혼해서 행복하게 살겠죠, 아마도."

연이어 계속 바보 같은 이야기를 지어내도록 하더니, 드디어 정신 감정 테스트가 끝난 것 같았다.

어두운 커튼 안쪽에서 의사가 누군가와 이야기하고 있는 것이 어렴풋이 들려왔다.

"분석해 봐야 정확히 알 수 있겠지만 제가 보기에 현재 상태는 정상인 것 같습니다."

당연하다. 도시로 자신도 단 한 번도 의심해 본 일이 없다.

하지만…… 그 여자는 뭐지? 밤마다 그 기묘한 여자가 나타나는 것은?

그 여자는 역시 도시로 옆에 앉아 있었다.

"이제 곧 도착해."

어디에 도착한다는 말인가.

그 말을 듣고 앞 유리창 쪽을 보니 어둠 저편에서 희미하게 날이 밝아오고 있고, 그 빛의 띠가 조금씩 두터워지고 있었다.

검은 안개가 개고 나니 차는 거칠게 포장한 밭 사이 도로를 달리고 있었고 멀리 낮은 언덕의 물결이 보였다. 물결이 끝나자 뚜렷하게 구름과 분리된 푸른 바다가 보였다.

본 적이 있는 풍경은 아니었지만 일본이라면 어디서든 볼 수 있는 흔한 풍경이다.

주위가 밝아짐에 따라 의식도 얇은 막이 벗겨지면서 어느 정도는 선명해졌다.

"모르겠어. 설명해 줘."

"몰라도 돼. 단지 당신이 그 결혼을 바라지 않았다는 사실."

"그렇지 않아. 나는……."

"그렇지 않았다면 내가 나타날 수 없었을 거야."

여자는 무녀와 같은 자신만만한 표정으로 말했다.

"당신은 누구지?"

"조금씩 알게 될 거야. 처음부터 정체를 알 수 있는 사람은 없으니까."

"앞으로 어떻게 해야 하지?"

"증발해 버린 사람이 외딴 시골의 한적한 마을에서 조용히 살아가는 경우도 있잖아."

"괜찮을까?"

"이제는 어쩔 수 없어. 되돌아간다고 해도 당신에게 좋을 일은 없어. 당신은 살인죄를 쓰고 있어. 재판에서 이길 가능성은 희박하고…… 결국 이쪽을 택하게 될 거야."

언덕이 갈라지고 갑자기 풍만한 바다가 검푸른 빛으로 눈앞에 펼쳐졌다. 뭐가 어떻게 된 일인지 모르겠다. 노스탤지어와 같은 흥분이 몸의 깊숙한 곳에서부터 끓어올랐다.

이상하게도 여자를 원망하는 마음이 서서히 사그라졌다.

—나는 그 결혼을 원하지 않았을지도 몰라.—

후사코를 좋아한다거나 싫어한다거나 하는 차원의 문제가 아니

라, 결혼이 가져온 규격에 맞춰진 듯한 삶에 대해 어쩌면 마음 깊숙한 곳 어디에선가 혐오감을 느끼고 있었는지도 모른다.

이윽고 차는 해변의 작은 어촌에 도착했다.

차에서 내린 도시로는 바다를 바라보며 크게 기지개를 켰다.

"그럼."

등 뒤에서 그런 여자의 목소리를 들은 것 같은 느낌이 들었다.

시동을 거는 소리가 들려 뒤를 돌아보았지만 이미 차의 모습은 보이지 않았다. 가솔린이라도 넣으러 갔나 보다 생각했지만 아무리 기다려도 여자는 돌아오지 않았다.

살아 보니 그 동네도 그다지 살기 불편한 곳은 아니었다. 시골은 타지에서 온 사람에 대한 배타적인 기운도 꽤 셀 텐데 도시로는 쉽게 동네 사람들에게 받아들여졌다. 원래 이 마을에 살던 사람이 잠시 집을 비웠다가 몇 년 만에 돌아온──그런 기분마저도 들었다.

주변의 모습이 그랬으므로 도시로 역시 그렇게 생각해 버리는 경우도 있었다. 그런 느낌은 점차 강해졌다. 가끔은 무의식적으로 정말 그렇다는 확신까지 들어서 스스로 깜짝 놀라곤 했다.

그 후에도 가끔 꿈을 꿨다. 꿈이라기보다는 좀더 현실감이 강한 것이기는 하지만…….

장면은 언제나 재판소 안이다.

도시로는 피고석에 앉아 있고 재판관이 위압적인 어투로 개정을 선언한다. 검사와 변호사가 끝도 없이 논리에 맞지도 않는 이야기를 늘어놓고 있다. 하루 종일 수모를 톡톡히 당한 후에 독방으로 돌아오면 축축한 모포가 기다리고 있었다. 빳빳하고 거친 모포를 둘둘 말고 잠들면 이내 바다 냄새 속에서 눈을 뜬다.

서풍이 불어온다.

"좋았어. 오늘은 풍어겠는걸."

서풍은 육지 말로 하면 '물고기를 몰고 오는 바람'이다. 이것과 만조가 겹치면 끈끈이로 파리를 잡는 것처럼 물고기를 낚을 수 있다.

낚싯줄을 늘어뜨리고 꾸벅꾸벅 졸고 있자면 다시 법정 안에서 12년 형을 받는다. 그 이후로 꾸는 꿈은 높은 벽으로 둘러싸인 형무소 안에서 작업을 한다거나 체조를 한다거나 하는…….

형무소 생활이 즐거울 리가 없다.

그렇게 생각할 때부터 꿈을 꾸는 횟수도 적어지고 꿈을 꿀 때마다 느꼈던 이상스러운 현실감도 점점 희박해졌다.

— 이제 와서 돌아갈 수도 없는 일이지. —

그는 절실히 그렇게 느끼기 시작했다.

시골에서는 한창 일할 나이의 남자가 부족하기 때문에 도시로가 소중한 보석처럼 여겨졌다.

그리고 그렇게 사는 사이, 목공소의 부탁을 받아 목공일을 하기 시작했다. 어디에서 배운 적이 없는데도 스스로 믿기 힘들 정도로 솜씨가 좋았다. 목공소에서 일을 하지만 모든 게 느긋한 시골 방식이었다. 일이 없을 때는 마음 내키는 대로 휴가를 얻어 바다로 나

갔다.

마을에서 조금 벗어난 곳에 강어귀가 있었다. 바다와 강이 맞닿은 곳은 기름이라도 칠한 듯 부드러웠으며 햇빛을 받아 순간순간의 표정이 변했다. 물의 푸른빛, 구름의 빛깔. 이윽고 머나먼 바다에서부터 해가 지기 시작해서 주위는 끝없는 암흑 속에 빠진다. 별들로 가득한 하늘은 신화속 영웅들을 그려 주면서 그의 마음을 달래주었다.

이런 풍경을 언젠가 본 것도 같은 느낌이었지만 아무리 애를 써도 생각이 나지 않았다.

목공소에서는 기계류도 몇 가지 사용하고 있었지만 도시로는 손으로 직접 작업하는 편이 좋았다. 대패로 문지르면 거친 재목이 둘둘 파도가 말려 오르듯이 그 껍질을 토해 내고 이내 하얀 목재 기둥으로 변했다.

"아저씨!"

소년은 입을 우물우물 말을 잘 못 꺼낸다.

"뭐지?"

"나, 도쿄로 돌아가."

"그래?"

그러고 보니 이 녀석은 원래 이 동네 살던 녀석은 아니다. 부친의 일 때문에 와 있게 되었다던가…….

"열심히 공부해라!"

"응."

소년은 입술을 깨물고 고개를 끄덕였다.

시골 아이들과는 다르게 야무진 얼굴 표정을 하고 있다. 분명 좋은 학교에 들어가서 일류 회사의 샐러리맨이 될 것이다. 좀 부러운 생각도 들지만 입장이 다른 걸 어쩔 수 없다.

"잘 있어."

"응, 잘 가!"

그렇게 가볍게 대답은 했지만 뼛속 깊은 곳에서 밀려오는 쓸쓸함은 도대체 어찌된 것일까.

도시로는 정체를 알 수 없는 불안을 떨쳐 버리려는 듯 대패질을 해댔다.

다시 등 뒤에 사람의 기척이 느껴졌다.

"열심이네! 차라도 좀 들고 하는 게 어때?"

목공소 주인의 딸이 쟁반을 받쳐 들고 서 있었다.

커다란 눈, 약간 위로 들린 코, 어디선가 본 적이 있는 듯한 느낌도 들었지만 그것 역시도 생각나지 않았다.

"어디에 놓을까?"

"아, 거긴 흔들려. 여기가 좋겠어."

그는 한 손으로 수염이 가득한 볼을 쓰다듬으며 다른 팔을 길게 뻗어 여자의 손을 찾았다.

투명 물고기

찻집 '엘 마르[*]'는 아오야마의 뒷길에 있었다. 시간은 10시가 지나 있었다. 바람이 차가운 밤이었다.

내가 왜 그 가게에 들어갈 마음이 생겼는지 그때의 상황에 대해서는 정확히 기억이 나지 않는다. 커다란 격자 모양의 나무 창문을 통해서 전기 스토브의 빨간 불빛이 보였다. 자못 따뜻해 보였다. 커피 향이 잔잔하게 가게 밖으로 흘러나오고 있었다.

한쪽 어깨로 문을 밀고 안으로 들어가니 가게는 조용했고 손님도 없었다.

"어서 오세요."

마른 체격의 여종업원이 다가왔다.

---

* EL MAR. 스페인어로 바다를 뜻한다.

"뭘로 하시겠어요?"

"뜨거운 커피."

"레귤러 믹스라도 괜찮겠어요?"

"여러 가지 커피가 되나요?"

"네."

나는 테이블 위에 있는 메뉴를 펼쳤다. 콜롬비아, 아라비아 모카, 과테말라, 킬리만자로, 하와이 코나, 블루마운틴……. 머리가 멍했다. 자극이 강한 것을 마시고 싶었다.

"그럼 블루마운틴으로."

가게의 채광은 어두운 편이었고 음악도 없었다. 멍한 머리를 진정시키는 데에는 더할 수 없이 알맞은 가게였다. 나는 쿠션에 등을 기댄 채 양손을 목에 갖다 대고는 크게 하품을 했다. 머릿속이 두서없는 생각들로 가득했다. 커피 향이 내 꿈을 한껏 부풀어 오르게 했다.

그때 오른쪽 커튼의 그늘 속에서 오렌지 빛 작은 물체가 두 개의 흐릿한 빛을 내며 꿈틀거리고 있었다. 나는 움찔했다. 다시 살펴보니 유리로 된 작은 어항이 놓여 있었고 수초 사이로 처음 보는 물고기 한 마리가 얼굴을 내밀고 있었다.

도대체 이건 무슨 물고기지? 얼굴은 어딘지 메기와 닮은 듯도 했다. 긴 수염도 있었다. 붉은 띠를 두른 듯 'ㅅ'의 모양으로 비틀어진 입 위에 보석 같은 눈이 박혀 있고 그것이 반짝반짝 빛을 내고 있었던 것이다. 아무리 봐도 살아 있는 물고기의 눈으로는 보이지 않았다.

하지만 이 물고기가 기묘하게 보인 것은 신비롭게 빛나는 눈 때문만은 아니었다. 몸의 길이는 30센티미터 정도였다. 전신이 뼈로만 이루어져 마치 살점이 하나도 없는 듯 보였다. 물고기의 해골이 헤엄을 치고 있었다. 정말로 나는 그렇게 생각했다.

잘 살펴보니 녀석에게도 몸이라는 것이 확실히 있었지만 살이라고 부를 수 있는 부분이 투명해서 마치 머리와 뼈만이 물속을 헤엄치고 있는 듯이 보였다. 물고기는 잠시 어항의 유리에 입을 대고 오렌지색으로 빛나는 눈으로 나를 물끄러미 바라보가는 갑자기 꼬리지느러미를 박차고 방향을 바꾸었다. 몸의 방향이 비스듬해졌다.

아무리 세심하게 살펴봐도 머리와 뼈, 그리고 내장이 약간. 살아 있는 물체가 이렇게 완벽할 정도로 투명해도 되는 것인가? 두툼한 등골이 몸 한가운데를 관통하며 길게 이어져 있었고 그 위로 둥글게 휜 작은 뼈들이 규칙적인 간격으로 늘어서 있었다. 그것이 몸의 움직임에 따라 부드러운 털처럼 탄력 있게 춤추고 있었다. 살아 있는 뼈가 움직이는 모습이 글자 그대로 눈앞에 펼쳐졌다. 나는 얼빠진 듯 그 신비로운 모습을 응시하고 있었다.

"어항 속으로 빨려 들어가겠어요."

어디선가 여자의 목소리가 들려왔다. 고개를 돌려 바라보니 밤색 코트를 입은 여자가 서 있었다. 언제 들어왔는지 새로운 손님인 듯했다.

"너무 신기해서……."

"글라스캐트라고 하죠, 이 물고기?"

"그래……요?"

"분명 그럴 거예요. 여기 앉아도 될까요?"

여자는 내 대답을 듣기도 전에 자리에 앉았다. 피부를 한 겹 벗긴 듯 하얗다. 눈이 큰 여자였다. 나이는 스물이 조금 넘은 정도……. 무엇을 하는 여자일까? 종업원이 커피를 가져왔다.

물고기의 눈이 또다시 반짝하고 빛나며 부드러운 움직임과 함께 물속에서 오렌지빛 선을 만들었다.

"저 눈 빛깔을 보고 있자면 바다 깊숙한 곳으로 끌려 들어가는 듯한 기분이 들지 않나요?"

여자는 친한 듯이 말을 걸어 왔다.

"으음. 하지만 이런 열대어가 있다는 것조차 알지 못했어요."

"어머, 그래요? 종종 있어요. 이렇게 큰 것은 드물지만."

"드물다고는 해도 저렇게 투명하게 비치는 것이 정말 존재하는군요."

"트랜스페어런트라고 하지 않을까 싶어요."

"트랜스페어런트?"

"예. 투명한 물고기 중에는 완전히 투명하게 비치는 게 있는가 하면 반투명한 것도 있어요. 완전하게 투명한 것이 트랜스페어런트. 반투명한 것이 트랜스루센트. 그리고 은색으로 빛나서 투명하게 보이는 것이 있어요. 그걸 실버다이브라고 해요."

"꽤 자세히 아시네요."

"그쪽에서 살았던 적이 있으니까요."

"그쪽이라면 어디?"

"남아메리카."

"남미산 물고기였군요."

"거기에서 자주 봤어요. 이 물고기요, 굉장히 재미있어요."

"네?"

"먼저 이 물고기를 어항 안에 넣고요."

"흠."

"그리고 다른 물고기를 함께 넣는 거예요. 그러면 이 물고기와 친해진 다른 물고기까지 점점 몸이 투명해져요."

"설마……."

"정말이에요. 분명 전염력이 있는 거예요."

"마술사 같군요."

두 사람은 잠시 동안 어항 유리벽에 이마를 대고 투명한 마술사를 쳐다보고 있었다. 사실 내 마음은 벌써 물고기에게서 떠나 있었지만…….

— 이 여자, 뭐하는 여자일까?

나는 곁눈질로 여자의 모습을 살폈다. 볼에 대고 있는 손가락이 길다. 은색 매니큐어가 그 손가락과 비슷한 빛을 띠고 있다.

시선을 느꼈는지 여자가 고개를 들었다.

"하하하, 이상한 여자라고 생각했죠?"

"아니, 그렇지 않지만……. 이 가게에는 자주 오는 편인가요?"

"아니요, 처음이에요. 좀 울컥하는 일이 있어서 기분 전환하려고 나왔어요."

"나도 처음 온 가게예요."

"아, 그래요."

"학생…… 인가요?"

"그렇게 보여요?"

"아니, 전혀 모르겠어요."

"그냥 보통 여자. 그거면 충분하잖아요. 우연히 만나서, 어드벤처를 즐기는……."

여자는 눈을 치켜뜨고 나를 바라보다가 장난기 어린 웃음을 터트렸다. 어디서나 흔히 볼 수 있는 눈빛이 아니었다.

이야기가 이렇게 일사천리로 진행되어도 되는 것일까. 나는 뺨이라도 꼬집어 보고 싶은 심정이었다.

1년 365일, 오늘도, 내일도, 또다시 찾아오는 날도, 언제나 같은 일들이 일어난다. 가끔은 이렇게 돌연한 만남에 불타오르는 듯한 신비로운 일이 일어나도 좋지 않은가. 매일 쳇바퀴 돌 듯 하는 생활을 하고 있다. 그것이 샐러리맨의 생활이다. 살짝 가던 길을 멈추고 옆길로 빠져 보면 거기에 의외의 풍경이 기다리고 있을지도 모른다.

이 뒷골목의 작은 커피숍에 들어올 맘이 생겼던 것조차 나에게 있어서는 드문 일이었다. 가게는 조용했고 열대어가 이상스러운 광채를 내고 있었다. 이 세상 것이 아닌 듯한 기묘한 모습으로…….

그런 생각 탓인지 주변의 공기도 취한 듯 무겁게 가라앉아 있었다. 모든 것이 다 미미한 것이었지만 조금은 현실과 다른 세상에 발을 들여놓고 있는 듯한 기분이 들었다.

"커피 한 잔 더 마시겠소?"

"왠지 알코올 쪽이 더 마시고 싶어졌어요."

"술은 잘 마시는 편인가?"

"그렇지도 않아요."

우리는 가게를 나섰다.

거리에서 횡단보도를 건널 때 여자의 팔이 슬쩍 내 허리와 팔 사이로 미끌어져 들어왔다.

"아이 추워!"

여자의 이가 덜덜 떨렸다.

"괜찮은 건가? 그렇게 몸을 떨어서야……."

"그러게요. 어딘가 몸을 따뜻하게 담글 수 있는 곳으로 데려가 줘요."

나는 그런 종류의 호텔에 대한 지식이 거의 없는 편이었다. 그래도 언젠가 아카사카 근처에서 네온사인 간판을 본 기억이 떠올라 택시를 잡아 타고는,

"아카사카의 C호텔."

이라고 말했다.

여자는 코트 깃을 세우고 좌석 깊숙이 몸을 웅크렸다. 발이 여전

히 가늘게 떨리고 있었다. 추위 때문만은 아닌 듯했다.

"괜찮은 거야?"

"추워요."

여자는 내 어깨에 몸을 기대 왔다. 앞에서 달리는 자동차의 미등이 방금까지 봤던 투명한 물고기의 눈처럼 빨갛게 물들어 어둠 속에서 긴 꼬리를 만들고 있었다. 공기 중에 비가 조금 섞인 것일까.

"나도 열대어나 키워 볼까?"

"힘들 거예요."

"당신, 키워 본 적 있어?"

"없지만, 알 수 있어요."

나는 여자의 기분을 맞춰주려고 일부러 화제를 만들었지만 여자는 그저 짧게 대답할 뿐이었다.

"여기에서 내리시겠습니까?"

운전수가 말을 건넸을 때, 차는 호텔 앞에 도착해 있었다.

다행히도 방 안은 난방이 잘 되어 있어서 차가워진 몸에 금세 온기가 돌았다.

"이상해요. 오늘 막 만났을 뿐인데."

"그것보다 여기는 괜찮아?"

여자가 코트를 벗자 그 속에서 마린 블루의 상쾌한 느낌을 주는 원피스가 드러났다.

"먼저 샤워하겠어?"

"나중에."

나는 여자의 등뒤로 돌아 어깨를 감쌌다. 여자가 고개를 돌렸다. 나는 부자연스러운 자세 그대로 여자의 입술을 빼앗았다.

"부탁이야. 어둡게 해 줘."

문 옆에 스위치가 세 개 있었다. 스위치를 하나씩 누름과 동시에 방 안은 서서히 빛을 잃어 갔고 침대 곁의 발밑 조명만이 남았다.

나는 여자를 안아 침대 위에 올려놓았다.

"부끄러워. 좀더 어둡게 해 줘."

여자는 작은 불빛에도 민감했다.

"침대 옆에 스위치가 있을 거야."

내 손가락이 여자의 블라우스의 단추를 끄르려 하자 여자는 내 손을 제지하고는 몸을 일으켰다.

"내가 벗을게."

침대에 걸터앉아서 발밑 조명을 껐다. 검은 어둠. 옷이 스치는 소리만 들려왔다.

더 이상 아무것도 보이지 않는다. 나는 감각에만 의지해 여자를 안았다.

"당신을 처음 본 순간부터 이렇게 될 것 같다는 생각을 했어."

"영광이군."

"후회하게 될지도 몰라."

"어째서?"

여자는 대답 대신 소리 없이 웃었다.

피부는 차가웠지만 손바닥에 빨려들어오는 듯 부드러웠다. 아마도 옷을 입으면 말라 보이는 체질인 것 같다. 막연하게 상상했던 것보다 여자의 몸은 훨씬 더 풍만한 느낌을 주었다.

유방은 단단했고 손바닥에 넘쳐날 정도였다. 어둠 속에서 나는 여자의 벗겨질 것만 같은 피부가 한없이 하얗다는 생각을 했다. 이 모양 좋은 유방도 분명 눈처럼 하얄 것이다. 매끈하게 기름진 가슴이 희미하게 빛나고 있을 것이 분명하다. 푸른 정맥이 솟아올라 그 모습을 다 드러내고 있을 것이다.

유두는 딱딱하게 돌출한 옅은 분홍빛일 것이라는 상상도 충분히 가능했다. 내 팔에 감겨 오는 가는 허리의 느낌도 손바닥으로 전달되었다.

나는 애무를 하는 동안 불을 켜고 싶다는 유혹에 내내 시달려야 했다. 한 번은 손을 침대 옆까지 뻗으려고 했다.

"싫어, 안 돼!"

여자는 작지만 단호한 목소리로 손을 막았다.

서두를 것은 없다. 분명 머지않아 기회가 올 것이다. 나는 하얗게 빛나는 얼굴마저도 분간할 수 없는 칠흑 같은 어둠 속에서 여자 위에 올라 몸을 겹쳤다.

모든 행위가 끝나고 정신마저 서서히 먼 곳으로 떠나 버리려는 어릿어릿한 의식 속에서 여자가 부르르 전신을 떨었다.

"아직도 추운가?"

"샤워해도 돼?"

"응, 좋을 대로. 뜨거운 물은 아까 받아 놨어."

여자는 일어나서는 욕실의 불을 켰다. 문을 열었다. 그리고 닫았다. 안에서 문을 잠그는 소리가 들려왔다.

나는 침대에서 일어나 가운을 걸쳤다.

욕실과 접한 벽 아래쪽 구석에는 같은 벽지로 도배된 작은 미닫이문이 있었다. 그것을 옆으로 밀면 욕조 안이 보이도록 설치된 듯했다.

욕실에서 물소리가 들려왔다. 여자의 하얀 나체가 뇌리에 떠올랐다. 방 안을 어둡게 하고 있으면 욕실 쪽에서 이쪽이 보일 리가 없다. 나는 몇 번인가 망설였지만 도저히 마음의 유혹을 떨쳐 버릴 수가 없었다.

조심스럽게 미닫이를 여니 예상대로 유리로 된 벽이 나타났다. 유리 너머는 바로 욕조 안이었다. 물이 조금 출렁이면서 얼룩거리는 흐릿한 빛의 농담을 만들어내고 있었다. 그 안에 모양 예쁜 발이 나타났고 찰랑찰랑 흔들리는 물결 속에 잠겨 있는 여자의 하얀 몸이 희미하게 보였다.

물결이 가라앉자 여자의 몸이 서서히 확실한 모습을 띠기 시작했다.

여자의 피부는 생각했던 대로 한 겹 벗겨낸 듯 하얗게 빛나고 있었다. 하얀 정도가 아니다. 물속이 어렴풋이 투명하게 비치는 듯, 히라가나의 'を' 모양으로 완곡한 곡선을 그리고 있었고, 포도색의 내장(內臟)이 빛 속에서 확실히 떠올랐다. 나는 나직한 신음을 흘렸다.

물이 다시 한 번 출렁였다. 욕조 한쪽 면의 유리 저편에서 누군가가 보고 있다는 것을 알아차린 것일까. 내가 미닫이문을 닫는 것보다 먼저 여자의 머리가 물속에 잠겼다. 유리 뒤에서 여자의 얼굴이 나를 향했다. 커다란 눈이 오렌지 빛으로 반짝 하고 빛났다.

나는 서둘러 미닫이문을 닫으려 했다. 팔이 무엇인가에 부딪혀 탁 하는 커다란 소리를 냈다…….

소리에 놀란 종업원이 내쪽을 바라보았다. 나는 '엘 마르' 에 있었다. 발밑에 깨진 커피잔이 흩어져 있었다.

꿈을 꾼 건가?

그렇다. 한순간 나도 꿈이라고 생각했다. 하지만 그 여자에 대한 기억이 묘하고 생생한 느낌을 주었다. 나는 확실히 투명한 여자의 나체를 봤다고 생각했다. 나는 아무래도 그 여자를 만나지 않으면 안 될 것 같았다. 그 여자를 찾아내지 않으면 안 될 것 같았다.

그리고 이 기묘한 수수께끼를 밝혀내야만 한다.

도대체 무슨 일이란 말인가. 어젯밤, 욕조에 들어가니, 물속에 있는 내 몸까지 투명하게 보이는 게 아닌가. 투명한 물고기는 친해진 물고기까지도 투명하게 만들어 버린다고 했던가…….

이제 '엘 마르' 에, 그 이상한 물고기는 없다.

창공

하늘은 기분 나쁠 정도로 푸르렀다. 구름 한 점 없이, 푸르름은 어디까지라도 끝없이 넓고 넓게, 깊고 깊게 이어져 있었다.

샐러리맨 다다노 헤이사쿠는 국철 S역에서 전철을 내려 언제나 타던 전철은 타지 않고 어디라 할 것도 없이 교외로 향하는 사철(私鐵) 쪽으로 발걸음을 돌렸다.

헤이사쿠가 그렇게 한 첫번째 이유는 언제나 타던 전철이 전선 고장으로 몇 분인가 늦게 왔고 그 덕분에 차가 심하게 붐볐기 때문이다. 그는 도저히 그 전철에 몸을 싣고 싶지 않았다.

그리고 또 다른 이유는 자신이 입고 있는 바지의 엉덩이 부근에 실밥이 1센티미터 정도 풀려 있는 것이 아무래도 신경이 쓰여서 견딜 수가 없었다.

'어젯밤에 아내에게 말했어야 했는데. 뭐, 이 검은 양복도 낡을

대로 낡았으니까 슬슬 새 것으로 바꿔야겠어.'

헤이사쿠는 자신에게 들려주는 듯이 중얼거렸다.

하지만 잘 생각해 보면 그가 회사에 가지 않고 교외로 향하는 전철에 탄 이유는 그것뿐만이 아니었다.

그날 아침 헤이사쿠는 왠지 모르게 부장의 얼굴이 보고 싶지 않았다. 틀니를 찻잔에 넣어서 닦는 부장의 버릇이 오늘 아침만큼 기분 나쁘게 떠오른 적이 없었다.

옆 자리에 앉은 노처녀의 암내도 견딜 수 없었다. 3년 동안 옆에 앉아서 지냈으므로 그 정도는 익숙해져서 평상시에는 견딜 수 있었지만 오늘 아침은 그 냄새를 떠올리는 것만으로도 위가 쓰려왔다.

직원 식당의 소란스러움도, 된장국으로 얼룩진 더러운 테이블도 참을 수 없을 만큼 싫었다.

퇴근길 전철에서 느끼는 땀으로 범벅된 피로감도 싫었다.

"아빠, 선물은?" 하고 자기 물건 찾듯이 얼굴을 내미는 아이들도 싫었다.

매일매일 생활 속에서 접하는 그 모든 것들에 짜증이 났다.

헤이사쿠는 교외로 달리는 전철 안에서 느긋하게 앉아 점차 푸르름이 깊어지는 바깥 경치를 바라보고 있었다.

하늘은 기분 나쁠 정도로 푸르렀다. 구름 한 점 없이, 푸르름은 어디까지라도 끝없이 넓고 넓게, 깊고 깊게 이어져 있었다.

헤이사쿠는 손목시계를 보았다. 9시 5분이 지났다. 회사에서는

벌써 일을 시작했을 것이다. 전화가 울리고 있을 것이다. 부장이 틀니를 찻잔에 넣고 업계 잡지를 눈으로 훑고 있을 것이 분명하다. 헤이사쿠는 회사에 아무런 연락도 하지 않고 여기까지 와 버렸다는 사실에 마음이 무거웠지만 그렇다고 이제 와서 회사에 연락할 생각도 나지 않았다.

'뭐, 어떻게든 되겠지.'

그는 혼잣말을 하면서 좀전에 S역 매점에서 산 캐러멜을 입에 물었다. 어금니에 엉기는 달콤함이 소년 시절의 향수를 불러 일으켰다.

얼마 가지 않아 전철은 긴 철교를 건넜다. 물은 상상했던 것보다 깨끗하지 않았지만 그래도 푸르른 하늘을 담기에 부족한 색깔은 아니었다. 낚시줄을 두 개 늘어뜨리고 있는 낚시꾼의 한가로운 풍경이 마음을 사로잡았다.

두 시간 정도 달린 전철은 분지의 가장자리에 자리 잡은 역에 도착했다. 헤이사쿠는 전철이 역에 닿을 때까지도 이런 역에서 내릴 생각은 전혀 없었다. 하지만 이 역에서 성냥갑 같은 작은 전차가 나가는 것을 보고 갈아탈 결심을 한 것이다. 두 량이 연결된 성냥갑은 무슨무슨 철도라는 이름을 가지고 있을 것이다. 하지만 그 이름을 듣는다 해도 어차피 전혀 들어 본 적도 없는 것일 게 분명하다.

십수 분 정도 기다리자 성냥갑은 그를 싣고 덜커덩거리며 역을 뒤로 한 채 달리기 시작했다. 헤이사쿠가 막연하게 기대하고 있던 것처럼 선로는 분지의 안쪽을 향해 쭉 이어져 있었다. 산허리에 새겨진 갖가지 모양의 보리밭이 그의 눈을 즐겁게 해주었다. 전철의 좌석은 나무로 조잡하게 만든 것이어서 상당히 딱딱했지만 헤이사쿠에게는 그것이 전혀 신경 쓰이지 않았다. 불평은커녕 그는 그 딱딱한 의자에 기댄 채 꾸벅꾸벅 졸기 시작했다.

20분 정도 졸았을까, 쿵 하고 전철이 흔들렸고 헤이사쿠는 눈을 떴다. 성냥갑은 교외에서도 상당히 깊은 곳까지 들어와 있는 것 같았다. 산중턱의 밭들은 점점 더 작아져 갔고 보리 이삭은 평지에 비해서 상당히 작았다. 산 꼭대기에 설치된 고압선 철탑이 은빛으로 빛나고 있었다.

하늘은 기분 나쁠 정도로 푸르렀다. 구름 한 점 없이, 푸르름은 어디까지라도 끝없이 넓고 넓게, 깊고 깊게 이어져 있었다.

그 푸르름 아래서 마을은 한가롭게 숨을 들썩이고 있는 듯했다.

헤이사쿠는 비닐 제품을 다루는 중견급 무역회사의 계장이었다. 어디에 내놓을 만한 능력도 없는 마흔 살의 계장이었다. 월급의 대부분은 아내에게 전부 갖다 바치고 있다. 아내 역시 그걸 이리저리 쪼개어 자신의 자수 공부와 장녀가 피아노 레슨을 받을 수 있도록 이리저리 손을 쓰고 있었다. 남편에게는 그다지 신경을 쓰지 않지만 헤이사쿠는 별 불만이 없었다.

단지 '이 검은 양복 정도는 새 것으로 사 줄 수 없을까? 최소한 엉덩이의 구멍 정도는 내가 먼저 말하지 않더라도 알아서 신경을 써 주면 좋을 텐데.' ── 불만이라고 해야 기껏 이 정도일 뿐이다.

그는 분지의 작은 역에서 전철을 떠나보냈다. 지금까지 한 번도 내려 본 적도 없고 이름도 제대로 알지 못하는 역이었다. 완만하고 좁은 언덕길을 올라 산중턱에 닿았다. 공기가 믿을 수 없을 정도로 달콤했다. 길 옆의 잔디 위에 몸을 눕히고 뒹굴었다.

하늘은 기분 나쁠 정도로 푸르렀다. 구름 한 점 없이, 푸르름은 어디까지라도 끝없이 넓고 넓게, 깊고 깊게 이어져 있었다.

누워서 하늘을 우러러보던 헤이사쿠는 그 빛이 너무도 푸르러서 눈이 침침해졌다. 올려다본 하늘에는 끝이 없었다. 어떻게든 그 끝을 찾아보면 찾을 수 있지 않을까 하고 애를 써 보았다. 순간 푸른 하늘의 안쪽 깊은 곳에서 무엇인가 희끄무레한 것이, 하늘에 떠 있는 섬 같은 것이 보인 것 같았는데 이내 사라져 버리고 말았다.

몸을 일으켜 언덕 끝을 보니 까마귀 한 마리가 내려와서는 땅에서 무엇인가를 쪼아먹고 있었다. 까마귀는 날개를 한껏 펼치고는,

"까악까악!"

날카로운 소리를 내며 울었고 날개를 두 번 힘껏 퍼덕였다. 새의 몸은 하늘로 붕하고 솟구치더니, 날개를 퍼덕이며 높이 날아올랐다. 푸른 하늘에 거무스름한 얼룩이 생겼고 얼룩은 점이 되어 이내 푸른 하늘 속으로 빨려 들어가듯이 사라져 버리고 말았다.

까마귀의 움직임을 보고 있던 헤이사쿠는 훌쩍 자신도 하늘을 날아 올라갈 수 있을 것만 같은 생각이 들었다.

주위에 아무도 없다는 것을 확인하고 헤이사쿠는 천천히 일어섰

다. 방금까지 까마귀가 있던 언덕의 끝까지 나아가서 검은 양복의 소매를 벌렸다. 뱃속 가득히 공기를 빨아들였다.

"까악까악!"

소리를 높여 울어 보았다. 힘껏 팔을 위아래로 움직여 보았다.

헤이사쿠의 몸이 훌쩍 공중으로 떴다. 팔까지 움직이니 점점 더 높은 하늘로 날아 올라갈 수가 있었다. 헤이사쿠는 결코 밑을 보지 않았다. 곧장 위만을 향해 몇 번이나 손을 저었다.

하늘은 기분 나쁠 정도로 푸르렀다. 구름 한 점 없이, 푸르름은 어디까지라도 끝없이 넓고 넓게, 깊고 깊게 이어져 있었다.

헤이사쿠는 자신의 몸이 반점이 되었다가는 점이 되고 이윽고 푸르름 속으로 아찔하게 사라져 가는 것을 느꼈다.

그날 오후 늦게, N산의 기슭에서 헤이사쿠가 주검으로 발견되었다. 마을 사람들은 왜 이 남자가 이런 곳에서 이렇게 죽어 있는지 알 수 없었다.

어디에도 이 남자의 발이 미끄러진 흔적은 찾을 수 없었고, 뒤에 솟은 언덕에서 여기까지 뛰어내리려면 10미터 정도 도약할 수 있는 힘이 필요했다. 검시하는 의사도 고개를 갸우뚱했다. 남자의 상처는 도저히 2, 3미터 높이에서 떨어진 것이라고 보기 힘들었다. 두개골은 깨져서 완전히 부서졌고, 열은 회색의 뇌가 스며 나와 있었다. 돌출한 두 눈은 머나먼 하늘 저편을 노려보고 있었다.

거기에는 빨리도 죽음의 냄새를 맡은 까마귀 한 마리가 커다란 원을 그리면서 다가오고 있었다.

오후의 하늘은 어느 정도 저녁빛으로 물들어 가고 있었지만, 역시 하늘은 기분 나쁠 정도로 푸르렀다. 구름 한 점 없이, 푸르름은 어디까지라도 끝없이 넓고 넓게, 깊고 깊게 이어져 있었다.

이

야스히코가 집에 돌아왔을 때, 아내 노리코는 커다란 배를 흔들면서 방 한 쪽에 있는 식탁을 정리하고 이불을 펴려 하고 있었다.

"내가 할게."

"미안해요."

더 이상 유산의 위험은 없는 것 같았지만 그 큰 배는 보고 있는 것 자체만으로도 위험해 보였다.

야스히코는 보라색 보자기에 싼 사진을 옆에 두고 무거운 상을 한쪽 벽에 세웠다.

야스히코의 어머니가 죽은 지 4개월이 지났다.

뼈는 남은 형태 그대로 단지에 넣고 그것을 다시 오동나무 상자에 넣어 하얀 보자기에 싼 채로 가지고 왔지만, 아파트에는 불단도 없고 유골을 안치할 만한 적당한 장소도 없었다.

어차피 춘분에는 고향의 절에 모실 예정이었지만 그때까지는 우선 부부가 생활하는 침실의 한 켠에 상을 놓고 그것을 불단 대신으로 쓸 수밖에 없었다. 모자지간인 야스히코는 그렇다 해도 노리코가 시어머니의 유골과 함께 지내는 것을 싫어하지는 않을지 걱정했지만 다행히 노리코는 그런 것에 신경 쓰는 타입이 아니었다.

밤이 되면 장에서 이불을 꺼내고 이불이 놓였던 자리에 유골과 유영(遺影)을 옮겨 놓는다. 신문지를 깐 이불장이 그대로 안이 깊숙한 안치소로 변한다. 기묘한 풍경이다. 이것도 노리코의 발상이었다.

"저녁 아직이죠?"

"어어, 아직이야."

식욕이 그다지 없다. 하지만 밥은 하루에 세 번 확실하게 먹어야 한다고 노리코는 습관처럼 말한다.

"오늘 시골에서 히로시마나*를 보내왔어요."

노리코의 친정은 히로시마에서 가까운 시골인데 철이 되면 언제나 야채 절임을 보내왔다.

"아아, 그렇군."

"소금이 딱 맞게 절여졌어요. 맛있어요."

노리코는 먼저 저녁을 먹은 듯했지만 함께 앉아 차를 마시면서 사각사각 기분 좋은 소리를 내며 절인 히로시마나를 먹었다. 커다

* 유채과에 속하는 야채로 배추의 한 종류이다.

란 접시에 가득 담아 왔던 히로시마나 절임이 점점 줄어 갔다.

임산부의 식욕은 대단하다는 얘기는 들었지만 노리코도 정말 잘 먹는다. 새로운 생명을 만들어 내기 위해서라고는 하지만 이렇게 아작아작 탐욕스럽게 씹어 넘기는 모습은, 허약한 체질의 야스히코에게는 어딘지 자기와는 다른 나라에 사는 사람을 보는 것 같은 기분이 들어 조금 무서운 느낌마저 들었다.

"어때요, 당신도? 조금 더 썰어 올까요?"

"나는 됐어. 이가 좀 흔들흔들해서."

"앓니가?"

"아니, 어금니."

"어머, 어째. 언제부터 그런 거야? 아직 그럴 나이는 아니잖아요. 이가 나빠지는 것은 마흔다섯 살부터라는데."

"전부터 좀 이상했던 게 하나 있었어."

"충치?"

"치조농루[*]인가?"

"그럼 어떡해?"

이야기하는 도중에도 노리코는 젓가락을 쉬지 않고 움직였다. 말처럼 크고 하얀 이가 딱딱한 히로시마나를 씹어 삼킨다.

노리코의 이가 반듯하다는 것은 선을 볼 때부터 알아차렸다. 이

* 잇몸에서 고름이나 피가 나오거나 이가 흔들리는 질환을 통틀어 이르는 말. 염증 따위로 이 주위의 조직이 파괴되어 일어나는데, 입 냄새가 나고 이가 빠지는 등, 씹는 기능이 떨어진다.

가 가지런하게 늘어서 있는 것뿐만이 아니라 큼직하면서도 잘 어울린 그 모습이 특히나 더 건강해 보였다.

"나는 아직도 충치 하나 없다고요."

이것이 노리코의 자부심 중 하나이기도 했다.

"당신 이에는 당해 낼 수가 없어."

야스히코가 볼에 손을 갖다 대면서 말했다.

몸이 쇠약해지는 징조는 이에서부터 나타난다. 야스히코는 아직 그럴 나이는 아니었지만 노리코의 이를 보고 있자면 자기만 벌써 인생의 내리막길을 달리고 있는 듯한 기분이 들어서 그렇게 유쾌하지만은 않았다.

"호호호호."

갑자기 노리코가 웃었다.

"무슨 일이야?"

"으응, 아무 일도. 우리 시골에서는 말이에요."

"응?"

"이가 좋지 않은 사람은 머리도 나쁘다고, 그런 얘기가 있었어요."

"오호, 놀라운 얘긴데. 그럼 당신 정도면 굉장한 수재겠는걸."

"그렇지. 하지만 그 얘기, 나한테는 그저그런 거짓말로는 느껴지지 않아요."

"음, 어째서지?"

"나, 3월생이잖아요."

"응."

3월 태생인 것과 수재인 것, 그리고 이가 튼튼한 것, 이 세 가지가 어떤 관계가 있다는 것인지 전혀 짐작이 가질 않았다. 하지만 얼토당토않은 비약 같으면서도 그게 한편으론 또 기묘하게 이치에 맞는 것이 노리코가 말을 풀어 가는 특징이었다.

분명 머리가 나쁜 여자는 아니었다. 아이큐도 분명 높을 것이다. 하지만 어딘가 조금 보통 사람과 다른 면이 있다.

노리코는 색채심리학 교과서에 나오는, 오렌지색이 식욕을 증진시킨다는 말을 절대적 사실로 믿어 의심치 않는다. 덕분에 모닝컵이며 테이블 크로스며, 식탁은 언제나 오렌지색으로 넘쳐난다.

월급이 9.3% 인상되면, 남편의 용돈도 소수점까지 정확하게 9.3% 올려준다. 욕탕의 물은 온도계로 정확히 42도에 맞춰 데운다.

어항의 금붕어가 시들시들 약해지는 것 같으면 바로 건져내 뒷마당에 묻어 버린다. '어차피 죽어 버릴 거잖아, 불쌍하게도' 라는 것이 노리코의 생각이지만 금붕어도 그렇게 생각할지 어떨지.

어딘가 좀 다른 사람이다. 하지만 당사자는 그렇게 생각하지 않는 듯하다.

"들어요. 식기 전에."

야스히코가 옷을 갈아입고 식탁에 앉자 노리코는 포트에 뜨거운 물을 부으면서,

"3월생 아이들은 처음에 초등학교에 막 들어갔을 때는 핸디캡이 꽤 있어요. 머리도 그렇고 몸도 그렇고 4월생 아이들과 비교하면 1

년 정도 차이가 생기잖아요. 동급생 중에 가장 어리니까 당연히 따라가기 힘들다고요."*

"아마 그렇겠지."

지금 노리코의 뱃속에 있는 아이도 예정대로 출산을 하면 3월생이 된다. 부부는 전에도 함께 3월생의 득실에 대해서 얘기한 적이 있었다.

"그래서 처음에 초등학교에 막 들어갔을 때는 주위 아이들처럼 공부도 잘 못했고, 달리기도 느렸어요. 어린애였지만 나름대로 그게 상당한 콤플렉스였다고요."

"그렇기도 했겠군."

야스히코는 석간 신문을 펼치면서 무성의하게 대답했다.

"그런데 2학기가 되었을 무렵이었던 거 같아요. 학교에서 치아검사를 했어요. 그랬더니 나 말이에요, 충치가 하나도 없었고, 치아의 정렬상태도 상당히 좋았어요. 전교생 앞에서 나 혼자만 표창장을 받았으니까요."

"대단하네!"

식탁에는 요즘 들어 매일 같이 흰살 생선이 나오고 있다. 영양가는 나름대로 있는 모양이었지만 맛이 심심하고 씹는 맛이 없는 생선이었다.

그 외에도 조개를 넣은 된장국과 무우 간 것. 조개는 간에 좋고

* 일본은 학기가 4월에 시작하기 때문에 3월생까지 입학을 할 수가 있다.

무우 간 것은 아밀라아제와 비타민C 때문이다.

야스히코는 흔들리는 이 쪽을 피해서 그 반대쪽의 어금니로 생선살을 씹었다. 거의 아무 맛도 나지 않는다. 이 상태가 안 좋다 보니 더 맛이 없게 느껴지는 것인지도 모른다.

"아이들의 심리라는 거 참 재미있어요. 교장 선생님한테 나 혼자만 상장을 받았잖아요. 그게 너무나 기뻐서 갑자기 공부에도 자신이 생긴 거예요. 교실에서도 점점 더 손을 많이 들게 되었고요. 마음만 먹으면 1학년 짜리의 공부란 별 것 아니잖아요."

"뭐, 그야 그렇지."

여전히 노리코의 이야기는 비약적인 부분이 있어 보였지만 또 한편 조리에 맞았다. 노리코의 학창시절 성적은 본 적이 없지만, 그것이 사실이라면 이가 좋았던 탓에 머리도 좋아졌고, 라는 논리가 틀리다고 볼 수도 없는 것이다.

야스히코는 이불장 윗단에 넣어둔 어머니의 사진을 보았다. 입 부근이 안쪽으로 푹 꺼져 있었다. 어머니도 이가 튼튼하지는 못했다. 야스히코가 철이 들 때쯤에는 벌써 틀니를 하고 있었던 것 같다.

"그러니까 이가 좋으면 머리도 좋아진다고요."

노리코는 조금은 우쭐해서 말했다.

"응."

노리코의 경우는 우연히 그렇게 된 것일 수도 있었지만, 좀 억지다 싶은 그 미신 같은 이야기도 따져 들어가 보면 뭔가 진리가 숨어 있을지도 모른다.

대뇌 역시도 신체의 일부임에는 분명하다. 인간의 몸은 영양이 좋으면 그것만으로도 잘 기능할 것임에 틀림없다. 그리고 영양을 잘 섭취하기 위해서는 이가 튼튼한 것보다 중요한 것은 없다. 3단논법인가, 4단논법인가 잘은 모르겠지만 이런 식으로 생각해 보면 '이가 튼튼하면 머리도 좋다' 라는 논리도 통하지 않으리란 법은 없었다.

야스히코는 쓴웃음을 지으며 말했다.

"그럼 나 같은 사람도 이가 조금만 더 튼튼했더라만 한 단계 높은 대학에 들어가서 한 단계 좋은 회사에 들어가 한 단계 높은 월급을 받을 수 있었을지도 모르겠네."

농담 삼아 한 말이었지만 노리코는 매우 진지한 얼굴로 말했다.

"그래요, 그 말 그대로예요. 당신 집안은 모두 이가 좋지 않아서 걱정이에요. 태어날 아이가……."

"꼭 당신 집안의 유전자가 나타나길 바라야겠군."

"유전자만이 아니에요. 나름대로 노력도……."

"나 역시 아침 저녁으로 이는 닦고 있다고."

"그런 것보다 더 근본적인 일이에요."

"어떻게 하면 되는데?"

노리코는 거기에는 대답하지 않고 찻잔의 뜨거운 물을 입 안에 머금고는 하얗게 빻은 가루약을 털어넣으며 쓰다는 듯이 삼켰다.

"왜 그래? 감기야?"

좀처럼 아프지 않는 여자였다.

"칼슘을 섭취하는 게 중요해요. 이 아이도 3월생이니까."

"아아, 칼슘인가."

"늦지 않아서 다행이야."

"뭐가……?"

야스히코는 젓가락을 멈추고 아내의 얼굴을 바라보았다.

노리코는 입 안에 머금고 있던 물을 꿀꺽꿀꺽 소리를 내면서 마신 뒤에 말했다.

"가르쳐 줄까요? 또 한 가지……."

"그게 뭔데?"

"우리 시골에서는 말이죠, 이런 말이 있어요. 머리가 좋은 아이에게는 두개골이 가장 좋다고. 우리집에서는 쭉 그렇게 해왔어요. 정말인 것 같아요."

노리코는 마치 날씨 얘기라도 하는 듯이 쾌활하게 웃으며 하얀 보에 싸인 단지 쪽으로 눈길을 주었다.

"잘못한 거예요?"

하얀, 커다란 이가 번쩍 하고 빛났다.

야스히코는 어머니의 죽음이 의사의 예측보다 조금 빨랐다는 사실을 떠올렸고, 부르르 몸이 떨렸다.

광폭한 사자

고개를 드니 디지털 시계가 2시 52분을 가리키고 있었다. 시간이 조금씩 3시로 다가서고 있다는 사실은 30분 전부터 벌써 알고 있었다.

쇼코는 수채화 물감을 넣어둔 흑갈색 케이스 쪽으로 손을 뻗다가 도중에 멈춰 버렸다.

회색 물감을 푸는 데 1분 걸린다. 거기에 보라색 물감을 섞어 적당하게 색을 맞추려면 또 2, 3분은 족히 걸릴 것이다. 캔버스 한가운데 기이한 돌이 하나 있는데, 그것을 진짜 돌에 가깝게 색칠하는 것은 생각보다 훨씬 까다로운 일이었다.

작업하는 도중에 전화가 걸려 오면 어쩌지. 전화를 받고 있는 사이에 팔레트에 풀어 놓은 물감이 딱딱하게 굳어 버릴 것이다. 그렇게 되면 처음부터 또다시 물감을 풀어 가장 자연스러운 색으로 만들지 않으면 안 된다. 어차피 그럴 거라면 처음부터 물감을 짜 놓지 않는 편이 낫다.

뭔가 그 외에 다른 할 일은 없나?

다른 것부터 해 볼까 하는 생각을 안 해본 것은 아니다. 하지만 수채화를 그릴 때는 나름대로 정해 놓은 순서에 따라 진행을 한다. 하나라도 건너뛰면 진행시킬 수가 없다. 밑바탕은 이미 다 된 상태이고 옅은 색부터 진한 색으로 칠해 나가면 된다. 그렇게 되면……. 오후에는 기껏해야 팬 그림 도구를 정리하는 것 외에는 할 일이 없다.

디지털 시계의 숫자가 2:54로 바뀌었다.

어쩔 수 없이 쇼코는 소파 등받이에 등을 기대고 털이 긴 주단 위로 발을 뻗었다.

삽화의 원작이 될 이야기는 지금까지 벌써 몇 번이나 반복해서 읽었기 때문에 아주 상세한 부분까지도 완벽하게 암기하고 있다. 언니 카틀린이 열여섯, 동생 안네가 열넷. 프로방스의 풍요로운 자연 속에서 살고 있었지만, 한 행상이 들려준 도시 이야기에 마음을 빼앗겨 그를 따라나선다. 하지만 그 행상은 악마가 변한 것이었다. 샘에 비친 행상의 기분 나쁜 모습에 놀란 안네가 언니에게 사실을 말하지만 이미 마음이 들뜬 카트린은 들은 척도 하지 않는다. 불안에 휩싸인 안네가 어머니의 유품인 마리아상을 내밀자 행상은 순식간에 길가의 돌로 변한다는…… 그런 내용의 이야기였다. 울퉁불퉁한 돌덩이로 변해 가는 악마의 모습이 이번 삽화의 볼거리다.

쇼코는 또다시 고개를 들어 시계를 바라보았다.

스도 히데키는 3시 정도에 전화를 한다고 했다. '3시 정도' 라는 것은 3시가 되기 전을 말하는 것인가, 아니면 그 뒤를 말하는 것인가. 쇼코는 막연하게 '3시 정도' 라는 것은 3시 5분 전에서 3시 5분 사이를 말한다고 생각하고 있었지만 잘 생각해 보면 그건 어딘가 이상하다는 생각이 들었다. 사람에 따라서는 3시 반을 그렇게 부르는 경우도 있을 것이고, 4시까지 허용이 될지도 모른다. 오늘 오후에는 쭉 집에 있을 것이라고 말해 주었으니, 그렇게 엄격하게 '3시 정도' 에 집착하는 것은 불필요한 일이 아닌가 하는 생각이 들었다.

그런 생각들을 하면서 쇼코는 다시 물감 박스에 손을 뻗었다. 그리고 케이스 뚜껑을 열어 은색의 튜브들 중 어떤 색을 쓸까 생각했지만 도저히 색을 다시 섞을 마음은 나지 않았다.

'내가 하고 있는 짓이지만 정말 마음에 안 들어.'

전화 따위는 완전히 잊어버리고 일에 전념하는 것이 좋다. 그것이 현명한 태도라는 것은 누구의 말을 듣지 않아도 알 수 있는 일이었다.

그런데 아무리 해도 그게 잘 되지 않았다.

그럴 바에야 차라리 내 쪽에서 먼저 스도에게 전화를 걸면 될 일이지만, 그것도 이미 30분 전부터 생각만 하고 있는 중이었다.

이번 주에 들어서 쇼코는 스도에게 네 번 전화를 걸었다. 스도에게 걸려온 것은 단 두 번. 오늘 또 쇼코 쪽에서 전화를 걸게 되면 비율은 5대 2가 되어 버린다. 남자가 다섯 번, 여자가 두 번이라고 한다면 문제 될 것이 없겠지만 여자가 5에 남자가 2인 것은…….

이런 상황이라면 여자만 바보처럼 홀딱 빠져서 매달리는 것 같아서 쇼코는 자신에게 미안한 생각이 들었다. 그렇지 않더라도 자기 쪽에서 적극적으로 나가는 것은 왠지 내키지 않기도 했다.

역시 스도에게서 전화가 오기를 기다리는 것이 현명하다.

그러면 비율도 4대 3이 된다. 4대 3이라면 며칠 사이에 갑자기 스도의 목소리가 듣고 싶어진다고 해도 그다지 주저함 없이 전화를 걸 수가 있다. 그 심리는…… 그렇다, 수술받은 환자가 진통제에 면역이 되어 더 괴로워질 때를 위해서 안 맞고 남겨 두는 것과 어딘지 모르게 닮았다. 쇼코의 머리는 그런 계산까지도 안전히 마친 상태였다.

확실히.

조용한 방 안을 흔들듯 커다란 소리를 내며 시계가 3:00이라는 숫자로 바뀌었다.

쇼코는 고개를 비스듬히 기울인 채로 소파 옆에 있는 전화기를 바라보았다. 지금쯤 스도는 어딘가로 다이얼을 돌리고 있을지도 모른다. 당장이라도 벨 소리가 울릴지도 모른다…….

하지만 검은 상자는 무뚝뚝하게 침묵을 지키고 있을 뿐 아무런 소리도 내려 하지 않았다. 가슴이 쿡 찔린 듯이 아프다. 기다리는 것은 쇼코에게 그다지 익숙하지 않은 일이다. 무슨 일이든 자기 쪽에서 적극적으로 나서서 미적거림 없이 척척 처리해 나가는 것을 좋아했다. 무슨 일이든 허공에 뜬 것처럼 미적지근하게 진행되는 것처럼 싫은 것은 없다. 신경이 부글부글 끓어올라 마음의 균형까지도 깨져 버린다.

'나, 정말 어디가 어떻게 된 거야.'

쇼코는 일부러 큰 동작으로 딱 끊어버리겠다는 듯 머리를 흔들었다.

왜 이렇게 되어 버렸는지 스스로도 이해가 되질 않았다. 스도 히데키라는, 아내와 아이가 있는 남자에게 순식간에 빠져 버리고 말았다. 아직 그가 어떤 사람인지도 잘 알지 못하는데, 무엇을 하건 스도의 얼굴이 눈앞을 떠돈다.

쇼코는 서른세 살. 소녀처럼 사랑에 가슴이 떨릴 만한 나이는 아니다. 적어도 요 얼마 전까지는 스스로도 그렇다고 생각하고 있었다.

사랑은 유쾌한 게임일지는 모르지만 인생에는 그것 말고도 즐거운 게임이 얼마든지 있다. 게다가 사랑에 빠진 여자는, 남자라는 어딘지 정체를 알 수 없는 생물체를 상대하지 않으면 안 된다. 아무리 해도 그 생물체는 가까이 두고 친근해질 수 없는 면이 있다.

일단 사랑의 함정에 빠져 버리고 나면 여자는 어느새 바보가 되어 버리고 만다. 무엇을 어떻게 공부해야 사랑에 능숙해질 수 있는지 알 수가 없다. 능숙하게 된다고 해서 돈이 들어오는 것도 아니고, 상장을 받는 것도 아니다. 이런 점이 주식 투자나 가마쿠라보리*와 큰 차이가 나는 부분이다. 노력하면 분명히 좋은 결과가 나오는, 그런 것도 아니다.

무엇보다도 어떤 가정에 이런 거친 사랑이 침입해도 되는 것인가? 사자가 가축이 되기에 적합하지 않은 것처럼 사랑은 너무 지나치게 광폭해서 도저히 평범한 가정 생활에는 맞지 않는다.

'정말 백해무익한 거야.'

쇼코는 자조하듯 한숨을 내쉬었다.

스물한 살에 결혼한 쇼코는 딸을 하나 낳았다. 얼마 안 있어 남편은 간암으로 급사했고, 쇼코는 아이를 데리고 친정으로 돌아왔다. 이미 아버지는 세상을 뜬 후였지만 그냥저냥 생활은 해나갈 수 있을 정도의 재산은 있었다. 쇼코 자신도 죽은 남편의 집에서 어느 정도 유산을 받기도 했다. 어머니와 쇼코 그리고 딸, 여자들만의 생활이 최근 10년 정도 이어져 왔다. 어머니는 나이보다 젊게 살고 있고, 올해 열한 살이 되는 딸아이 에이코(映子)도 꽤 어른스러워서 쇼코의 말상대가 되어 주었다. 3대가 친구처럼 내키는 대로 편하게 살아 왔다. 집안일도 아이를 키우는 일도 80퍼센트는 어머니에게 맡긴 상태. 그들만의, 침입자가 없는 생활에 아무런 불만도 없었다.

십 년을 그렇게 살아 오면서 재혼에 대한 얘기가 없었던 것도 아니지만 이제 와서 아이를 데리고 남의 집에 들어갈 생각은 없었다. 한 번 결혼을 해 보기도 했고 그 덕분에 인생에서 뭔가 손해를 보는 기분을 갖지 않아도 되었다. 더불어 결혼 생활이 장밋빛이라는 생

---

* 가마쿠라보리는 주로 계수나무에 조각을 새겨 넣고 옻을 칠한 것으로, 13세기부터 가마쿠라에 모인 장인들이 불교의 도구나 생활용품 등을 이렇게 만들었다. 메이지 이후에는 주로 차 도구나 생활용품으로 만들고 있다.

각도 하지 않게 되었다.

쇼코 자신—이런 처지가 된 후로 조금씩 깨닫게 된 사실이지만—도 얌전하게 집안에 앉아서 주부로 갇혀 있는 것보다 세상에 나가서 활동하는 것이 맞는 것 같았다. 주식에 손을 대도 쇼코의 냉정한 판단은 전문가도 혀를 내두를 정도로 정확했고 손끝은 원래부터 야무진 편이었다. 취미로 시작한 일러스트레이션도 지금은 화려한 화풍의 삽화가로서 인기를 얻게 되었고 아트 플라워, 가마쿠라보리, 보석 디자인, 기메코미*, 이 대부분의 것들이 전문가 수준에까지 도달해 있었다.

게다가…… 수년 전에 장난 삼아 시작했던 프랑스어. 실력으로 말하면 그다지 나아지진 않았지만 개인 지도를 해주는 마담 루노가 상당히 지적인 파리지엥**이어서, 그냥 이야기를 나누는 것만으로도 넓은 세상을 보는 것 같은 기분이 들었다. 그 레슨 역시도 쇼코에게는 즐거운 시간이었다.

하루하루의 생활이 충만해 있었기 때문에 거기에 무엇인가 변했으면 하고 바랄 여지가 없었다. 만일 부족한 것을 말하라고 한다면 시간뿐. 하루가 27, 8시간이었으면 얼마나 좋을까라는 생각을 했다. 올해는 거기에 학부모회의 임원까지 맡게 되어 한층 더 시간이 부족하게 되었다.

---

* 일본 종이를 여러 장 두껍게 겹대어 만든 종이를 다양한 모양으로 잘라서 인형 등을 만드는 일본의 전통 세공.

** 파리에서 태어나서 자란 여성.

아아, 그런 상황인데…… 이런 때 눈앞에 불쑥불쑥 남자의 얼굴이 떠올라 일이 손에 잡히지 않게 되다니…….

깜짝 놀라 시계를 보니 3시 11분이 되어 있었다.

3:11, 3:11, 3:11…….

이 숫자 또한 맘에 들지 않는다.

남자의 생일이 3월 11일인 것이다.

맘에 두고 있는 남자의 생일이 3월 11일이고 시계가 우연히도 '3:11' 을 가리키고 있었다는 사실은 무슨 의미를 두기에는 별 가치 없는 것임에 틀림없다. 시계는 하루에 두 번은 정확히 그 숫자를 나타내도록 만들어져 있으니까.

그렇다는 사실을 알고 있다고 해도 그 '3:11' 이라는 숫자가 신비로운 암호라도 되는 듯이 쇼코의 눈에 박혀왔다. 쇼코의 마음 어딘가에 끊임없이 스도에 대해서 생각하고 있는 부분이 있는 듯했다. 그래서 그것은 정말 작고 사소한 계기라도 슬쩍 스치기만 하면 번뜩 하고 의식의 표면으로 거침없이 떠오른다. 그런 자신을 의식하고 나면 묘하게 들뜬 마음이 되어 진정할 수가 없게 된다.

한 달 전까지는 전혀 상상할 수도 없었던 일이다.

스도와는 구라시키에서 돌아오는 길에 탄 신칸센 히카리 호의 옆 자리에 앉게 된 인연으로 바로 그날로 친근한 사이가 되어 버렸다. 신의 장난이라고밖에는 할 수 없는, 이상스런 만남이었다.

스도와 만나고 있을 때는 정말 즐겁다. 그의 목소리, 그의 행동거지, 그의 열정이 쇼코의 감성에서 가장 민감한 부분을 흔들어 깨

운다. 흠뻑 취한 마음은 이 세상에 이렇게 멋진 것이 또 어디에 있을까라는 생각까지 하게 된다.

그런 느낌이 들면 지금까지 삶의 대부분을 차지해 왔던 일이나 즐겁게 해 나가던 취미들의 맛이 갑자기 너무 심심해져 버렸다.

이래서는 안 돼. 무엇보다도 이건 수지가 맞지 않는 일이 아닌가. 그와 함께 지내는 단 두세 시간을 위해 그 이외의 시간이 — 이제까지 100퍼센트 충실했던 그 모든 시간이 빛 바랜 낡은 것이 되어 버리고 말다니…….

따르르릉.

검은 전화기의 벨이 울렸다.

"여보세요."

"아, 스도입니다."

"안녕하세요."

자신이 뱉은 말인데도 상당히 거칠어져 있다는 것을 느낄 수 있었다.

"바빠요?"

"그렇지도 않아요. 늘 똑같지요."

"오늘 밤에 만나고 싶은데."

스도가 그렇게 말하지 않을까 — 그건 충분히 예상하고 있었다. 그러면서도 만약 그런 말을 들었을 때 어떻게 대답을 할까 — 라는 것에 대해서는 결정하지 못하고 있었다.

"오늘 밤?"

"안 돼?"

"마담 루노를 만나야 하니까……."

표면적인 이유는 그렇다. 하지만 만나고 싶은 것은 어쩔 수 없다. 목소리를 듣고 있자면 한층 더 그런 마음이 커졌다.

"어떻게 안 될까?"

"……."

"어쨌든 저녁만이라도 함께 합시다."

"예……."

"흥미로운 이야기가 좀 있거든."

"뭔데?"

"만나면 얘기해 주지."

"으응."

"6시에 늘 만나던 카페에서. 괜찮지?"

"으음."

결국 그렇게 될 것이라는 사실은 처음부터 예상했던 바다. 문제는 식사 후에 그와 헤어져 정말로 마담 루노에게 갈 수 있을지 어떨지…….

레슨은 정말 빠지고 싶지 않다. 사랑 따위 어디에 쓸 데도 없는데. 인생에는 좀더 착실한, 노력한 보람에서 우러나는 즐거움이 얼마든지 있는데. 삽화 콘테스트도 코앞으로 다가왔고, 주식도 그저 멍하니 가격 변동 기사만 보고 있다고 좋은 결과를 얻기는 힘들다. 마담 루노와 만나면 만날 때마다 하나나 두 가지 정도는 얻는 것이 있는데.

하지만 정말로 갈 수 있을까. 그런 생각을 하면 짜증이 나서 견딜 수가 없어진다.

전화를 끊고 나서도 쇼코는 얼마간 멍하니 있다가 곧 기운을 차리고 하던 일을 손에 잡았다. 그리고 팔레트를 열고 하얀 에나멜 위에 회색과 보라색의 물감을 난폭하게 짜놓았다. 알비용 화지의 중앙에 둥글게 원이 그려져 있어서 삽화를 그려 넣을 공간이 마련되어 있었다. 그 공간의 반 이상이 바위로 변해 가는 기괴한 악마의 모습으로 채워진다. 칙칙한 색을 칠하면 페이지 전체가 어두워진다. 그러면 일부러 색깔을 넣어서 인쇄하는 보람이 없어진다. 그렇다고 해서 밝은 색을 칠하면 바위의 중량감을 표현하기 힘들다.

갑자기 아무런 계기도 없었는데도 불구하고 스도의 얼굴이 떠올랐다.

"일도 손에 잡힐 것 같지 않아."

쇼코는 색연필을 탁 하고 필통 속에 던져 넣었다.

스도는 약속시간보다 조금 빨리 카페에 온 듯, 테이블 위에 놓인 재털이에는 'く' 모양으로 꺾인 담배꽁초가 하나 버려져 있었다. 잘 빗겨진 부드러운 머리칼이 갈기처럼 파도치고 있는 귀족적인 옆모습.

마린 블루 셔츠, 진한 감색 양복, 양복과 같은 계열의 넥타이. 넥타이에 놓인 옅은 기하학적인 무늬. 스도는 언제나 세련되고 경쾌한 복장을 하고 있다. 그것도 쇼코의 기호에 잘 맞았다. 요즘에 유행하는, 그 알 수 없는 의상은 마치 스스로 머리가 비었다는 증거를 보여 주는 듯해서 쇼코는 좋아하지 않았다.

"이야, 딱 시간에 맞췄군."

"많이 기다렸어?"

"아니, 나도 막 왔어."

스도는 언제나 장초만을 피운다. 담배갑 입구는 항상 활짝 벌린 채 양복 왼쪽 안주머니에 넣어둔다. 담배를 피울 때는 양복 안쪽에 손을 넣어 긴 담배 한 대만을 쏙 뽑아낸다. 하얀 손가락의 움직임이 아름답다.

"바쁜 것 같아."

"으음, 뭐 그렇지. 언제나 그러니까……. 지금 동화책에 들어가는 삽화 작업도 하고 있고, 꽃 세공도 해야 하는데 그게, 장미가 세 송이에 카틀레야가 네 송이야. 보석 세공 디자인도 기술자들한테 재촉을 받고 있는 상태고……."

"바쁜 여자는 그다지 멋이 없어."

스도는 눈을 가늘게 뜨고 말했다.

"그렇지. 하지만 아무것도 안 하고 있는 건 정말 싫어. 바쁜 쪽이 좋아. 학부모회의 임원까지도 맡게 돼서. 바보라는 얘기를 들을 정도야."

"데이트할 시간 정도는 남겨 두라고."

"그게 제일 곤란하다니까."

"그럼 바로 밥 먹으러 갈까?"

"좋아."

"어지간히도 일을 좋아하는 모양이군."

"음, 그렇지 않아. 일종의 정리벽이야. 착착 정리해 나가는 것이 재밌어."

"나는 게을러서 말이야. 그렇게 척척 해나가는 비결이 도대체 뭐지?"

"그런 거 몰라. 순간적으로 착착 결정하고 나중에 후회하지 않는 거……일까."

"결단력이 있는 거군, 확실히."

"어물쩡거리는 건 그닥 좋아하지 않아."

"남성적이라고 해야 하나, 그런 부분은. 남자가 결단을 내리는 데 필요로 하는 시간을 10이라고 하면……."

레스토랑에 간 다음에도 스도는 역시 같은 화제를 이어갔다.

"으음……?"

"남자가 결단을 내리는 데에 필요로 하는 시간을 10이라고 하면 여자의 경우 16 정도라고 하더군."

"그래?"

"그 정도로 여자 쪽이 결단력이 약하다는 거지. 보통은 말이지. 미국 학자가 연구하고 있대. 원인은 화장실에 있다고 해."

"화장실?"

"그래. 남자는 서서 할 것인지, 앉아서 할 것인지, 어릴 때부터 확실히 결단을 한 후에 화장실 문을 열지. 그 반면 여자는 별 생각 없이 갔다가 별 생각 없이 쭈그려 앉지. 그 판단의 차이가 매일매일 쌓이다 보면……. 당신의 경우는…….”

“거짓말, 순 거짓말이야.”

“아하하하하.”

스도는 거침없이 웃는다.

한 잔의 와인이 순식간에 쇼코의 몸을 데웠다. 주위의 공기가 갑자기 붉은 빛의 방향제라도 품고 있는 듯한 느낌이 들었다. 무엇인지 가늠할 수 없는 함정으로 관능이 흠뻑 빠져 들어가는 것처럼…….

쇼코는 와인잔을 들어올리며 스도의 얼굴을 보았다. 스도는 살짝 웃음을 띠고 있었다. 저것이 남자의 색기라는 것일까.

쇼코의 인생에 갑자기 뛰어들어온 남자……. 아무리 생각해도 나쁜 남자는 아니다. 분위기에 맞는 적절한 화제를 끌어내서 지나치게 즐거울 정도다. 어느 정도 여자를 다루는 데 능숙한 면도 있지만 바람둥이라고는 보기 힘들었다. 쇼코는 색정적인 사랑을 나눈 경험은 거의 없었지만 세상의 이런저런 일들을 한 몸으로 겪은 여자로서, 남자 보는 눈은 어느 정도 갖추고 있다고 자신했다.

마흔을 넘긴 남자는 여자를 귀찮아하거나 노골적인 호색한이 되거나 둘 중 하나를 선택하기 마련인데, 스도의 경우는 순수하고 진지한 면과 더불어 성인 남자의 말쑥함까지 적절하게 갖추고 있어서 그 어느 쪽인지 판단하기 어려웠다. 그런 데다 인격의 깊이까지도 느껴져서 이내 빠져 버리고 마는 것이다. 직업은 대학 강사 겸 번역가. 그런 자유로운 직종이 샐러리맨과는 다른 성품을 만들어냈는지도 모른다.

"아까 말한 흥미로운 얘기라는 건 뭐죠?"

"아아, 그거. 작업실을 얻기로 했다고."

"왜?"

"그 편이 일하기 편하니까. 당신하고 만나기도 쉽고."

후자 쪽은 목소리를 낮추어서 말했다.

"……."

쇼코는 말을 잇지 못했다.

스도가 내뱉은 말이 뜻하는 무게를 금방 알아차렸다.

그 무게를 마음속으로 확인하면서 어떻게 해야 좋을지 주춤거리고 있었다.

원하는 대로 한두 번 거리의 여관으로 들어간 적은 있었지만 쇼코에게는 영 어색하기만 했다. 어떤 남녀가 잤을지 모르는 침대에서 안긴다는 것도 싫었고 '그 행위' 만을 위한 방을 만든다는 것에 대해서도 혐오를 느꼈다. 그렇다고 때마다 격조 있는 호텔을 예약한다는 것도 왠지 호들갑스럽게 느껴졌다. 남자와 여자는 좀더 태연하게 서로를 안아야 하는 것 아닌지…….

스도도 쇼코의 그런 마음을 눈치 채고 있었던 것일까. 그 답이 작업실──그렇게 해석할 수 있었다.

──두 사람만의 방──

쇼코의 몸 깊숙한 곳에 심지가 불타오르는 듯했다. 철썩철썩 조수처럼 밀려 들어와서는 충만하게 차오르는 그 무엇인가가 있었다.

"와 보지 않겠어?"

"하지만…… 마담 루노와의 약속이."

"잠깐 보기만 하면 되잖아."

"멀잖아."

"아니, 금방이야."

"정말?"

"응. 우주의 넓이에 비하면 말이지."

스도는 벌써 계산서를 들고 일어서고 있었다.

쇼코는 시계를 보았다. 프랑스어 레슨, 삽화 색칠하기, 꽃 세공…… 하기로 정해 놓은 일들이 주마등 스치듯 떠올랐다. 하지만 그 반면에 가슴을 꿰뚫는, 자아를 잃어버릴 듯한 감각.

스도가 택시를 세우고 쇼코를 불렀다.

"친구가 일 때문에 산 아파트인데…… 갑자기 3개월 정도 영국에 가게 되어서……. 그 사이에 나보고 생각이 없느냐고. 맨 꼭대기 층의 북쪽에 외따로 있어서, 해는 잘 들지 않지만 조용한 방이야."

택시 안에서 스도는 쇼코가 생각을 바꿀까 봐 걱정이 되는지 말을 멈추지 않았다.

쇼코는 머리를 텅 비운 채 그의 목소리를 들으며 무언가 음란한 동요에 전신이 취하는 듯한 감각에 빠졌다.

아침 식탁에서 쇼코는 말했다.

"엄마, 오늘 밤 나고야에서 조화 전시회가 있어. 새로운 디자인이 꽤 많이 나온다고 하니까 좀 가볼까 하는데."

쇼코는 자신의 입 밖으로 나오는 말이 자연스러우면서도 한편으로는 스스로가 내뱉는 말이 어딘지 모르게 어색하게 느껴지는 것은 어쩔 수가 없었다. 엄마에게 거짓말을 하다니 도대체 몇 년만인가.

"에이코한테도 선물 사다 줄 테니까."

딸, 에이코를 속이는 것은 한층 더 기분이 나빴다.

"내일은 돌아와?"

"응. 나고야 정도는 코앞이니까. 호텔에서 묵고 내일 점심에는 돌아올 거야."

"어느 호텔에 묵는데?"

라고 어머니가 물었다. 쇼코는 당황스러웠다.

"모르겠어. 재료상에서 예약을 해놓는다고 했어. 밤에 시간이 나면 전화할게."

"응."

엄마는 아무런 의심도 없이 대답했다.

이것으로 결정됐다. 더 이상 주저할 필요는 없다. 하지만 결단 후에 찾아오는 상쾌함은 없었다.

서른을 넘은 여자가 엄마에게 말 못 할 비밀 한두 가지 정도 가지고 있다고 해서 손가락질을 받을 리는 없다. 딸 에이코를 배려한다거나 할 필요는 더더욱 없는 것이다. 혼자 사는 여자라면 충분히 할 수 있는 성인들만의 사랑을 하려고 하는 것이므로.

"그것보다 너……."

엄마가 버터 나이프를 움직이던 손을 멈추고는 말을 이었다.

"저녁때 학부모회 모임이 있었던 거 아니었어?"

"응. 하지만 어쩔 수 없잖아. 아, 나른해."

"그래?"

엄마는 미심쩍은 표정을 지었다. 쇼코가 한번 결정한 스케줄을 바꾸는 일은 그다지 흔치 않은 일이었다.

쇼코는 그런 엄마와는 상관없이 서둘러 홍차를 마시고 작업실로 숨어들어갔다.

책상 위의 캔버스는 색이 칠해지지 않은 채 새하얗게 펼쳐져 있었다. 꽃 세공은 꽃봉오리에 푸른 헝겊을 감싼 채 어정쩡한 상태로 꽃잎 사이에 묻혀 있었다.

소파에 몸을 누이니 기다리기라도 했다는 듯이 스도의 얼굴이, 목소리가…… 어젯밤에 있었던 갖가지 일들이 떠올랐다.

스도가 빌린 작업실은 책과 짐들로 어수선하게 어질러져 있어서 황량한 기운마저 느껴졌지만, 사람 냄새가 나지 않는 면이 오히려 은밀한 정사에는 걸맞은 느낌이 들었다.

외따로 떨어진 방에서 몇 마디 뜬금없는 말을 주고받는 사이에 입술이 겹쳐지고 이내 아찔한 화염 속으로 떨어지듯 두 사람의 몸이 엉켰다. 몸이 꿀처럼 녹아내리는 것 같았다.

―무서워, 무서워―

어딘가에서 그런 울부짖음이 들리는 듯도 했다.

쇼코는 자신의 몸 안에 이런 신비로운 환희가 숨어 있을 줄은 상상도 못했다.

성적인 관계는 먼 옛날 남편이라고 불리던 남자와 일상적인 의식처럼 주고받기는 했었다. 고통이라고 할 정도로 나쁘지는 않았지만 이 정도로 달콤한 것도 아니었다. 그로부터 십수 년, 몸의 깊은 곳에서 뜨거운 용암이 언젠가 분출될 날을 기다리며 조용히 부풀어 오르고 있었던 것일까……. 자신의 몸인데도 이해가 불가능했다.

쇼코는 연필을 쥐고 알비용 화지의 여백에 스도의 얼굴을 그려 보려고 했다.

하지만 얼굴은 제대로 그려지지 않았고 바로 까맣게 칠해서 지워버렸다.

스도 히데키, 스도 히데키, 스도 히데키…….

이번에는 이름을 수없이 적어 넣었다.

그리고는 번뜻 기묘한 충동에 빠져서는,

스도 쇼코,

라고 써 보았다.

갑자기 작은 전율이 몸 안에서 날뛰었다. 어젯밤 꾼 기분 나쁜 꿈이 다시금 떠올라……. 자신이 지금부터 무엇을 하려고 하는 것일까?

"정말 어떻게 됐나 봐."

쇼코는 그림을 그리던 종이를 가위로 잘게 잘라서 휴지통에 버렸다.

소파에서 일어나 책상 앞에 앉았지만 일이 손에 잡힐 것 같지 않았다. 정해 놓은 삽화 마감 시간까지 그렇게 여유가 있는 것도 아니었다. 전력 관련 주식을 더 사기 위한 자금을 빌리기 위해 은행에도 가야 했다.

어젯밤 결국, 마담 루노에게는 가지 못했다. 연락도 하지 않은 채. 그에 대한 사과 전화도 하지 않으면 안 되는데…….

하지만 또다시 스도의 이미지가 마음을 사로잡았다. 얼굴이나 그 구체적인 모습이 아니라 그의 기운이, 그렇게 관련도 없는 생각들 속에서 난데없이 나타난다. 더불어 조숙하지 못한 자신의 자태가 떠오르고 부끄러운 쾌감이 정상적인 사고 체계를 엉망진창으로 만들어 버린다.

어젯밤 스도와 헤어진 것은 밤 11시가 다 되어서였다.

"오늘 밤은 나도 집에 돌아가야 해. 그 대신 내일 6시에 여기에서 만나. 내일은 아침까지 있어 줘."

"자는 건 어려울 것 같은데."

"갑자기 여행이라도 가게 됐다고 하든가."

"안 될 것 같아."

"어쨌든 6시에 와줘."

"으응……. 하지만 일이……."

"그런 말 하지 말고. 좀 서둘러서 끝내면 되잖아."

"응, 그렇지."

그때는 주저했지만 그건 십수 년 동안 착실하게 살아온 '성실한 쇼코'에 대한 죄스러움 같은 것일 뿐이었다. 그 시간이 다가오면 결국 안절부절못하다가 그곳으로 달려갈 것이다. 이런 경우마저도 행동력이 있는 자신이 원망스럽기까지 했다.

— 오늘, 나는 그 방에서 하룻밤을 보낼지도 모른다 —

엄마에게는 나고야에 간다고 말해 두었으니 외박을 할 수 있는 여건은 만들어 놓았다. 남은 것은 자신의 기분 문제뿐.

하지만 그것 역시도 벌써 해결된 거나 다름없었다. 무언가 빠져나갈 수 없는 정황을 먼저 만들어 놓고 그것에 자신이 따르도록 해 버리고 마는 — 그것이 쇼코가 언제나 쓰는 방법이었다. 요컨대, 엄마에게 나고야에 가게 되었다고 선언해 놓은 것이 바로 그 좋은 예라고 할 수 있지 않은가.

스도와 함께 보내는 밤. 서서히 밝아 오는 여명. 아침은 포옹과 함께 밝아 오고…….

하룻밤의 환락이 두 사람의 관계를 한층 새롭게 바꿔 놓을 것이다. 자아를 잃고 정신없이 그에게 빠져 버리는 상태는 아마 한층 더 깊어질 것이다. 하룻밤이 정말 하룻밤으로 끝나는 일은…… 없다.

— 그 전에 조금이라도 일을 해 놓지 않으면 안 되는데 —

쇼코는 팔레트를 열어 물감을 섞어 보았지만 그 색감이 여전히 맘에 들지 않았다.

멍하니 허공을 바라보았다.

3월의 해는 조금씩 길어지고 있기는 했지만 그렇다 해도 6시가 넘으면 거리는 회색의 밤으로 변했다.

어젯밤은 미처 알아보지 못했지만 신축 아파트는 아직도 시멘트 냄새도 그대로 났고 사람 사는 느낌도 거의 나지 않았다. 5층까지 가서 일단 엘리베이터에서 내린 후 다시 계단으로 한 층을 더 올라갔다. 6층은 원래 주거를 위해서 만들어진 곳이 아니라서 북쪽의 남은 공간에 달랑 하나 스도가 빌린 방이 있을 뿐이었다.

벨을 누르자 대답보다 먼저 손잡이가 돌아가고 문이 열렸다.

"여어!"

스도가 안에서 얼굴을 내밀었다. 한 손으로 문을 잠그면서 쇼코의 허리를 감쌌다.

알코올도 많이 마시면 취기가 가시지 않는 것처럼 사랑에도 그런 취기가 있는 것인지도 모른다. 쇼코의 몸 구석구석에 지난밤 나눈 사랑의 잔해들이 남아 있었다.

그것이 짧은 입맞춤으로 스멀스멀 취기를 되살려 전신의 피를 확 달아오르게 만들었다.

"늦었잖아. 걱정했어."

"미안!"

"저녁은?"

"먹고 싶지 않아."

"커피는?"

"생각 없어."

테이블 위에는 새 찻잔, 새 커피포트, 새 티스푼이 놓여 있었다. 마치 새로운 살림의 전조인 것처럼.

—하다못해 꽃이라도 사 올 걸 그랬나—

쇼코는 생각했다.

하지만 꽃을 사 와도 그것을 꽂을 꽃병이 있을 것 같지도 않았다. 다음에는 청자 꽃병이라도 집에서 가져오자. 남자 혼자 있는 작업실이라면 어차피 생화는 얼마 안 가 시들어 버리고 말 것이 뻔하니까 장미나 백합을 만들어 오자. 그리고 전에 만들었다가 쓰지 않고 어딘가 넣어 둔 테이블 크로스. 유화도 2점 정도 벽에 걸어 두면 나쁘지 않을 거고…….

"왜 그래? 그렇게 두리번거리고."

"방을 좀 꾸며 볼까 하는데. 안 돼?"

"안 될 거 없지. 어차피 당신과 나 두 사람만의 방이니까. 좋을 대로 해."

"안쪽 방, 가 봐도 돼?"

"얼마든지."

6조* 정도의 방에는 짐들이 널려 있고, 이불이 두 번 접힌 채 놓여 있을 뿐이었다. 커다란 여행용 트렁크가 바다에 사는 조개처럼 입을 크게 벌리고 있었다. 새 다다미 냄새가 어젯밤의 감흥을 떠올리게 했다.

---

* 다다미 6장으로 된 3평 정도의 방이다.

등 뒤에서 스도의 손이 어깨를 감싸 왔고 돌아선 채로 입술을 빼앗겼다.

"자고 가도 되는 거지?"

"무리야."

순간적으로 그렇게 대답한 것은 어떤 심리에서였을까.

"저런."

"으응……. 어제 무서운 꿈을 꿨어."

"무슨?"

"당신하고 둘이서 자고 있었어. 벌거벗은 채로."

"응."

"베갯머리에 미닫이문이 열려 있는 거야. 30센티 정도. 당신한테 닫아 달라고 말했는데 당신이 해 주지 않았어. 그저 나를 꼭 끌어안고 있기만 했어."

"그래서?"

"그것뿐이야."

"하나도 안 무섭네."

스도는 언제나와 같은 웃음을 얼굴 가득 지었다.

"미닫이문 밖에 머리가 긴 사람이…… 긴 머리만 있는 여자가 앉아서 안을 쳐다보고 있었어."

"……."

"내 꿈은 언제나 현실로 나타나."

스도는 좀 곤란한 표정을 띠었다.

"그런 생각을 하고 있었던 거야? 당신답지 않아. 좀더 자기 중심적으로…… 나쁜 의미로써가 아니라 남들의 시선 따위 신경 쓰지 말고 자기가 원하는 대로 살아 가는 게 좋지 않아?"

"그건 그래. 하지만 신경 쓰이는 일들이 많이 일어날 거야, 분명히."

"쓸데없는 데에 너무 신경 쓰지 말고 멋진 사랑을 나누면 되는 거야. 그 편이 당신답다고."

"갑자기 누군가 찾아오면 어떡해? 여기는 6층이야. 창은 높고."

"누가 말이야? 누구도 여기는 알지 못해."

"미닫이문 밖에 있던, 머리가 긴 사람."

"설마. 집사람은 아무것도 몰라."

"여자는 눈치가 빨라."

"벽장에라도 숨으면 되잖아."

"싫어. 곧 들킬 거야."

"그럼, 여기 이 여행용 트렁크에 숨으면 돼."

스도는 발밑의 트렁크를 가리켰다. 아마도 외국산일 것이다. 입이 딱 벌어질 정도로 크다.

"설마 여기에 들어갈 수 있을라고."

"아니, 들어갈 수 있어. 사람 한 명 정도는."

"거짓말."

"거짓말이 아니라고."

"거짓말이야."

"좋았어. 그럼 내기할까? 내가 들어가 볼 테니까 만약 잘 숨을 수 있으면 당신은 오늘 순순히 여기서 묵는 거야."

쇼코가 대답하기도 전에 스도는 튼튼해 보이는 트렁크 안으로 들어갔다. 트렁크는 위를 향한 채였고, 스도는 팔다리를 웅크리고는 뚜껑을 잡아당겼다. 그러자 딱하고 금속이 맞부딪는 소리가 나며 강고하게 닫혔다.

"자, 어때? 보다시피 당신이 졌다고."

안에서 약간 잠긴 듯한 목소리가 들려왔다.

"……."

"자고 갈 거지?"

목소리는 알아듣지 못할 정도였다.

뜨거운 밤, 하얀 아침, 꿀 같은 따스함…….

쇼코는 밤이 깊어갈수록 질척하게 녹아내리는 자신의 조숙하지 못한 모습을 머릿속에 그리면서 몸을 떨었다.

어느새 봄도 중반에 들어서 있었다.

디지털 시계가 3시에 가까워지고 있었다.

쇼코는 마음 한구석 전화에 신경을 쓰는 부분이 있다는 걸 알아차렸다.

책상 위에는 색 교정을 마친 동화의 삽화가 놓여 있었다. 인쇄도 잘 되어 쇼코는 자신의 솜씨지만 꽤 잘 나왔다고 생각했다. 반 정도 돌이 되어 버린 악마의 모습이 그로테스크한 느낌을 잘 전달하고

있었다. 그것을 바라보고 있는 자매의 표정도 나쁘지 않다.

요 며칠 동안 정신없이 일한 덕분에 거의 모든 일을 간신히 스케줄대로 원상복귀 시켜 놓을 수 있었다. 오늘밤은 마담 루노에게 가야 하고…… 그래, 그젯밤에 사 놓은 주식은 순조롭게 올라가고 있을까.

스도에게서는 벌써 2주 이상 연락이 없다.

쇼코의 인생에 불쑥 침입해 들어온 남자. 원래대로라면 사귈 일도 없었을 남자. 쇼코는 그 남자의 방에 하룻밤 묵기 위해 가서는 아무것도 하지 않은 채로 묵묵히 돌아왔을 뿐이다.

덜컹덜컹덜컹.

때로는 트렁크가 흔들리는 소리가 들려오기도 하지만 기분 탓일 거다. 꽉 잠긴 목소리가, 울부짖는 소리가 들려오지만 그것 역시도 멀리서 들려오는 것일 뿐 이내 잦아들었다. 그 트렁크도 지금쯤은 아마도 완전히 돌로 변해서 움직임도 없을 것이다. 목소리를 낸다는 것은 더더욱…….

쇼코는 동화의 삽화를 다시 한 번 쳐다바라보고 나서 서류봉투 안에 집어넣었다. 한 건 완료.이제 바로 꽃 세공을 시작하지 않으면 안 된다.

얼마 안 있어 장미 꽃잎을 재단하는 쇼코의 입에서 콧노래가 흘러나오기 시작했다. 일이 기분 좋게 진행될 때의 그 멜로디. 등 뒤 벽에 걸린 일정표에는 이번 주의 스케줄이 빽빽이 차 있었다.

어디에도 마음을 주지 않고 어쩔 수 없이 할 수밖에 없는 상황을 만들어 거기에 자신을 무리하게 맞추게 하는 것이 쇼코만의 '일하는' 방법이었다.

사랑 따윈 아무짝에도 쓸모없다. 사자는 가축으로 키울 수 없다.

쇼코는 번쩍 고개를 들고 무언가 잡념을 끊어버리려는 듯 머리를 세차게 흔들었다. 그 모습이 어딘지 짐승의 갈기 같다는 느낌을 들게 했다.

밧줄

—편집자에게 보내는 편지—

O.Y.님께

지금쯤 제 행방을 여기저기 찾고 계시겠지요. 원고 마감이 바로 코앞이라는 사실은 알고 있습니다. 그 마감도 막판까지 연기해 놓은 주제에 이렇게 모습을 감추어 버렸으니 얼마나 난처할지…… 아니, 그 정도가 아닐 겁니다. 사실은 굉장히 화가 났을 겁니다. 그런 생각을 하면 가슴이 욱신욱신 아파 와서 어찌할 바를 모르겠습니다. 정말로 죄송합니다.

하지만 아무리 해도 원고를 쓸 수가 없습니다. 단지 초조함만이 구토처럼 밀려오곤 합니다. 이렇게 앉아 있어도 모든 것이 꿈속의 한 장면처럼 의식이 흐려질 때가 있습니다. 이제는 절망밖에 남아 있지 않았습니다. 용서해 주십시오.

원래 재능도 없는 제가 어쩌다가 눈에 띄는 작품을 발표해, 그것이 나오자마자 그 잡지 4월 호에 연재를 부탁받게 되었습니다. 그때는 꿈이라도 꾸는 것처럼 기뻤습니다. 너무 기쁜 나머지 앞뒤 생각도 없이 한 마디로 응하고 말았습니다.

—아, 이것으로 나도 소설가라는 명함을 내밀 수 있게 된 거야—

따위를 생각하며 어리석게도 나르시시즘에라도 빠진 듯 기쁨에 젖었으니까요.

하지만 실제로 책상 앞에 앉아 펜을 손에 쥐었을 때는 하루 종일 그렇게 원고지만을 노려볼 뿐 아무런 아이디어도, 단 하나의 문장도 떠오르지 않았습니다.

그럼에도 어떻게 해서든지 이 기회를 놓치고 싶지 않다는 욕망에 눈이 뒤집혀 일주일 전에 잘 되어 가는지 진행상황을 묻는 전화를 받았을 때도,

"물론이죠. 어떻든 진척이 되고 있습니다. 마감까지는 분명히 좋은 작품을 보여드릴 수 있도록 할 테니, 안심하십시오."

라고 대답하고 말았습니다.

그때 확실하게 안 되겠다는 대답을 드렸다면 이렇게나 염려 끼칠 일은 없었을 텐데…….

할 수 있는 만큼 최선을 다하기는 해 보았습니다. 찰나의 순간도 글을 써야 한다는 사실을 잊은 적이 없을 정도니까요. 하지만 재능이 없는 것은 아무리 해도 어쩔 수 없는 것입니다. 고작 30매, 기껏해야 30매밖에 안된다고 생각해 보았지만, 겨우 30매밖에 안되는

그것을 쓸 수 없는 겁니다. 하루하루 지날수록 휴지통으로 버려지는 원고지들만 쌓여 갈 뿐이었습니다. 그러는 사이 하루이틀 시간은 흘러 약속한 날이 다가오자 이번에는, 출판사에서 재촉하는 전화가 오지 않을까, 그러면 뭐라고 변명을 해야 할까, 그런 생각만 머릿속에 가득 차서 글은 더더욱 진척이 되지 않았습니다.

자취를 감춘 것은 그런 상태를 견딜 수 없어 이 호텔에 틀어박혀 버렸기 때문입니다. Y님에게서 전화가 올 것이 두려워 참을 수가 없었습니다. 호텔로 자리를 옮기고 나서 어떻게 해서든 의뢰받은 원고는 마칠 생각이었습니다. 다니던 직장에는 감기에 걸렸다고 거짓말을 하고 휴가를 받았습니다만, 그 사실은 이미 알고 계시겠지요.

하지만 호텔로 거처를 바꿨다고 해서 그때까지 아무런 착상도 없이, 단 한 줄도 진행시키지 못하던 상황이 갑작스럽게 변해 글이 잘 써지는 행운이 찾아올 턱이 없죠. 모락모락 담배 연기만 피워 올리며 시간이 흘러가는 것을 지켜보고 있는 것 외에는 아무것도 할 수 없었습니다.

호텔 방에서도 분명 당신이 머리끝까지 화가 났을 거라는 생각이 들기도 하고, 나한테 실망해 완전히 관계를 끊고 두 번 다시는 연락하지 않을 거라는 생각이 들기도 해서 답답하고 불안한 마음으로 그렇게 멍하니 앉아 있기만 할 뿐이었습니다. 너무나 한심하게…….

아, 이제는 정말 시간이 얼마 남지 않았습니다. 지금이라도 바로 쓰기 시작하지 않으면 안 됩니다. 그럼에도 아무것도 쓸 수가 없다니……. 재능이 없는 겁니다. 요전의 작품은 정말 우연히 운 좋게 한두 개 좋은 작품이 나올 수 있었던 겁니다. 당신이 나와의 관계를 끊어 버린다고 해도 어쩔 수 없습니다. 쓰레기 같은 인간입니다, 저는. 쓰레기, 쓰레기, 쓰레기! 그 외의 아무것도 아닙니다.

글이 심하게 제멋대로 날아가고 있죠. 저 자신도 무엇을 쓰고 있는지 잘 모르겠습니다.

그젯밤도, 어젯밤도 단 한숨도 자지 못했습니다. 벌써 60시간 정도는 깨어 있는 채로 책상을 마주하고 있는 것 같네요. 눈 안쪽에 엷은 막이라도 쳐진 것처럼 피로와 흥분이 끈적끈적 자리잡고 있습니다. 때로는 눈앞에 또 다른 내가 앉아서 종이 위에 펜을 움직여 글을 쓰고 있는 것이 보입니다. 그런 모습이 마치 누군가 타인을 눈앞에 두고 바라보듯 선명하게 보이는 겁니다.

머리가 이상해지고 있는 것이 분명합니다.

지금 이렇게 편지를 쓰고 있는 것도 같은 책상에서입니다. 어떻게 해도 원고는 쓸 수가 없습니다. 하지만 무엇인가 쓰지 않고는 견딜 수가 없습니다. 최소한 사죄의 마음 정도는…… 예, 그렇습니다. 이렇게 당신한테 마지막으로 용서를 빌고 있는 겁니다.

과연 마지막까지 편지를 쓸 수 있을지 어떨지……. 갑자기 수마(睡魔)가 뇌 속을 침입해 들어와 퍼져갑니다. 잠들면 이것으로 모든 것이 끝납니다. 그것은 확실합니다. 하지만 다른 한편으론 잠들어 버리면 얼마나 편할까라는 생각이……. 아니, 분명 잠들어 버릴 겁니다. 분명히 저는 잠들게 됩니다. 그 순간 과연 어디까지 편지를 써 놓았을지…….

아, 또, 저 소리가…….

지금, 문밖에서 희미한 소리가 들려옵니다. 제가 깜빡 졸았기 때문일 겁니다. 녀석은 제가 잠들기를 기다리고 있습니다.

이제는 도망갈 길이 없습니다. 녀석은 바로 저기까지 와 있고 저 역시도 도저히 원고를 쓸 수가 없고……. 머지않아 책상에 엎드려 잠들어 버릴 테니까.

그 전에 당신에게 어느 정도까지 글을 남길 수 있을는지. 쓴 커피를 한 모금 마셨습니다.

갑작스럽다고 생각하겠지만 서두르도록 하겠습니다.

그렇습니다. 그건 2년 전의 일이었습니다. 저는 돗토리의 낡은 호텔에서 젊은, 기묘한 여성과 만났습니다. 그때의 일을 떠올리고 있는 것입니다. 잠의 나락으로 떨어지기 전에, 그때 일에 대해 당신께 말씀드리지 않으면 안 될 것 같습니다.

돗토리에 간 것은 구청 연말결산의 일환으로 예산을 소비하기 위한 출장, 그러니까 그렇게 중요한 일이 있었던 것은 아니었습니다. 접대 후에 잠시 호텔로 돌아와 두 시간 정도를 깜빡 잠들었다가 깨었습니다. 그리고 다시 한창 흥청거리고 있는 술집으로 가서 그 집이 파장할 때까지 그 지방의 술을 이것저것 모두 마셔 보다가 다시 호텔로 돌아온 것이 새벽 2시에 가까운 때였던 것 같습니다. 그리고는 본격적으로 잠을 자려고 했지만 잠자리가 바뀌어서였는지,

침대가 너무 딱딱해서였는지, 뭐 여행할 때면 그런 일이 종종 있지 않습니까, 어쩐 일인지 진정이 되지 않는 그런 기분 말입니다. 그래서 따뜻한 물에 몸을 담그면 좀 낫지 않을까 싶어 벌떡 일어나 욕탕에 물을 받아 풍덩 하고 물속에 들어갔습니다. 그리고 몸 안 곳곳에 따뜻한 기운이 퍼졌을 즈음, 슬슬 자볼까 하고 다시 침대로 파고들었을 때였습니다. 누군가 똑똑 하고 벽을 두드리는 겁니다.

처음에는 기분 탓이라고 생각했습니다만 그렇지 않았습니다.

소리는 계속 이어졌고 두려움에 빠진 듯한 여자의 목소리가 들려왔습니다.

"여보세요, 여보세요?"

침대와 접하고 있는 벽 너머에서 들려오는 것 같았습니다.

"예에?"

"아직 깨어 계신가요?"

"예, 깨어 있습니다만."

상대방은 주저하는 듯했습니다.

"무슨 일이 있습니까?"

"저기……."

"예."

"죄송합니다만 잠시만 제 방으로 와 주시지 않겠습니까?"

"왜 그러시죠?"

"무서워서 잠을 잘 수가 없어요."

얼토당토 않은 소리라고 생각할지 모르지만 저는 그 유명한 『몽

테크리스토 백작』이라는 작품 속에서 주인공이 처음 파리아 법사를 만났을 때의 장면이 떠올랐습니다. 암흑 속에서 벽 하나를 사이에 두고 전혀 알지 못하는 사람이 말을 걸어 온다는 것은 그 정도로 기묘한 느낌을 주었습니다.

"그럼 일단 건너가도록 하겠습니다."

"죄송합니다."

호기심이 지나치다고 한다면 그럴지도 모르지만, 목소리의 주인공은 젊은 여자인 듯했고 남자라면 누구라도 이런 상황에 흥미를 갖지 않겠습니까.

저는 파자마 위에 재킷을 걸치고 옆방 문을 열었습니다.

그 방의 구조는 제 방과는 딱 반대로 되어 있어서, 말하자면 벽 한 장을 사이에 두고 두 개의 침대가 머리를 맞대고 있는……그런 구조였던 것 같습니다. 실내등이 밝게 방 안을 비추고 있었고 침대 위에는 예상대로 젊은 여자가 상반신만을 일으킨 채 앉아 있었습니다. 양손으로 가슴을 감싸 안고는 눈을 번쩍 뜬 채로…….

"무슨 일이 있었나요?"

"복도에 뭔가…… 없었습니까?"

"아니요, 아무것도."

사실 호텔 복도에는 이상한 기운이라고는 전혀 느낄 수 없었으므로 저는 딱 잘라 말했습니다.

여자는 제 목소리를 듣고 어느 정도 안심을 했는지 어깨에 걸친 카디건의 앞섶을 가다듬고는 살짝 웃는 듯했습니다. 어딘가 병적인 인상이 있기는 했지만 이목구비가 뚜렷한 여자…… 아니, 여자라기보다는 표정 어딘가에 소녀 같은 인상을 숨기고 있는 여자였습니다. 연약하게 느껴져서, 잔혹하게 괴롭혀 보고 싶은 마음이 드는…….

저는 그때까지 막연하게 손끝으로 남자를 자기 방으로 불러들여 얼마간의 용돈을 뜯어내는 그런 종류의 여자를 머릿속에 그리고 있었는데, 그녀가 그런 여자가 아니라는 사실은 금방 알 수 있었습니다.

"죄송해요. 욕실에서 물소리가 들려와서…… 아직 자는 건 아니라는 생각이 들어서."

여자의 말투는 예의 발랐고 언뜻 보기보다 나이가 좀더 들었을지도 모른다는 생각이 들었습니다.

"예, 막 자려고 하려던 참이었습니다만, 무슨 일입니까?"

저는 애써 밝게 이야기를 건넸습니다.

여자는 털실 뭉치라도 감으려는 듯한 자세로 가슴 부근에서 손을 무의식적으로 움직이고 있었습니다만 이내 입술을 깨물듯이,

"잠드는 것이 무서워요."

라고 기어들어가는 소리로 말했습니다.

이럴 때는 뭐라고 대답해야 좋은 것일까요? 저는 웃으면서,

"그럼 깨어 있으면 되지 않습니까?"

"하지만 이틀이나 뜬눈인 채여서 지금이라도 잠들어 버릴 것 같아요."

"잠드는 게 어째서 무서운 거죠?"

"예에, 그게……."

여자는 침대 위에서 뭘 어디서부터 얘기해야 할지 머뭇머뭇 망설이는 것처럼 보이다가 내가 의자에 앉아,

"자, 말해 보세요. 무엇이든 좋으니까."

라고 말하며 웃는 얼굴로 바라보자, 겨우 정신이 든 듯 주섬주섬 자신의 신변에 생긴 이야기를 털어 놓기 시작했습니다.

이야기 자체는 그다지 특별한 것이 아니었습니다. 지금이라도 주간지를 펼치면 나올 법한 그런 류의 사건이었습니다.

여자의 이름은 분명 도시코 뭐라고 했던 것 같습니다. 그리고 스물세 살의 회사원이었습니다. 도쿄에서 단기대학을 졸업하고 손수건류를 파는 회사에 취직해서 근무를 하다가 거기에서 아내와 아이가 있는 남자와 열렬한 사랑에 빠졌다는 것이죠.

남자 쪽이 어느 정도 진심이었는지는 여자의 말만 듣고는 알 수 없는 일이죠. 하지만 여자 쪽은 마지막 순간까지도 진심이었을 테지요. 아직은 어린 여자니까. 임신해서 중절까지 하고 상대방의 부인한테까지 찾아가는 등…… 상황이 이렇게까지 심각하게 변하자 남자는 결국 아내에게로 돌아가버리고 말았고, 여자는 버림받은 상황이 되어 버리고 말았다. 대개는 이런 식의 결말로 끝맺는 것이 이런 종류의 연애 사건들이죠.

그때 여자는 죽고 싶어졌죠.

그 남자와는 이전에 돗토리의 사구(砂丘)를 보러 온 적이 있었던

듯했습니다. 그것이 그들이 가장 좋았던 시기의 추억일 겁니다. 그런 그리운 모래산을 다시 한번 보고 나서 죽겠다는 생각으로 여행을 나섰을 때였다고 합니다.

그런데 인간은 그렇게 쉽게 죽어버릴 수 있는 존재가 아닌 모양입니다. 하루 종일 사구의 여기저기 돌아다니면서 어떻게 죽는 것이 좋을지 어디에서 죽는 것이 좋을지, 정말로 죽는 것 이외에 아무런 방법이 없는 것인지 방황하고 있는 사이에 밤이 깊어지고 말았고, 그렇게 급하게 죽어버릴 것은 없다고, 하룻밤 동안 푹 자고 난 후에 생각해 보자면서 호텔로 돌아왔다는 그런 사정을 이야기해 주었습니다.

그런데 바로 지금부터가 해괴한 이야기입니다만, 그렇게 돌아오는 길에 무엇인가가 뒤에서 따라오는 듯한 느낌이 들어서 여자는 갑자기 공포에 빠져들었다는 겁니다.

처음에는 귓가에 싸아싸아 하는 소리가 들려왔다는 겁니다. 무언가 끄는 듯한 작은 소리였다던가.

—뭐지?

그런 생각으로 한두 번 뒤를 돌아본 듯했지만 어둡고 좁은 골목길이 이어지고 있을 뿐이었고. 이상한 것이 아무것도 없었다는 것이죠.

—너무 신경을 쓰고 있나—

이상하다는 생각을 하면서도 가던 길로 다시 발길을 돌렸는데 또 스스슥스스슥 하는 소리가 들려왔다고 합니다. 무서운 마음에

달리기 시작했더니 그 소리도 뒤쫓듯이 빨라졌고 번화가로 나서면 어디론가 사라졌다는 겁니다. 하지만 다시 인적이 드문 곳으로 들어서기만 하면 또 뒤에서 그 기분 나쁜 소리가 들려왔다고 합니다. 아실지 모르겠지만 S호텔까지 가려면 인적 없는 길이 꽤 길게 이어져 있어서 그 길을 걸어가지 않으면 안 되었습니다.

그녀는 달리다가 뒤를 돌아 아무것도 없는지 확인하는 것을 반복하는 동안 드디어 그 정체를 알아냈다고 합니다.

그게 무엇이었다고 생각합니까?

그런 질문을 받아도 대답을 할 수 있는 방도가 없겠습니다만.

"밧줄이었어요."

그녀는 기억을 떠올리는 것도 무서운 듯 목을 움츠리며 말했습니다.

"밧줄?"

"예에. 밧줄이었어요."

2, 3미터 정도가 되는 밧줄이 마치 뱀처럼 똬리를 틀고 조금씩 그녀의 뒤를 쫓고 있었다는 겁니다.

"기분 탓이었겠죠."

"하지만 분명히 봤다구요."

그녀가 거짓말을 하고 있는 것 같지는 않다는 것은 그녀의 눈빛으로 충분히 알 수 있었습니다. 그녀가 밧줄을 봤다는 것은 적어도 그녀의 입장에서는 사실이었을 겁니다.

저는 뭐라고 말해야 할지 몰랐습니다. 이 여자가 실의에 빠져 심신이 모두 피로한 상태에서 어딘가 좀 이상해졌다고 생각하면서 묵묵히 여자의 얼굴을 바라보고 있었습니다.

그랬더니 여자가 조금 기운을 차리기라도 한 듯이, 똑바로 나를 노려보면서,

"저기…… 들어 보신 적 없나요?"

라고 묻는 겁니다.

"아니요, 뭔데요?"

여자가 진지한 표정으로 내게 말한 그때의 상황을 저는 지금도 확실하게 기억하고 있습니다.

"저, 옛날에 들어 본 적이 있어요. 죽고 싶은데도 죽지 못하고 있으면 밧줄이 도와 주러 온다는 거예요."

"설마요."

"정말이에요. 제가 알고 있는 사람 중에도 그런 사람이 있었어요. 죽고 싶은 맘이 가득한데도 죽지 못하고 있었는데 역시나 그 밧줄에게 쫓기다가 죽은 사람이요. 거짓말이 아니에요. 저희 할머니께도 그런 말을 종종 듣곤 했어요. 일단 밧줄에게 쫓기기 시작하면 절대로 도망칠 수 없다는 거예요. 자살을 하려고 했던 이유가 사라지지 않는 한 밧줄은 절대로 상대를 놓치 않는다고 해요. 어디까지라도 쫓아가서는 꼭 그 사람을 죽이고 만다는 겁니다."

"그걸 믿고 계신 겁니까?"

"예에. 그 이야기 그대로 밧줄이 절 쫓고 있는 걸요."

그때는 바보 같은 얘기라고 생각했습니다.

일단 자살을 결심했다가 실행하지 못한 여자가 옛날 할머니에게서 들었던 이야기를 떠올리며 괴상한 망상을 하는 것이라고…….

게다가 이렇게 말은 하고 있지만 이 여자는 돗토리까지 일부러 죽으러 온 것 아닙니까? 그러니까 아무리 밧줄이 그녀를 죽이려고 쫓아온다고 해도 이제와서 두려워할 필요는 없지 않겠는가, 뭐 그런, 입 밖으로 꺼내 말은 못했지만 마음속에는 그런 생각이 들었습니다. 자살을 결심한 사람의 심리라는 것은 갈팡질팡 어찌할 바를 모르는 것이니까요, 분명……. 예에, 지금은 저도 그런 기분이 이해가 됩니다. 뭐라고 말해야 할까요. 죽겠다고 결심한 그 반대편에는 어떻게든 살아 보겠다는 강렬한 염원도 가슴속에 함께 숨어 있다는 것이죠.

"그래서, 그 밧줄은 어떻게 되었습니까? 당신을 쫓아오던 그 놈이요."

"저도 열심히 도망을 쳤지만, 혼자가 되면 어디라도 같은 속도로 쫓아오는 거예요. 호텔에 들어와서도 뒤에서 무엇인가 질질 끄는 듯한 소리가 들려왔습니다. 지금도 방 밖에서 안의 모습을 가만히 살피고 있는 걸요."

"글쎄요, 과연 그럴까요?"

"정말입니다. 아까부터 몇 번이나 그 소리를 들었어요. 모습도 봤어요. 제가 깜빡 졸기만 하면 문틈이라든가 어디 작은 구멍이라든가, 어딘지 알 수 없는 곳에서 몰래 숨어 들어오는 겁니다. 그리고 곁으로 다가옵니다. 아까부터 몇 번이나 봤으니까 틀림없어요.

제가 눈치 채고 눈을 뜨기라도 하면 싹 그 모습을 감추지만요. 하지만 눈을 감으면 다시 들어옵니다. 그리고 제 목을 감아 조르는 거지요. 정말이에요. 거짓말이 아니라구요. 저는 너무 무서워서…….”

그때 분명 문 밖에서 무엇인가 기다란 것이 복도에서 질질 끌리는 듯한 소리가 들려온 것 같았습니다. 저는 흠칫 해서 여자의 얼굴을 봤습니다. 여자의 표정이 석고로 만든 가면이라도 쓴 듯 새하얗게 변한 채로 굳어 있었던 것을 확실히 기억하고 있습니다.

“지금 그것이…….”

“…….”

귀를 기울여 봤습니다만 더 이상은 들리지 않았습니다.

여자가 정직하게 말하고 있는 건 분명한 것 같았습니다. 말하고 있는 사실이 어디까지나 논리적이기는 했으니까요.

“저 말이죠, 어젯밤도, 그제밤도 거의 자지 못했어요. 이대로라면 결국은 잠들어 버리고 말 것 같아요. 부탁드려요. 정말 폐를 끼치고 있다는 것은 알지만 단 한 시간만이라도 좋으니까 제가 잠들 수 있도록 해 주세요. 옆에서 봐주세요. 사례는 지금 갖고 있는 이 돈을 전부라도…….”

“아닙니다, 사례라니요.”

“부탁드려요.”

그렇게 진지한 표정으로 부탁을 받기도 했고, 뭐 어차피 저도 잠을 설치고 있었으니까 한두 시간 정도라면 어떻게든 버틸 수 있을 것 같았습니다.

"그럼, 여기에서 잡지라도 읽고 있을 테니까 좋으실 때까지 푹 주무세요."

그렇게 말하고 불침번을 서기로 약속을 했습니다.

"죄송해요."

몸이 지칠 대로 지친 상태였던 모양입니다. 여자는 제 대답을 듣더니 그대로 이불을 입까지 끌어당기고는 그대로 잠에 빠진 듯 고운 숨소리를 냈습니다.

저는 의자에 앉은 채로 다리를 탁자 위에 올린 채로 여자가 준 주간지를 들추다가…… 분명히 거기까지는 기억하고 있습니다만, 그게 이상한 겁니다.

—이런 큰일났다—

다음에 제가 의식이 들었을 때 바로 그런 생각이 들었습니다.

그 여자에게 부탁을 받았음에도 불구하고 저는 깜빡 잠들어 버렸던 것입니다.

꿈속에서는 감정의 기복이 심하다고 하지요. 작은 것 하나에도 한없이 슬퍼졌다가는 또 금세 기뻐졌다가. 그래서 그때도 눈을 뜬 순간 뭔가 돌이킬 수 없는 실수를 했다는 의식으로 의자에서 벌떡 일어섰습니다. 의자가 쾅당 하고 큰 소리를 내면서 쓰러졌습니다.

……그리고, 그 소리에 놀란 듯이 자고 있는 여자의 목 근처에서부터 슬금슬금 뱀 같은 것이—아니, 뱀이 아니었습니다. 거무스름한 밧줄이었습니다. 저는 비틀린 밧줄을 보았으니까 확실합니다. 민첩한 움직임으로 이불 밑에서 벽을 타고 주단 위로 떨어진 후

에 눈앞에서 사라져 갔습니다.

저는 눈앞에서 벌어지는 이 놀라운 광경을 멍하니 지켜보고만 있다가 이내 정신을 차리고 침대로 눈을 돌렸습니다.

여자는 죽어 있었습니다.

살짝 벌어진 눈, 비틀어진 입술, 차가운 피부…….

다시 한번 자세히 살피니 목 부근에는 밧줄로 졸라맨 자국이 확연히 패어 있었습니다.

그때 얼마나 놀랐는지는 지금 여기에서 설명할 수가 없습니다. 그래도 굳이 말한다면, 처음에는 초자연적인 사건이 눈앞에서 일어났다는, 그 사실에 대한 망연자실한 공포였습니다.

그 다음 순간에는 좀더 현실적인 공포가 찾아들었습니다. 뭔지 아시겠지요. 방에는 저와 여자밖에는 없었습니다. 여자는 그 사이에 죽은 겁니다. 제가 무슨 말을 어떻게 한들 누가 이 기묘한 밧줄 이야기를 믿겠습니까?

이렇게 생각한 순간 저는 그 주변에 있을 만한 제 지문을 빡빡 지우고 살짝 여자의 방을 나와 제 방으로 돌아왔습니다. 그렇게 침대 속으로 파고들어 머리끝까지 이불을 둘러쓰고는 눈을 감았습니다. 무엇 하나 믿을 수 없는 일들의 연속이었습니다. 도대체 무슨 일이 일어난 겁니까? 여자는 정말로 죽은 것일까요? 혹시라도 뭔가 제 흔적이 남은 것은 아닐까요? 암흑 속에서 그런 생각들을 했습니다. 그런 상황에서도 잠은 오더군요. 창밖으로 빛이 들어오기 시작할 무렵 저는 잠이 들었던 것 같습니다.

다음에 눈을 떴을 때는 시계가 오전 9시를 넘어서 있었습니다. 하늘은 세상을 물들일 것처럼 푸르렀고 세상이 반짝반짝 빛을 내는 듯이 화창했습니다. 어젯밤에 있었던 일이 모두 꿈속에서 일어난 듯한 느낌이 들었습니다. 정말 그랬습니다. 제가 가능한 빨리 주변을 정리하고 호텔을 허겁지겁 빠져나온 것은 두말 할 것도 없구요.

그날 기차에 탄 후에도 하루 종일 저는,

—그건 꿈이었던 거야. 벽을 두드리는 소리를 들었다는 것도, 여자의 방에 갔다는 것도……. 난 욕실에서 나와 침대로 들어가 그대로 아침까지 잠에 빠졌던 거야—

라고 생각해 보기도 했습니다. 그러면 어쩐지 정말 그랬었을지도 모른다는 생각이 들었습니다. 그렇게 뒤죽박죽된 생각들을 하면서 하루를 보냈습니다. 하지만 여자가 호텔에서 죽었다는 것은 현실이었습니다. 석간신문의 한 구석에 작은 기사가 실려 있었으니까요.

고제키 도시코 23세. 도쿄의 N사 사원—은 돗토리 S호텔의 407호실에서 교살된 채 발견되었습니다. 사망 추정 시간은 새벽 2시부터 4시 사이였습니다. 체크아웃 시간이 지나도 응답이 없어서 매니저가 문을 열고 들어가 참사를 발견했다는 것이었습니다.

"밤중에 무슨 소리나 이야기하는 소리를 듣지 못했습니까?"

라는 질문을 받았습니다. 저는,

"전혀 몰랐습니다."

라고 대답했습니다.

물론 이상스런 밧줄 이야기 따위는 한 마디도 하지 않았습니다. 어차피 믿어 주지도 않을 테니까요. 괜한 소리를 했다가 괜히 저만 의심을 받을 수도 있는 거니까요.

게다가…… 이상한 일입니다만 시간이 지나면 지날수록 여자의 방에 갔던 것이 점점 꿈 같다는 생각이 들기 시작했습니다.

왜냐하면 아무리 생각해 봐도 밧줄이 죽고 싶지만 죽지 못하고 있는 사람의 흔적을 찾아 죽이러 왔다는 것은 제정신을 갖고는 믿을 수 없는 이야기니까요. 그 뒤에 여자를 죽인 범인이 밝혀졌는지 아닌지에 대해 저는 아는 바가 없습니다.

그러는 사이에 사건에 대한 기억도 흐려졌고 단지 이상한 밧줄에 대한 이야기만이 제 마음속에 어느 정도 남아 있을 뿐이었습니다.

아니, 사실은 밧줄에 대한 이야기 역시도 망상 속의 것으로 잊어버리고 있었습니다.

하지만…… 당신은 벌써 눈치 채셨겠지요. 오늘 바로 조금 전에 불현듯 그 사실이 생각났습니다. 실제로 이 귀로 여자의 입에서 나온 그 소리를 들었는지도 확실하지 않은 그 밧줄에 대한 이야기가 어쩌면 정말일지도 모른다는 그런 생각을 할 수밖에 없게 되었습니다.

저는 아무리 해도 약속했던 원고를 쓸 수가 없었습니다. 이제 마감시간도 바로 코앞으로 다가왔습니다. 당신이 얼마나 화가 나 있을지…….

저는 작가가 되고 싶었습니다.

하지만 재능이 없습니다. 단 30장, 그 정도의 작품도 쓸 수 없는 것입니다. 몇 시간 동안 같은 곳을 빙글빙글 맴돌기만 하고 있었는지 모릅니다. 이제는 지쳤습니다. 당신께는 죄송한 마음만 가득합니다.

—아아, 죽는 것밖에 다른 방법은 없어—

단단하게 굳은 시멘트처럼 머릿속에서는 몇 번이나 그런 생각만 했습니다.

한 시간 정도 전에, 가볍게 저녁을 먹고 돌아오는 길에, 큰길에서부터 호텔의 뒷문으로 이어지는 긴 지그재그로 난 길에 들어선 순간 저는 뒤에서 스스슥스스슥 하는, 뭔가를 끄는 듯한 소리를 들었습니다.

바보스럽게도 처음에는 그게 무슨 소리였는지 전혀 눈치 채지 못했습니다. 거의 무의식적으로 뒤를 돌아보았습니다만 아무것도 없었습니다.

그 순간 이성보다 몸이 먼저 공포를 느꼈습니다.

—쫓기고 있다—

그런 생각이 들었습니다.

녀석이 자살의 냄새를 맡고 내게 다가온 것입니다.

저는 걷는 속도를 빨리 했습니다.

그랬더니 뒤에서 스스슥 끄는 듯한 소리도 속도를 냈습니다.

호텔로 뛰어들어 엘리베이터에 탔을 때는 이미 아무런 소리도 들리지 않았습니다.

—잘 도망친 건가—

라고 생각한 것도 잠시일 뿐, 엘리베이터에서 내려 어두운 복도를 걷고 있자니 또다시 뒤쪽 어디에선가 그 소리가 들려오기 시작했습니다. 맨 처음보다는 훨씬 부드러운 소리였습니다만 분명 주단 위로 밧줄을 끌어당기는 듯한 마찰음이…….

털썩 하고 천장에서 떨어지는 듯한 소리가 울리고 복도 모퉁이를 돌 때는 검고 가느다란 것이 목을 길게 늘어뜨린 듯이 내쪽을 노려보고 있는 것을 보았습니다.

저는 방으로 달려 들어가 문을 잠그고 의자에 앉아 문을 노려보았습니다.

"그래, 올 테면 와 보라고!"

그 순간 들려오던 소리가 사라졌습니다.

몇 번인가 문 근처까지 가서 귀를 기울여 보았지만 아무런 소리도 들리지 않았습니다.

하지만 녀석이 이 방 근처에 있다는 것은 의심할 여지가 없었습니다.

아까도 꾸벅꾸벅 졸았습니다.

의식이 꿈과 현실을 왔다갔다 하는 사이 녀석이 숨어 들어온 것을 알았습니다.

바닥 위를 미끄러져 하늘을 나는 듯이 책상 곁으로 다가왔습니다.

필사적으로 졸음을 쫓아 정신을 차렸을 때 희미한 기척이 느껴져 고개를 돌렸습니다.

검은 것이 호를 그리면서 뛰어올라서는 방금 온 길로 스스륵 도망쳐 나갔습니다. 그 속도는 잠이 막 깬 몽롱한 상태에서는 금세 흔적을 놓치고 말 정도였지요.

그리고 제가 잠들기 시작하면 다시 찾아드는 겁니다. 아까부터 비몽사몽 간에 몇 번이나 녀석의 모습을 봤던지…….

저는 이런 일이 반복되는 와중에도 당신에게 편지를 쓰고 있습니다. 두서없는 사과 편지를.

더 이상 쓸 수가 없습니다.

더 이상 깨어 있을 수가 없습니다.

금방이라도 잠들어 버릴 것 같습니다. 깨어 있다고 해도 어차피 작품을 쓸 수는 없을 테고. 단지 장황하게 이런 말을 늘어놓고 있을 뿐입니다.

책상 위에 엎드려 깊은 잠에 빠지면 그게 마지막입니다. 녀석이 내 목을 감고는 아슬아슬하게 목을 조를 겁니다. 허공을 노려보는 눈, 비틀어진 입술…….

또 다시 들려옵니다. 확실하게, 저 질질 끄는 듯한 소리가.

당신께는 정말로 죄송하게 되었습니다. 재능이 없는 남자였다고 생각하고 부디 용서해 주세요.

이제 잠들 것 같습니다.

이제 마지막입니다.

보십시오, 녀석이 바로 옆까지 와서는 고개를 들고 있습니다.

아아, 목을 감기 시작합니다.

고마웠습니다. 각오는 되어 있습니다…….

추신.

한 시간 정도 자고 있었던 것 같습니다. 책상 위에서 눈을 떴습니다. 밧줄이 목 근처를 감겨 오는 꿈을…… 꿈이라고 하기에는 확실한 감각을 느꼈습니다만 이상하게도 저는 살아 있습니다.

급하게 제가 썼던 편지를 읽어 보았습니다.

이 편지 자체가 어쩐지 하나의 작품으로서 골격을 갖추고 있다고 생각된다고 한다면 어리석은 자만일까요? 숨어 들어왔던 밧줄도 그 사실을 깨달은 것일까요? 돗토리에서 만난 그 젊은 여자도 '자살의 원인이 제거되면 밧줄은 사라져 버립니다' 라고 했습니다만…….

우선 이 작품을 속달로 보내겠습니다. 그리고 저는 다시 자야겠습니다. 당신이 한 편의 작품으로 인정해 주신다면 저는 분명히 다시 한 번 살아서 눈을 뜨게 될 것입니다. 만일 그렇게 된다면 이 작품의 제목은 '밧줄' 이라고 해 주십시오. 부탁드립니다.

O.Y.님

벌써 편지는 활자가 되어 버렸습니까? 이제 와서 발표를 중지해 달라고 말해도 소용없겠지요.

아까는 나중 일은 생각지도 않고 보내 버렸지만 지금은 새로운 공포가 밀려오고 있습니다.

저에게는 편지의 마지막을 쓴 기억이 전혀 남아 있지 않습니다. 저는 졸면서도 무의식적으로 편지를 쓴 것일까요. 그런 능력이 저에게 있는 것일까요.

그렇다면 돗토리의 그날 밤에도 그 여자의 방에서…….

누군가 신기한 밧줄에 대해서 아는 분이 계시면 제발 가르쳐 주십시오. 저는 아무래도 그것을 알고 싶습니다. 부탁입니다.

감춰진 마지막 카드 한 장의 묘미

오자키 히데키(문학평론가)*

아토다 다카시는 긴자의 술자리에서 어울리는 술벗 중 한 사람이다. 어쩌면 그건 나 혼자만 그렇게 생각하고 있는 것일지도 모른다. 하지만 실제로 그와 이야기를 할 기회는 거의 대부분 긴자의 어느 곳에서일 때가 압도적으로 많았고, 진지한 이야기는 그다지 나눈 적이 없었다.

처음 소개받은 것도 긴자의 바였고 화제도 술자리의 안주처럼 씹고 흘려버릴 것들뿐이었다. 처음에는 입이 무거운 사람이

* 타이완 타이베이 시 출신. 1960년부터 〈근대설화〉의 동인으로 활약. 1961년에는 대중문학연구회의 창간에 몸을 담았다가 대중문학평론을 중심으로 『구식민지문학』, 『E역사평론』, 『E만화론』 등 폭넓은 활동을 하면서 다수의 저서를 남겼다. 일본팬클럽 회장, 일본문예가협회 이사 등을 역임했다.

라고 생각했는데, 취하고 나니까 툭툭 독설을 내뱉었다. 아니, 독설이라기보다는 촌철살인 같은 비판을 하거나 다른 어떤 말로 바꿀 수 없는 적확한 표현을 써서 이야기를 한다. 시시한 술주정이나 말장난이 아니라 이해하기까지 약간 시간이 걸리는 풍자인 경우가 많다. 일상적인 대화가 만담의 오치*에 그대로 사용해도 될 듯한 맛을 갖고 있다. 그의 작품집인 『블랙 조크 대전』을 보고 있자면 작가의 표정까지도 떠오른다.

이 『블랙 조크 대전』에 수록된 조크에는 그의 단편의 진수가 듬뿍 들어 있다.

여자 "당신, 머리 좋은 여자와 얼굴이 예쁜 여자 중 어느 쪽이 좋아?"

남자 "둘 다 싫어. 내가 좋아하는 것은 당신뿐이니까."

여자 "응?"

「찻집」 중에서

처럼 단순히 즐길 수 있는 것에서부터,

아이 "엄마. 새빨간 장갑이 떨어져 있어."

엄마 "어머, 내용물도 들어 있네."

「길모퉁이」 중에서

* 일본의 만담 등에서 마지막에 익살 등으로 말을 마치는 부분.

처럼 섬뜩한 것 등, 약 600편 정도가 들어 있는 '웃음 속에 살짝 공포가 섞여 들어간 칵테일' 인 블랙 조크를 충분히 맛볼 수 있는 책이다.

아토다 다카시는『블랙 조크 대전』'저자의 글' 에서 "블랙 유머는 광기 어린 웃음이기도 하다. 예를 들면 내일 자신이 어떻게 될지 모르는 전장(戰場)에서 느끼는 최고의 공포 속에서 발생하는 웃음, 웃지 않고는 견딜 수 없는 그런 웃음, 어찌 할 바를 몰라 웃어 버리게 되는 웃음과도 밀접한 관련이 있다" 고 쓰면서, 또한 "블랙 유머는 인간의 실존성을 반영하는 하나의 사조이기도 하다. 그래서 그렇게 쉽게 웃어 넘길 수만은 없는, 괴롭고, 쓰라린 고뇌로 가득 찬 다른 면을 가지고 있다" 고 이야기한다.

블랙 유머 작품으로 잘 알려진 베케트, 이오네스크 등, 누보로망이나 반연극(Antitheatre) 입장에 서 있는 연극은 실존주의문학을 출발점으로 하면서 인간 존재의 불안과 불확실함을 표현했는데, 아토다 다카시의 단편에서도 역시 그런 의식을 담고 있다는 것을 그의 말을 통해서 알 수 있다.

하지만 아토다 다카시의 작품은 '독자에게 즐거운 선물을' 이라는 서비스 정신도 그 속에 담고 있는 듯하다. 그의 작품에는 종종 현실과 비현실이 교차하지만 그렇다고 특별한 인물이 등장하는 것은 아니다. 거의 대부분이 일상적으로 일어날 수 있는 이야기를 하면서 마지막 몇 줄에 갑자기 의미가 반전되고, 어둠의 얼굴을 엿보게 만드는 결말에 공포가 있다. 오컬트적인 세계와는 다르게 한편으로는 건전한 상식이나 합리적인 판단력을 갖고 있으면서 그것을 단번에 암전시키는 공포가 바로 그것이다. 물론 그 공포라는 것도 작가의 지적 상상력의 산물이며 독자 역시도 그러한 상상력을 갖고 있다는 믿음에서 웃음도 발생하는 것이다. 그런 웃음과 공포, 꿈과 현실을 한순간에 역전시켜 버리는 능수능란한 솜씨가 바로 그가 가진 장점이라고 할 수 있지 않을까.

나오키상 후보에 오른 『냉장고에 사랑을 담아』(행복한책읽기에서 번역 출간)에는 「공포의 연구」라는 제목의 글이 마지막을 장식하고 있다. '혹은 에필로그 풍의 소품' 이라는 서브타이틀이 붙어 있는 이 글은, 일단은 다른 작품들과 같은 구성으로 쓰여 있지만 작중 인물의 대화를 빌려 '공포' 에 대한 작가의 의견을 진술한 부분이 흥미롭다.

공포소설집의 출판 기획에 대해서 상담을 받은 대학의 어학강사인 다지마 씨는 편집자인 나에게 "결국 공포라는 것은 상상력의 문제라고 생각합니다" 라고 말하고 몇 편의 작품을 골라 준 뒤에, 아주 비범한 솜씨를 가진 작가라 해도 무서운 장면을 정면에서 보고 솔직하게 그려서는 독자를 공포에 떨게 만들기 힘들다, 그것은 화가가 절세미인을 그릴 때 뒷모습만을 그리고 나머지는 보는 이들의 상상에 맡기는 것과 같은 방법이다, 즉 "공포

문학도 가장 무서운 장면은 글로 쓰는 것보다 독자의 상상력에 맡기는 것이 끝없이 퍼져 가는 공포감의 효과를 높일 것이다"라고 말하고 있다.

편집자는 다지마 씨에게 책을 몇 권 빌려 가면서 그 작품 중 가장 무서운 것이 무엇인지 묻는다. 이에 대해 다지마 씨가 추천한 책은 공포소설이 아닌 사랑을 담은 시집이었다. 시집을 읽고 난 편집자가 의아해서 그 이유를 묻자, 다지마 씨는 그 책의 표지에 얽힌 비밀을 알려준다.

이렇게 공포는 상상 속에 있다는 것이 실증된다. 아토다 다카시가 이 작법을 다른 작품에 응용하고 있다는 것은 『나폴레옹광』에 수록된 작품들을 읽어 보아도 알 수 있다.

감춰진 카드의 마지막 한 장을 슬쩍 열어 보이는 작가의 솜씨는 흡사 마법사의 그것이라는 생각까지 들게 하지만, 그는 결코 소란스러운 행동이나 높은 목소리로 그것을 설명하지 않는다. 조용히, 은근히, 슬쩍 내미는 마지막 카드 한 장을 통해 오히려 독자들은 이것저것 상상을 해보고 깊은 공포 속에 빠지게 되는 것이다.

『나폴레옹광』은 1979년 4월에 고단샤에서 출간되어 같은 해 제81회 나오키상을 수상한다. 다나카 고미마사의 『로교쿠사 아사히마루 이야기』와 『미미의 일』이 동시에 수상했다. 수상 당시 심사위원들의 추천의 글을 몇 개 소개하겠다.

"『나폴레옹광』 안에 수록된 작품들은 문단적 감각으로 보면 이색적인 작품인 듯 보일지 모르지만 지금은 이러한 작품이 주류라고 해도 좋은 시대가 아닐까." — 이쓰키 히로유키

"아토다의 단편 세계는 다나카의 세계와는 다르게 에스프리 넘치는 기교파 문학이라고 할 수 있다. …… 인생의 어두운 단면이 솜씨 좋게 잘려져, 마음을 울리는 작품으로 만나게 된다. 이것 역시 아토다 씨의 힘이라고 생각하며 그런 그에게 경의를 표한다." — 미나카미 스토무

"이미 이런 종류의 작품은 프랑스 등지에서는 꽤 이전부터 있었던 장르에 속하지만 일본에서는 에스프리의 특이성을 즐기고 좋아하는 풍토가 의외로 적다. 단순한 잔재주 예술처럼 생각하는 경향도 있지만, 결코 그렇지 않다. 그림에 있어서도 그렇고, 다른 것에 있어서도 마찬가지이다. 아토다 씨의 수상은 새로운 전율로 인한 당연한 결과라 해도 될 것이다." — 곤 히데미

"필요 없는 묘사가 범람하고 인간상이 약해져 가는 경향 속에서, 아토다는 머릿속에서 만들어낸 인간상에 적절한 조명을 비추면서 일언반구도 불필요한 말 없이 잘 계산된 스토리 전개 속에서 현대 사회를 풍자하고 있다." — 닛타 지로

그의 문학이 가진 특질은 이러한 평가들을 통해서 충분히 드러나 있다고 해도 좋을 것이다. 그 자신도 수상 후 신문에 발표한 에세이를 통해 자신의 작품을 해설하면서 "내 단편소설은 마

술과 닮았다. 기괴하게 만들어진 세계" 지만 "만들어진 것이라고 해서 작품의 무대까지도 특이하지는 않다. 오히려 너무나 일상적인 세계에, 평범한 인물이 등장한다. 그들은 '당신' 이기도 하고 '나' 이기도 하다. 그런 상황 속에서 일정한 리얼리티를 업고 의외의 사건들이 일어난다. 그 낙차(落差)를 독자들이 즐겨주십사, 하는 것" 이라고 말하고 있다.

아토다 다카시의 나오키상 수상은 현대의 엔터테인먼트에 새로운 차원을 열어준, 단편의 영역에서의 가능성을 새롭게 알려준 계기가 되지 않았을까.

그런 그의 작품이 원천으로 하는 아이디어는 바로 그의 작업실 책상 위에 있는 '비망록' 속에 숨어 있다고 한다. 생각나는 대로 '장의사의 장례는 누가 하는 것일까?' 라든가, '아기를 바꿔치기 하려는 범인이 아이의 생모도 알아채지 못하는 사이에 일을 처리할 수만 있다면 성공할 수 있지 않을까?' 등의 낙서를 한다. 그리고 그것을 반복해서 읽는 사이에 몇 개를 결합해 나가면서 하나의 소설을 탄생시킨다고 한다. 아이디어를 기본적인 조건으로 하는 작품인 만큼 그는 깨어 있는 내내 그런 노력을 하고 있을 것이다.

「나폴레옹광」은, 실제로 나폴레옹에 관련된 것이라면 무엇이나 긁어모으는 신사를 만난 경험에서 나왔다. 만일 그런 사람 앞에 나폴레옹과 꼭 닮은 인간이 나타난다면 어떻게 될까라는 상상이 하나의 힌트가 되었다고 한다. 제32회 일본추리작가협

회상 단편 부문에 뽑힌 「뻔뻔한 방문자」도 이 작품집에 들어 있는데 여기에는 아기 바꿔치기가 사용되었다.

그 외에도 열한 편이 이 책에 실려 있지만 그중에서도 「생 제르망 백작 소고」나 「골프의 기원」은 국립국회도서관에서 근무하던 시절 읽었던 많은 책들에서 얻은 지식들이 바탕이 되어 쓰인 것이다. 「사랑은 생각 밖의 것」은 그 제목에서 보듯이 이야기의 시작부터 결말까지 줄곧 풍자로 이어가고 있는 점이 재미있다. 작자에게 있어서 회심의 타이틀이었다고 할 수 있다.

아내의 미묘한 변화, 그 원인을 찾던 중 의외의 사실을 알게 되는 「그것의 이면」이나 목뼈골절로 입원한 불법 택시 운전사를 대신해서 차가 돈을 번다는 「딱정벌레의 푸가」, 어쩌면 주인공의 현실 생활과 다른 또 하나의 삶이 있을지도 모른다는 「뒤틀린 밤」 등은 SF적인 발상이 들어가 있다.

「투명 물고기」나 「창공」에서는 물고기나 새의 세상으로 넓어져 가는 인간의 꿈을 그렸다고 볼 수 있지만, 「이」나 「광폭한 사자」에서는 지극히 현실적인 공포가 느껴진다. 태아의 이를 강하게 만들고 싶다는 주인공의 아내나, 사랑에 빠져 자신의 스케줄이 엉망진창되는 것을 두려워하는 여성 등, 극히 일반적인 생각을 갖고 있는 이들의 바로 그 일반적인 생각에 기생하는 의식에서 한 발 더 들여놓은 작품이라고 할 수 있다.

더불어 「밧줄」에서는 원고를 쓰지 못하는 신인 작가의 고뇌를 호소하면서 마지막에는 극적인 반전을 보여준다. 이러한 구성은 「딱정벌레의 푸가」에서도 볼 수 있지만 전반부가 박력 있게 진행되는 만큼 마지막에 오열하는 주인공의 비명이 귀에 들리는 듯한 느낌마저 든다.

이렇게 보면 그의 단편 세계에도 여러 가지 요소가 내재되어 있다는 사실을 알게 된다. 그는 현실 사회에서 일어날 수 있는 갖가지 종류의 인간 심리에 시선을 맞추고 문학의 기법에 있어서 상당히 자유롭게 그것을 표현해낸다. 그리고 그것을 통해서 그 자신의 블랙 유머를 구축했다고 할 수 있다.

작품집, 에세이집, 조크집 등 이미 30권 가까이 책을 낸 아토다 다카시는 앞으로 장편에 도전할 의욕도 보이고 있다. 그의 활동이야 어쨌든 '기묘한 맛'을 지닌 그의 소설이 지적 유희의 즐거움을 가르쳐 주고 현실을 뒤집어 볼 수 있는 단편의 새로운 매력을 개척했다는 사실은 확실하다.

아토다 다카시가 주는 공포

7월의 도쿄는 밤에도 잠을 못 이룰 정도로 덥다. 가만히 앉아 있어도 등줄기에서 땀이 주루룩 떨어진다. 냉방 시설이 없는 방에서는 아무것도 못하고 그저 부채질만 하고 있을 수밖에 없다. 다행히 해야 할 일이 아토다 다카시의 단편을 번역하는 것이었고, 덕분에 일을 하면서도 잠시 더위를 잊을 수 있었다. 더위 때문에 잠을 설칠 것 같은 밤, 아토다 다카시의 단편을 집어 든다면 그 밤잠을 못 이루더라도 더위에 시달리지는 않을 것 같다. 물론 더위 대신에 공포에 시달리게 된다는 점은 주의해야 할 듯하지만.

참을 수 없는 공포

우리 주위에는 의외로 '—광' 이라고 불리는 이들이 많다. 언제던가 교과서에 「메모광」이라는 수필도 실린 적이 있다. 그래서 어쩌면 '—광' 이라는 것이 그다지 저항감 없이 다가왔는지도 모르겠다. 우리 주변의 '—광' 들은 무언가에 보통사람보다 조금 지나친 정도로 집착할 뿐, 그로 인해 다른 사람에게 피해를 준다거나 하는 일은 그다지 많지 않다. 그들을 정말 '미쳤다' 고 생각하지 않는 것은 바로 그 점 때문일지도 모른다.

하지만 「나폴레옹광」의 미나미사와 씨는 우리에게 은근한 공포감을 느끼게 하는 사람이다. 그는 '지나친 집착' 을 가진 사람이고, 지나친 집착은 때로 그 어떤 일도 두려워하지 않게 만든다는 것을 우리는 알고 있기 때문이다. 아무도 그가 어떤 일을 했는지는 알지 못한다. 그러나 나폴레옹광인 미나미사와 씨와 스스로를 나폴레옹이라고 믿는 한 남자와 미나미사와 씨의 책상 위에서 발견된 '뜬금없는 책' , 그리고 배달되었어야 할 시간을 훨씬 넘기고도 아직 도착하지 않은 '미림보시' 사이에서 우리는 무언가를 추론하게 되고, 바로 그 순간 섬광 같은 공포를 느낀다.

아토다 다카시의 매력은 바로 여기에 있다. 기괴하고 무서운 행위 자체보다 충분히 미루어 상상할 수 있는 어떤 실마리를 제공하는 것, 떠들썩한 사건의 발생이 아니라 아무 일도 일어나지 않은 것처럼 보이는 조용한 일상이 품고 있는 어두운 음모와 가공할 사건의 한 자락을 삐죽 내보이는 것 말이다.

「뻔뻔한 방문자」역시 마찬가지다. 한 단란한 가정을 비집고 들어온 방문자는 처음에는 중년을 넘어선 초라한 여성으로 어떻게든 부잣집의 가정부로 들어가 조금 편히 살아보려는 생각밖에 할 줄 모르는, 그래서 염치라고는 없는 철면피처럼 보인다. 그런 그녀에게 소위 부잣집의 젊은 마나님은 경멸의 태도를 감추지 않는다. 혜택 받고 태어난 자신과, 혜택 받지 못하고 태어난 방문자. 두 사람 사이를 가르는 높은 신분의 벽 따위를 생각하며 우월감과 배타성을 키운다. 하지만 그녀는 그 비천한 방문자가 이미 자신이 꿰뚫고 있는 것보다 더 큰 음모를 진행하고 있다는 것을, 방문자가 곁에 있는 동안 전혀 깨닫지 못한다. 그녀는 방문자의 비천함을 맘껏 비웃고 혜택 받은 자로서 자신의 안락함을 한껏 즐기지만 결국 그 날선 비웃음에 자신이 찔릴 수 있다는 것은 생각하지 못한다. 그리고 독자 역시 누구를 미워하고 누구를 동정해야 할지 망설이게 한다.

방문자가 끔찍한 행동을 한 것은 분명하지만 그 이면에는, '태생에 따라 신분이 대물림되는 엄연한 현실' 과 그 비극의 대물림을 어떻게든 끊어 내려는 인간의 욕망이 숨겨져 있다. 운명이 혜택을 베풀지 않는다면 자신이 혜택 받은 운명을 만들어주겠다는 무서운 의지가 담긴 것이다.

「뻔뻔한 방문자」에서 느끼는 또 하나의 공포는 심증은 가지만 확신은 할 수 없는 실체를 대하는 것이다. 자신의 분신인 줄 알고 애지중지 키워온 아이가 사실은 악마의 핏줄일지도 모른다는, 그러나 누구도 확증할 수는 없는 사건이 현실로 일어났다는 것이다. 사건의 진실을 아는 사람은 '방문자 여인' 단 한 사람. 그러나 그녀가 무슨 말을 하든 어떻게 믿는단 말인가. 그런 상황을 아는지 모르는지 색색거리며 천사처럼 평화롭게 잠들어 있는 아기의 얼굴과 그런 아기를 바라보는 엄마가 클로즈업된 마지막 장면의 공포는 가히 압권이다.

일상이라는 공포

매일매일 만원 전철에 시달리며 출근을 하고 듣기 싫은 상사의 잔소리와 보기 싫은 동료들을 상대하면서 살아갈 수밖에 없는 것이 현대인이다. 그것을 거부하면 현대 사회에서 평범한 삶을 유지할 수가 없다. 하지만 종종 일탈을 꿈꾸는 이들이 있다. 그들은 매일 반복되는 똑같은 일상 속에서 어떻게든 빠져나가 자유롭게 숨을 쉴 수 있는 돌파구를 만들어 보려 노력하기도 한다. 하지만 많은 사람들은 그 일상이라는 쳇바퀴에서 빠져나오는 방법을 모르거나 심지어 자신이 진정으로 원하는 것이 무엇인지조차 모른다.

그런 일상 속을 찾아드는 알 수 없는 '끌림'. 그날따라 하늘은 유난히 높고 파랗다. 그날따라 늦게 온 전철은 한층 더 붐빈다. 그날따라 유독 다른 날들은 참을 수 있었던 모든 것들을 참을 수 없게 된다. 그리고 일상에서 조금 떨어진 곳에서 손짓을 한다. 그렇게 유난히 높고 푸른 하늘을 날아 보고 싶은 생각이 든다. 일상 속에서 느끼지 못했던 자유를 느낀다. 그리고 한 마리 새가 될 수 있을 것 같은 느낌이 든다. 그리고는 한 마리 새가 되어 하늘을 난다. 「창공」의 헤이사쿠는 그렇게 일상 속에서 스스로를 일탈시켜 한 마리 새가 된다. 누구나 꿈꿀 뿐 실행하지 못하는 일탈이라는 단어를 자기도 모르는 사이에 실현해 버리고 마는 것이다. 일상은 그렇게 자신이 진정 무엇을 원하는지를 잊게 만들기도 하지만, 잠재된 욕망이 임계점에 이르면 어느 날 갑자기 극단의 일탈을 감행하게 하고, 끝내는 자기 파멸에까지 이르게 한다.

그리고 결혼을 통해서 가정이란 일상의 틀에 편입하려는 한 남자가 있다. 그것이 자기가 진정으로 원하는 것인지 아닌지에 대한 판단은 중요하지 않다. 현대인의 삶이란 단지 다른 사람들처럼, 다른 사람들이 보기에 그럴 듯하게 살아가기를 강요받는 것이다. 그런 삶을 살아가기 위해서 한 걸음 한 걸음 다가서던 「뒤틀린 밤」의 도시로는 어릴 적 잠시 살았던 어촌 마을과 한가롭게 일했던 목수 아저씨를 그리워한다.

도시로를 포함해 현대를 살아가는 많은 젊은이들은 일류 기업의 일원으로 살아가기를 선망하고, 그렇게 되기 위해 노력한다. 그러나 무엇이든 풍족하고 화려하게 소비하는 것이 미덕인 현대인들에게는 오히려 선택의 자유가 제한된다. 목수처럼 살고 싶은 마음이 있다 한들, 이 자본의 시대에 누가 대기업의 사원 대신 시골 목수의 인생을 '선택' 하겠는가. 이 글을 읽는 당신을 포함해서 말이다. 그러나 아토다 다카시가 묻는다. 과연, 그 삶은 행복할 것인가?

「뒤틀린 밤」에서는 '선택하고 싶은 삶' 혹은 '선택에 의해 달라질 수 있는 삶' 이 두 개의 세계로 나뉘어, 어느 것이 꿈이고 어느 것이 현실인지를 구분하기 힘들게 혼란을 반복한다. 누구나 자신의 삶에 만족하지 못하고 또 다른 삶을 꿈꾸는 것처럼.

글을 쓰는 공포

마지막으로 아토다 다카시는 글을 쓰는 모든 이들에게 최고의 공포를 선사한다. 어떤 무대든 최후의 순간에 최고가 등장하는 것처럼, 이 책에서도 최후의 순간 아찔한 공포를 안겨준다. 「밧줄」은 마치 자신의 이야기를 쓰는 것처럼, 첫 작품을 인정받고 나서 잡지사로부터 청탁받은 두번째 글을 전혀 쓰지 못하는 작가를 등장시킨다. 글을 쓰는 사람, 글을 써본 사람이라면 누구나 느꼈을 만한 좌절감. 그 좌절감은 어떠한 공포로까지 이어지는가. 단순한 밧줄 하나로 자아내는 극도의 긴장과 공포, 그리고 독자의 허를 찌르는 마지막의 위트, 아토다 다카시의 매력은 바로 이것이 아닐까 싶다.

아토다 다카시가 자신의 작품들을 통해 이야기하려는 것은, 공포는 어디에서 비롯되는가와 공포의 실체는 무엇인가를 탐색

하는 것이다. 아토다 다카시가 이야기하는 공포는 나와 전혀 다른 세계에서 느닷없이 출현하거나 침입하는 것이라기보다는 자신이 원하는 것과 다른 선택을 해야 하는 강요된 삶, 그래서 억누르고 부정할 수밖에 없는 욕망들의 현신이다. 숨겨진 자기 욕망의 이지러진 얼굴인 것이다. 하지만 그의 매력은 공포에만 있는 것은 아니다. 씁쓸한 웃음, 허탈한 웃음, 인생이란 그런 것이지……하고 그저 웃을 수밖에 없는 상황을 선사하는 아토다 다카시의 위트, 이것도 빼놓을 수 없다. 이 책에 묶인 총 열세 편의 단편으로 이러한 아토다 다카시의 매력을 충분히 만끽할 수 있으리라고 생각된다.

2008. 8. 도쿄에서

유은경

유은경 동국대학교 국어국문학과와 동 대학원을 졸업했다. 동경외국어대학 대학원에서 수학했고, 현재 일어전문번역가로 활동하고 있다. 옮긴 책으로 『사랑이여 차라리 내게로 오라』, 『비밀』, 『시소게임』, 『냉장고에 사랑을 담아』 등이 있다.

나폴레옹광

초판 1쇄 펴낸 날 2008년 8월 27일

지은이 아토다 다카시 | **옮긴이** 유은경
펴낸이 임형욱 | **편집주간** 김경실 | **편집장** 정성민 | **디자인** 허진영 | **영업** 이다윗

펴낸곳 행복한책읽기 | **주소** 서울시 중구 필동3가 15 문화빌딩 403호
전화 02-2277-9216,7 | **팩스** 02-2277-8283 | **E-mail** heenyun@chol.com
출력 버전업 | **인쇄 제본** 동양인쇄주식회사 | **배본처** 뱅크북(한국출판물류)
홈페이지 www.happysf.net
등록 2001년 2월 5일 제2-3258호 | **ISBN** 978-89-89571-51-3 03830 | **값** 10,000원